新視野
中華經典文庫

導讀

經典之門

文學篇

中華書局

中國夢當有文化作為

饒宗頤序

二十一世紀是我們國家踏上「文藝復興」的新時代，中華文明再次展露了興盛的端倪。我們既要放開心胸，也要反求諸己，才能在文化上有一番「大作為」，不斷靠近古人所言「天人爭挽留」的理想境界。

二〇〇一年，我在北京大學的一次演講上預期，二十一世紀是我們國家踏上「文藝復興」的新時代。而今，進入新世紀第二個十年，我對此更加充滿信心。

現在都在說「中國夢」，作為一個文化研究者，我的夢想就是中華文化的復興。文化復興是民族復興的題中之義，甚至在相當意義上說，民族的復興即是文化的復興。「天行健，君子以自強不息。」我們的文明，是世界上惟一沒有中斷過的古老文明。儘管在近代以後中國飽經滄桑，但歷史輾轉至今，中華文明再次展露了興盛的端倪。

推動文化的復興，我輩的使命是什麼？我以為，二十一世紀是重新整理古籍和有選擇地重拾傳統道德與文化的時代，當此之時，應當重新塑造我們的「新經學」。我們的哲學史，由子學時代進入經學時代，經學幾乎貫徹了漢以後的整部歷史。但五四運動以來，把經學納入史學，只作史料看待，未免可惜，也將經學的現實意義降到了最低。現在許多簡帛記錄紛紛出土，過去自宋迄清的學人千方百計求索夢想不到的東西，而今正如蘇軾所說「大千在掌握」。我們應該如何善加運用，重新制訂新時代的「經學」，並以之為一把鑰匙，開啟和光大傳統文化的寶藏？長期研究中，我深深感到，經書凝結着我們民族文化之精華，是國民思維模式、知識涵蘊的基礎，是先哲道德關懷與睿智的核心精義、不廢江河的論著。重新認識經書的價值，在當前有着重要的現實意義。甚至說，這應是中華文化復興的重要立足點。

「經」的重要性自不待言。因為它講的是常道，樹立起真理標準，去衡量行事的正確與否，取古典的精華，用篤實的科學理解，使人的生活與自然相協調，使人與人之間的關係臻於和諧的境界。經的內容，不講空頭支票式的人類學，而是實際受用有長遠教育意義的人智學。

「經」對現代社會依然很有積極作用。漢人比《五經》為五常，《漢書・藝文志》更把《樂》列在前茅，樂以致和，所謂「保合太和」，「致中和，天地位焉，萬物育焉」，「和」體現了中國文化的最高理想。五常是很平常的道理，是講人與人之間互相親愛、互相敬重、團結羣眾、促進文明的總原則。在科技發達、社會巨變的時代，如何不使人淪為物質的俘虜，如何走出價值觀的迷陣，求索古人的智慧，應能收獲不少有益啟示。

西方的文藝復興運動，正是發軔於對古典的重新發掘與認識，通過對古代文明的研究，為人類知識帶來極大的啟迪，從而刷新人們對整個世界的認知。中國近半世紀以來地下出土文物的總和，比較西方文藝復興以來考古所得的成績，可相匹敵。令人感覺到有另外一個地下的中國——一個在文化上鮮活而又厚重的古國。對此，我們不是要照單全收，而應推陳出新，與現代接軌，把前人保留在歷史記憶中的生命點滴和寶貴經歷的膏腴，給予新的詮釋。這正是文化的生命力所在。

二十世紀六十年代，我的好友法國人戴密微先生多次說，他很後悔花了太多精力於佛學，他發覺中國文學資產的豐富，世界上罕有可與倫比。現在是科技引領的時代，但人文科學更是重任在肩。老友季羨林先生，生前倡導他的天人合一觀。以我的淺陋，很想為季老的學說增加一小小腳注。我認為「天人合一」不妨說成「天人互益」。一切的事業，要從益人而不損人的原則出發，並以此為歸宿。當今時代，「人」的學問比「物」的學問更關鍵，也更費思量。

作為一個中國人，自大與自貶都是不必要的。文化的復興，沒有「自覺」「自尊」「自信」這三個基點立不住，沒有「求是」「求真」「求正」這三大歷程上不去。我們既要放開心胸，也要反求諸己，才能在文化上有一番「大作為」，不斷靠近古人所言「天人爭挽留」的理想境界。

鄭煒明博士整理

載《人民日報》二〇一三年七月五日五版

中華經典古，今人惠澤新

陳耀南序

現在，幾乎人人都有一部智能手機，日新月異、奇妙無比了，還讀什麼「經典」——尤其是中國的經典？

是的，近代中國的學術文化，比起西方先進，表現了若干方面的落後；不過，有史以來，中國也曾有不少超前——而且，無可否認，有些還具備普世價值，可說萬古常新。誰說中國人不能「窮、變、通、久」，「貞下起元」，再開新路？

中國是如此廣土眾民，歷史持續而悠久，影響深遠而重大——所謂「文化」「文明」「開物成務」「興神物以前民用」……所謂「志道、據德、依仁、遊藝」，「知命守義」，「忠恕」……所謂「有無相生」「正反相成」「致虛守靜」「見素抱樸」等等出於華夏哲人，以至初興於天竺而發揚光大於中土高士的「五蘊皆空」「慈悲喜捨」，滅除因生死人我差別而致的大苦大痛，種種現代更覺迫切珍貴的智慧理念，就是出於或者持久普及於中國經典。對這一切，我們怎可視而不見、習而不察、有而不珍？今日今時，鳳凰火浴，重新振起，騰飛世界，造福人類，豈不是有心人之所同盼、有目人之所共睹？

更何況，即使「普世市場」之類意義暫且不談，「中文」「中國」，對我們來說，畢竟是水之有源、木之有本，誰可以——怎可以——真的斬斷？

所以，中華文化經典，不可不愛護、學習，不可不繼承、推廣！

所謂「經典」，就是經歷了無數考驗，仍是大家心悅誠服、可資指導言行的文字記載。泛觀博覽、精細研究這些記載，我們可以了解人性人情、洞明世務（特別是中華文化精神），於是知所選擇繼承、發揚光大；並且，目染耳濡，用語行文，我們提升了吸收與表達能力，增加了智慧與樂趣——這些，我們可以從三方面再加闡發：

首先，「天地之大德曰生」——「德」者，性能、作用——作為萬物之靈的人類，更能理性自覺地、不懈追求幸福地生存與進步。為此，物質與精神各方面的生活質素就得以繼續提升，表現為器材技藝、經濟政治、法律道德、哲學宗教等等，由外在而內心的種種文化現象與成績，而紀錄於人類特有的文字，集結、精選，就成為「經典」，此其一。

其次，在文化的累積與發展中，人們研究、發現、掌握多變現象背後不變（起碼是相對穩定）的道理規律，於是執簡馭繁，這就是中國古人所謂「易簡而天下之理得」——諸如：友愛親情之可珍、鬥爭仇恨之可懼、良辰好景之可幸與可喜、天道命運之可信或可疑。諸如此類，是否「太陽之下無新事」？是否不管如何，都「前事不忘，後事之師」？此其二。

第三：「時有古今，地有南北，字有更革，音有轉移，亦勢所必至。」明朝學者陳第的專業心得也好，希伯來古代智慧「巴別塔」典故的喻示也好，人類語文的演化與分歧，是人所共知的事實。不過，人又有神奇的學習與溝通能力，透過翻譯和解說，古與今，中與外，隔膜就得以消除，文化就得以交流、承繼。特別是我們的漢字中文，「金入洪爐不厭頻」，經過百多年來嚴苛的懷疑、輕蔑、考驗、批評，它難得的精簡與穩定特質，與口頭漢語適切配合的優點，理應更受珍視。透過視野的擴大與適當的更新，認真而合時的譯解，文、史、哲、教種種範疇的華夏經典，垂世行遠，光大發揚，就在於今日！

中華書局（香港）有限公司「新視野中華經典文庫」，數載有成，業績彪炳，現在把「文庫」中五十種書的導讀合編為一集，以利參考、觀覽，就如從上古到近世《七略・六藝志》《隋書・經籍志》《四庫提要》的貢獻與功能，實在是嘉惠士林、功在社會。筆者有附驥之榮，謹致蕪辭，誠為之賀！

陳耀南於悉尼
二〇一六年五月三十日

現代人為什麼要讀經典

李焯芬序

英國牛津大學有位歷史學家，名叫湯因比（Arnold Toynbee，一八八九—一九七五）。他著作等身，代表作是十二卷的《歷史的研究》（*A Study of History*）；書中深入分析了人類文明的歷史進程。學界一般認為他是一十世紀最偉大的歷史學家。上世紀七十年代，湯因比在他晚年的一些著作和訪談中，不時談到他對二十一世紀人類社會的一些預測和憂慮。他在分析文明史的基礎上，預見到二十一世紀的人類社會科技不斷進步，物質生活非常豐富；但人會變得越來越以自我為中心，越來越自私，物質慾望不斷膨脹。這將對地球的自然資源造成越來越大的壓力；而人與人之間、族羣與族羣之間的衝突亦越來越尖銳。從人類文明可持續發展的角度看，湯因比認為二十一世紀的人類社會需要重新審視並踐行中國傳統文化的價值觀，特別是儒家思想與大乘佛教。

四十年後的今天，我們重溫湯因比的這些預言，不無感觸。過去的教育，既重視知識的傳播，亦同時重視人的教育，特別是品德的薰陶。今天的教育，基本上以知識教育為主導。知識的不斷膨脹，造成了越來越多的新科目，以及永遠也教不完的新課程。展望將來，網絡教育（e-learning; mobile learning）的比例會越來越重。同學們忙於低頭看他們的手機或 i-pad，從中汲取他們所需要的各種知識或訊息。君不見：一家人外出吃頓飯，各人在飯桌上往往忙於看自己的手機，閒話家常式的分享明顯減少了。不少教育界的同工對如何在網絡時代推行德育

（或人的教育）感到困惑。這不啻是湯因比所預見的現代人越來越以自我為中心、人與人之間關係越來越疏離的現象。湯因比的命題是現代人如何在物質文明與精神文明之間取得更合理的平衡。從現代教育的角度看，則是如何在知識教育與人的教育之間取得更合理的平衡。

湯因比認為人類社會要持續發展，就必須處理好這些失衡的現象。而儒家思想和大乘佛教正可以幫助二十一世紀的人類社會在物質文明與精神文明之間取得更均衡、更和諧的發展；從而讓現代人生活得更有智慧、更稱意、更自在。我們回顧中古時代的歐洲，文藝復興讓當時的歐洲人生活得更有智慧，思想更開放和活躍，因而成就了後來的工業革命、科技不斷進步和強大的歐洲。正如饒宗頤教授所指出的，促進歐洲文藝復興的正是歐洲人對重新研讀古希臘、羅馬經典的興趣和熱潮。歐洲人從經典中得到了無窮智慧以及發展的動力。

就在這個有趣的歷史時刻，基於出版人的文化使命感和社會承擔，中華書局（香港）有限公司出版了一套五十本的「新視野中華經典文庫」；並把每本的導讀抽出、結集成為這套名為《經典之門：新視野中華經典文庫導讀》的集子，作為閱讀經典的入門書。書中的每一篇經典導讀，均是針對現代人對經典智慧的需求而寫成的，因此既具現代視野，亦契合現代人的需要。

湯因比預見了中華經典智慧對社會的價值。從個人的角度看，中華經典智慧亦能幫助現代人更好地面對社會的種種壓力，妥善處理好各種矛盾，從而讓大家生活得更稱意、更自在。我們今天的社會，競爭比以前更激烈，生活和工作壓力比以前更大。單以香港為例，六七十年代的香港只有二三千大學生。今天香港大學生逾十萬。不但畢業後找工作比從前難，連升職亦比從前難。我們的許多大學畢業生，很少有下午五點鐘下班的；經常是傍晚七點或更晚才能下班。有人回家以後還要用手機或電腦繼續工作。中華經典中有不少人生智慧，可以幫助我們更坦然地應付這些生活和工作中的壓力和挑戰，更善巧地處理好人際關係，幫助我們走上事業成功的坦途，同時獲得別人的尊敬、衷誠合作和支持。換句語說，研習中華經典，可以補現代知識教育的不足，讓我們除了現代專業知識之外，還具有人生智慧，懂得待人接物，事業上更成功，生活得更幸福快樂。

中華經典智慧，無論是對人類社會的未來，抑或是對個人的成功和幸福，都具有巨大的價值和意義。

香港大學饒宗頤學術館館長　李焯芬

二〇一六年六月

目錄

序

詩詞類

小説類

散文筆記類

蒙學類

注：各類別下之經典按其成書時代排序。

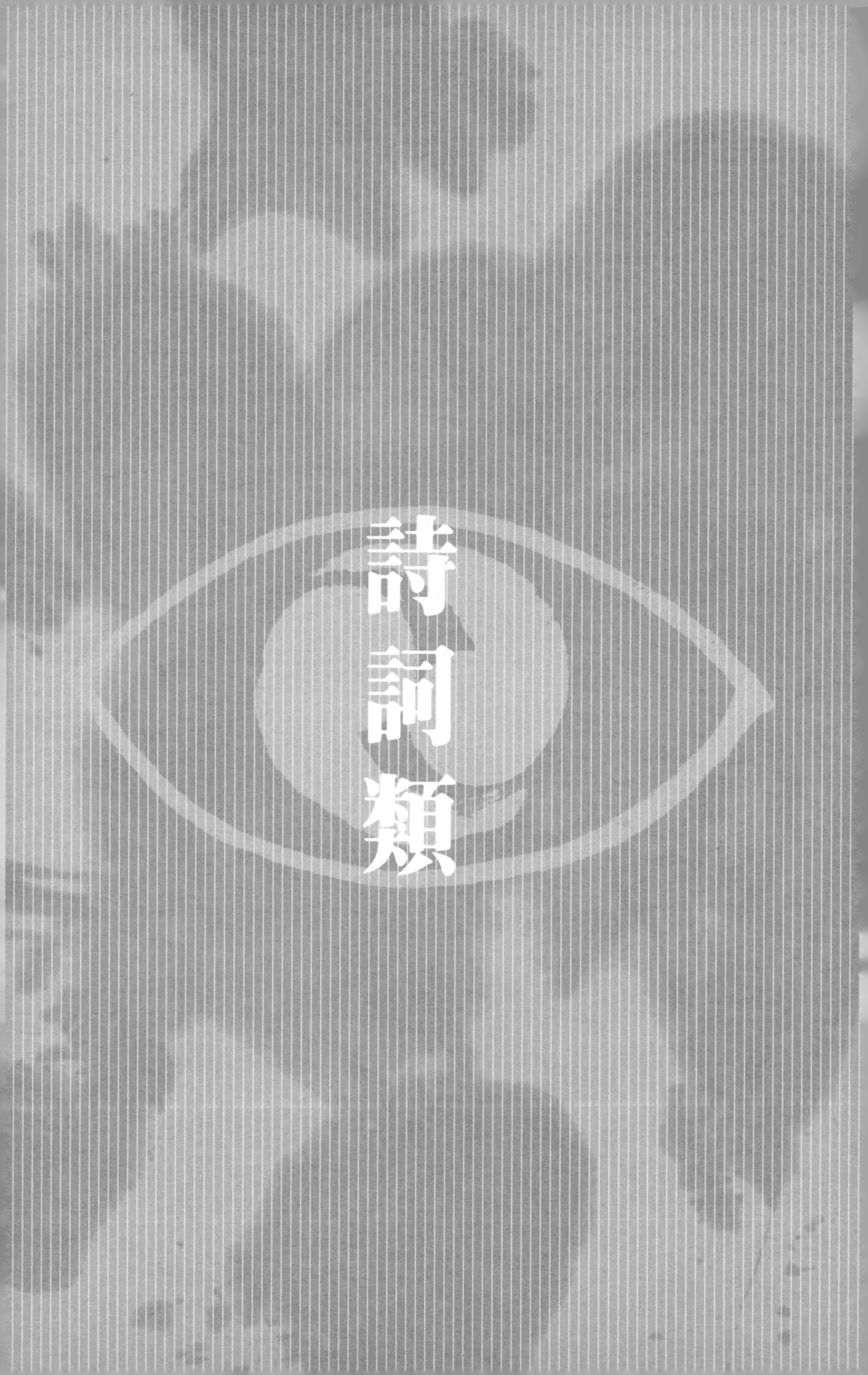

詩詞類

《詩經》導讀

《詩》為誰歌？

香港浸會大學饒宗頤國學院院長、
文學院署理院長、中文系講座教授
陳致

一、《詩》之為「經」

《詩經》又名《詩》《詩三百》《三百篇》，是中國古代最早的詩歌集子。最初，《詩經》就稱作《詩》。春秋時期，孔子教訓他的兒子孔鯉時說：「小子何莫學夫《詩》？詩可以興、可以觀、可以羣、可以怨。邇之事父，遠之事君，多識於鳥獸草木之名。」孔子只稱之為「詩」，而不是「詩經」。那《詩經》的名稱是什麼時候出現的呢？東漢的班固在《漢書．藝文志》中已經明明白白提到，「《詩經》二十八卷，魯、齊、韓三家」。《詩經》之名，似乎已經明列其中。但今人如屈萬里先生認為，這裏斷句應該是：「《詩》，經二十八卷，魯、齊、韓三家。」並且認為，《詩經》真正作為書名，是晚到宋代的廖剛寫《詩經講義》一書的時候。[1] 屈先生的解釋固有其道理，但我們不同意此說。戰國文獻如《禮記．經解》提到「述六經」，這六經當然也包括《詩經》，《莊子．天運》也提及「六經」，《莊子．天道》言及十二經，《莊子．天下》又云：「俱誦《墨經》，而倍譎不同。」在這些先秦的文獻中，《詩經》之名雖未直接出現，但已經是琵琶在抱，呼之欲出了。

1 屈萬里：《詩經詮釋》（臺北：聯經出版事業股份有限公司，二〇〇二年）〈敘論〉，頁三。

我認為，《詩經》之名，實際上在漢代已經出現。《史記．儒林列傳》記載，申公教授《詩經》，「弟子自遠方至受業者百餘人。申公獨以《詩經》為訓以教。無傳，疑者則闕不傳」。其弟子王臧、趙綰，皆由於修習《詩經》而飛黃騰達，王臧做了太子的老師，趙綰官至御史大夫。這裏所說的「申公獨以《詩經》為訓以教」，已經明確地提出了《詩經》之名。東漢王充在《論衡．正說》中說：「或言秦燔《詩》《書》者，燔《詩經》之『書』也，其經不燔焉。」《詩經》之名在漢代似乎並不少見。最詭異的是晉代干寶在《搜神記》裏面講的一個故事：

漢談生者，年四十無婦。常感激，讀《詩經》。夜半，有女子年可十五六，姿顏服飾，天下無雙，來就生為夫婦之言，曰：「我與人不同，勿以火照我也。三年之後，方可照耳！」

這也許是古語「書中自有顏如玉」較早的故事來源。後來，談生不聽這女子之言，未滿一年，就用火燭照她，結果二人終至仳離。這故事情節很像是古本的《白蛇傳》。到唐太宗時，孔穎達作《毛詩正義》，已經屢屢提到「詩經」一詞。所以，可以說在漢代已經有了《詩經》的名稱。

但是，兩漢時期，對《詩經》最常見的稱名並不是「詩經」，而是「韓詩」「齊詩」「魯詩」和「毛詩」。前面三者並稱為「三家詩」，是靠老師對學生面提指授，口耳相傳，在西漢時用當時的流行文字書寫下來的，所以屬於「今文經」。後者是西漢景帝時河間獻王劉德從民間搜羅發現的古本，故稱為「古文經」。據《史記．樂書》記載：「至今上（漢武帝）即位，作十九章，令侍中李延年次序其聲，拜為協律都尉。通一經之士不能獨知其辭，皆集會「五經」家，相與共講習讀之，乃能通知其意，多爾雅之文。」可見漢武帝時立「五經」博士，《詩經》已在其中了。我們現在所知道的是，齊魯韓三家詩在漢武帝以前已經設博士，立於學官，但最後流傳下來的卻是毛詩，主要是東漢大儒鄭玄為《詩經》作《箋》，就以毛詩為本，參合了多家意見。鄭箋流行之後，三家詩便逐漸失傳。隋唐開始科舉取士，要核定五經的文本，唐太宗時乃令顏師古在祕書省考定五經，令孔穎達作正義，令陸德明作音義。今天所謂的《詩經》就是唐代顏師古所定的文本。[2]近年來，又有一些從戰國晚期到漢代的與《詩經》相關的文本出現，如清華大學所藏竹簡中的〈耆夜〉〈周公之琴舞〉；上海博物館竹簡〈孔子詩論〉〈緇衣〉；郭店楚簡和上海博物館竹簡〈緇衣〉引詩、阜陽雙古堆漢簡《詩

2 《舊唐書》（北京：中華書局，一九七五年）卷七十三，頁二五九四。

經》、漢代熹平石經魯詩殘石等，可以看到很多詩經的異文和對詩旨的解釋。這些資料又豐富了我們對《詩經》的認識。

二、《詩經》的〈國風〉部分到底是不是民歌

我們讀文學史的時候，總會看到「詩經是最早的詩歌總集」，其中國風部分大多數是民歌的說法。我記得印象最深的是魯迅的話：

> 文學的存在條件首先要會寫字，那麼，不識字的文盲羣裏，當然不會有文學家的了。然而作家卻有的。你們不要太早的笑我，我還有話說。我想，人類是在未有文字之前，就有了創作的，可惜沒有人記下，也沒有法子記下。我們的祖先的原始人，原是連話也不會說的，為了共同勞作，必需發表意見，才漸漸的練出複雜的聲音來，假如那時大家擡木頭，都覺得吃力了，卻想不到發表，其中有一個叫道「杭育杭育」，那麼，這就是創作；大家也要佩服，應用的，這就等於出版；倘若用什麼記號留存了下來，這就是文學；他當然就是作家，也是文學家，是「杭育杭育派」。不要笑，這作品確也幼稚得很，但古人

不及今人的地方是很多的，這正是其一。就是周朝的什麼「關關雎鳩，在河之洲，窈窕淑女，君子好逑」罷，它是《詩經》裏的頭一篇，所以嚇得我們只好磕頭佩服，假如先前未曾有過這樣的一篇詩，現在的新詩人用這意思做一首白話詩，到無論什麼副刊上去投稿試試罷，我看十分之九是要被編輯者塞進字紙簍去的。「漂亮的好小姐呀，是少爺的好一對兒！」什麼話呢？

魯迅本是雜文家，這一段話收在他的〈門外文談〉中。其實本是一時興到之言，未必經意。但孰不知隨着他老人家身後地位陡升，他這些不經意的話竟也成了金科玉律。從四十年代以後，但凡討論詩歌的起源、《詩經》和古代民歌，大家都喜歡從魯迅的這段話說起。說：「詩歌起源於勞動號子」，「《詩經．國風》大都是民歌」，「《詩經》裏面愛情詩主要在〈國風〉裏面，其中多是民歌」。即如魯迅所舉的《詩經》的第一篇〈關雎〉，很多現代的注詩家都說是「民歌」。其實魯迅本人都說了這詩的「窈窕淑女，君子好逑」兩句的意思是「漂亮的好小姐呀，是少爺的好一對兒！」詩裏面，一會兒說「琴瑟友之」，一會兒說「鐘鼓樂之」，鐘鼓、琴瑟無論是在周代還是後代，都是十分貴重的物品，顯然不是平民所能擁有的。但現在還是有不少學者認為「這是歌頌農村青年男女自由戀愛結合的賀婚詩」。[3] 如果一個農村男青年一心想着要用鐘鼓、琴瑟來取悅農村女青年，恐怕不是「心懷異志」，便是精神恍惚了。

宋代出現了疑經的風氣，鄭樵、朱熹等因而提出了有別於古的〈風〉詩來源於民間的學說。到二十世紀上半葉，疑古之風復興，魏建功和聞一多在三四十年代是支持這流行學說的代表人物。從二十世紀早期開始，《詩經》中〈國風〉起源於民歌的說法，便得到知識界的廣泛認同。西方漢學界中，〈國風〉出自民歌，也是大家普遍接受的看法。法國漢學家 Marcel Granet（葛蘭言）一方面受西方詩經學中流行觀念的影響，另一方面，又受其師社會學大師涂爾幹（Emile Durkheim）的研究方法的影響，從一開始即試圖從初民的宗教、節日、習俗入手，為《詩經》定位。葛氏仔細研究《詩經》中的〈風〉詩，且翻譯了當中的六十八首，具體標明哪一句是男聲唱的，哪一句是女聲唱的，從而得出結論，認為〈風〉詩的語言特徵，如詩句的對稱、詞彙的重複、詩行的並列，凡此等皆表明這些詩本是農業節日期間，農民在進行節奏性活動時，即興唱出的歌曲和表演的舞蹈，《詩經》中的詩篇很多都保留了當時初民於節慶時唱和的語言形式特點。

3 張樹波：《國風集說》（石家莊：河北人民出版社，一九九三年），頁一一二—一一三。

西方學者和日本學者對此問題的研究，與多數中國學者是一致的。他們大都認為《詩經》特別是〈國風〉中大部分的詩，其最初均為低下階層的歌曲，如鄉村的農夫、獵人、牧人、下層士人和年青的戀人。但是，如果我們對《詩經》中的十五〈國風〉作一仔細的觀察，便會見到與上述不同的狀況。我曾經仔細考察《詩經．國風》的詩篇，從詩中所出現的貴族稱謂和被稱的貴族、居處、公事與其他貴族事務、僕從、服飾車馬武器、貴重禮器、商周銘文與文獻之慣用語等多方面來判斷，發現〈國風〉中絕大多數詩仍是貴族作品，所反映的也是貴族生活，其中愛情詩也多與貴族有關。

〈國風〉中貴族稱謂和被稱的貴族的詞語如「師氏」「公侯」「公孫」「公子」「公族」「君子」「淑女」「吉士」「騶虞」「先君」「寡人」「諸姬」「邦之媛」「大夫」「庶姜」「司直」「良士」「齊之姜」「宋之子」，都在在顯示這些詩出於貴族文人之手，其他還有包括一些具體人物如：「郇伯」「周公」「有齊季女」「召伯」「王姬」「平王」「齊侯」「仲氏任」「孫子仲」「孟姜」「衞侯」「東宮」「邢侯」「譚公」「留子」「大叔」「齊子」「穆公」「夏南」等等，也在詩中有提到。

從居處來看，如「王室」「宗室」「公宮」「我畿」「中冓」「上宮」「楚宮」「公所」，所反映的也是上層貴族的生活。詩中還不斷提到一些「公事與其他貴族事務」如「万舞」「錫爵」「王事」「執簧」「執翿」「射侯」「鼓瑟」「從公于狩」「于田」「興師」「每食四簋」「值其鷺羽」「駕我乘馬」「狐裘以朝」「何戈與祋」「其弁伊騏」「躋彼公堂」「朋酒斯饗」等等。還有很多服飾車馬僕從武器等都不是平民所能擁有的，如「我馬」「百兩」「狐裘」「袞衣繡裳」「赤芾」「副笄六珈」「象服」「騋牝三千」「良馬四之」「充耳琇瑩」「會弁」「四牡」「佩玉」「瓊琚」「我僕」「毳衣」「緇衣」「衣錦褧衣」「瓊華」「簟茀朱鞹」「象揥」「朱襮」「羔裘豹袪」「錦衾」「騶驖」「輶車鸞鑣」「騏馵」「虎韔鏤膺」「騏駵」「騧驪」「龍盾」「文茵」「黻衣繡裳」「瓊瑰玉佩」「素韠」「皇駁其馬」「兩驂」「兩服」「駟介」「赤舄」；此外還有一些貴重禮器，如「金罍」「兕觥」「鐘鼓」「琴瑟」「路車乘黃」。另外，還有可以持以參證的是，〈國風〉中也使用了一些商周銘文中常見的與祭祀有關的套語，如「公侯腹心」「福履綏之」「夙夜在公」「威儀棣棣」「德音莫違」「壽考不忘」「君子至止」「萬壽無疆」「以介眉壽」等等，不能一一列舉。當然，不是說只要詩中一出現這一類的詞語，就說明這首詩是貴族的，平民也完全可以說一些這一類的詞語。我想這是一個綜合的判斷。比如〈鄭風．緇衣〉第一章說：「緇衣之宜兮！敝，予又改為兮。」緇衣是一種黑色的衣服，周代貴族用為朝服，《禮記．緇衣》是明證。由此判斷，這首詩應該是貴族文人的作品。但是，《韓非子．說林下》中提到楊朱之弟楊布「衣素衣而出，天雨，解素衣，衣緇衣而反」。這裏的「緇衣」指一般的黑色衣服，或者有人會說僅憑「緇衣」一詞，不能斷定這首詩出於貴族之手。但是如果結合下文的「授子之館」等語，再聯繫前後的詩章，我們認為此詩就不太可能與民歌有什麼關係。

綜合這些因素來看，**〈國風〉中的詩歌可以斷定大多與周代的貴族文人的生活息息相關，除了一些不能確定的以外，絕大部分屬於貴族文人作品。**以我的觀察，在一百六十一首〈風〉詩中，其所佔的比重大約是百分之七十。其餘少數則無法判定性質，但也未必就是民歌。

自宋代以來，學者就注意到〈國風〉中的〈鄭風〉和〈衞風〉保存了大量的以情愛為主題的詩歌，朱熹每每從道學家的立場說：「此淫奔之詩也。」其實情愛不能說明其民歌的性質。不管有錢沒錢，身份高低，男女情愛都是生命中一個永恆的主題。魏文侯曾經問孔子的學生子夏：「吾端冕而聽古樂，則唯恐臥；聽鄭衞之音，則不知倦。敢問：古樂之如彼何也？新樂之如此何也？」春秋時期的所謂新樂，主要指的一是鄭衞之音，一是四夷之樂。而我認為所謂「新樂」並不全新，而「鄭衞之音」中恰恰蘊含了不少鄭衞地區，也就是殷商故地的古樂。無怪乎宋玉在〈招魂〉中稱其為「鄭衞妖翫」，[4]這種綺麗侈靡的音樂，豈是鄉間平民玩得起的？

4 王逸：《楚辭補注》，《四部備要》本，卷九十二，頁一一二。

《韓非子．十過》記載了這樣一個故事：衞靈公攜其樂官師涓去晉國，行至濮水之上，半夜聽到樂聲覺得非常好聽，於是讓師涓「聽而寫之」，也就是記錄下來。到了晉國以後，衞靈公向晉平公和晉國樂官師曠誇耀「有新聲，願請以示」。於是師涓用琴演奏，但演奏到一半的時候被師曠制止。師曠說這是商末的樂官師延為紂所作的「靡靡之樂」，武王滅商之後，師延自投於濮水，所以這是亡國之音。[5]如果剔除其中的傳說成份，這個故事也許透露了殷商舊樂在其故地鄭衞之間部分地流傳下來。《釋名．釋樂器》中明確地記載：「箜篌，此師延所作靡靡之樂也。後出於桑間濮上之地。蓋空國之侯所存也。師涓為晉平公鼓焉。鄭、衞分其地而有之。遂號『鄭衞』之音，謂之『淫樂』也。」[6]

那麼這些桑間濮上的音樂和詩歌能否算是民歌呢？

5　陳致：《從禮儀化到世俗化：詩經的形成》（上海：上海古籍出版社，二〇〇九年），頁三〇二－三一六，第五章，四，〈商音的化石化與風詩的傳播〉。

6　《釋名》，《四部備要》本，卷七，頁二八。

三、《詩經》三頌的時代

《詩經》三百篇究竟是什麼時代的作品？這個問題自古以來就歧見紛出，莫衷一是。《毛詩》序傳的作者據說是戰國時趙國人毛亨和漢初的毛萇，他們把很多詩都推到文王、周公時期，並且認為大部分的詩都是有政治意涵的，與美刺比興的藝術手法結合起來，總是關乎儒家的政治理念和國運的興衰，所以每一首都與特定的歷史時期、歷史人物或事件聯繫起來。現在看起來，當然是很成問題的。今本《詩經》裏面包括〈國風〉〈雅〉〈頌〉三大部分。在上海博物館竹簡中，這三大部分依次為〈訟〉〈夏〉〈邦風〉。各部分均與音樂有着密不可分的關係。《墨子．公孟》說：「誦詩三百，弦詩三百，歌詩三百，舞詩三百。」《史記．孔子世家》中也提到：「三百五篇孔子皆弦歌之。」都說明《詩經》是可以配樂的。如果說十五篇國風大多出自周王朝所屬各國和各地區的音樂和詩歌，那麼《詩經》中〈雅〉〈頌〉部分可以說更是與周王朝直接相關的音樂與歌詩。孔子曾說：「吾自衞返魯，然後樂正，〈雅〉〈頌〉各得其所。」（《論語．子罕》）故〈雅〉〈頌〉之名原不僅是詩體之名，也是音樂體式。唐孔穎達《毛詩正義》：「詩各有體，體各有聲，大師聽聲得情，知其本義。」宋代鄭樵、程大昌等則以為〈風〉為地方之樂，〈雅〉為朝廷之樂，〈頌〉為宗廟之樂。近代一些學者如張西堂也曾研究《詩經》的音樂特性，比如張氏認為「頌」是一種叫「鏞」

晚商銅尊銘文（高 8.7 厘米）

的樂器[7]。不過，現代很多《詩經》研究者並不接受這一說法[8]。這一理論雖由張西堂提出，但其理論根基可以追溯到漢代的鄭玄和宋代的詩經學者。以前人的這些研究為基礎，我曾詳細論證，所謂周、魯、商三頌，是源於商代的青銅樂鐘——庸和商代音樂體式——「庸奏」。[9]

最近，香港御雅居所收的一件晚商銅尊，上面的銘文講到了商王（很可能是商紂王）的一次婚禮，其中有商代樂舞「万舞」和商代音樂「庸奏」，銘文如下：

> 辛未婦𨽍宜才（在）𡪞大室王鄉（饗）酉（酒）奏庸新宜𣅀（欥）才（在）六月魚由十終三朕（媵）襲之同王賞用乍（作）父乙彝大万。[10]

7 張西堂：《詩經六論》（上海：商務印書館，一九五七年），頁一一四—一一五。

8 陳子展：《詩經直解》（臺北：書林出版社，一九九二年），頁四。

9 陳致：〈万舞與庸奏：商代祭祀樂舞與詩經中的頌〉，《中華文史論叢》二〇〇八年第四期，頁二一三—二四七。

10 此銘釋文雖為己見，但曾向李學勤、劉釗、沈培、陳劍、董珊請益，當然錯誤概由本人負責。

以上銘文若翻譯成白話，就是：

> 辛未之日，某國之公主來大婚，在寢宮之大室。商王因賜以酒，並決定新婚用庸奏之樂來行禮。最初婚禮乃於六月，奏「魚由（罟）」（或「魯」）十段。另外有三女陪嫁，親迎則同。商王行賞，因作父乙尊，並伴之以大舞「万」。[11]

這段銘文多少印證了一些推斷：庸為商人的青銅樂鐘名，同時也是商人的禮樂，應該是詩樂舞三位一體的。裘錫圭〈甲骨文中的幾種樂器名稱〉一文，及文末所附〈釋万〉一文指出，周代「万舞」實源自商代祭祀樂舞，[12]筆者進一步認為：

> 從甲骨文資料來看，万舞與庸奏往往相伴進行。庸為商代貴族使用的青銅樂鐘，在商代中晚期亦指一種音樂、舞蹈、樂歌相伴進行的用於祭祀的樂舞形

11 關於銘文釋文的詳細論證，見待刊拙文〈新出商尊銘文試釋〉。

12 裘錫圭：〈甲骨文中的幾種樂器名稱〉附〈釋万〉，《中華文史論叢》一九八〇年第二輯（總第十四輯），頁八一，注五。

> 式。由「庸」與「頌」的字源來看，此庸奏樂舞後來演變為《詩經》中的三頌。最初庸奏和万舞都在商代祭祀中用於迎神娛神，此即甲骨文中常見的「賓」祭。故頌這種詩歌音樂舞蹈體式，實源自商代祭祀所用的万舞與庸奏。[13]

甲骨文中的「庸」([glyph]、[glyph]、[glyph]、[glyph]) 不僅指商代的某種樂鐘，也可能指某種舞蹈，或亦有可能是某種音樂表演形式。我認為「庸」為金文「頌」的前身，「頌」是周人的辭彙，周人用以冠之於一種源自殷人的祀祖的禮樂。文獻與新出土的資料都顯示：周人早在滅商時期，就已使用庸這種樂器，並學會了「庸」的音樂表演。滅商以後，周人對「万」舞和「庸」奏既加以採用，又進行了改造，並予以正名，以標榜其自身的文化，並建立其禮樂制度。「周頌」和「魯頌」恰恰和商人的文化有着莫大的關聯。周人在征服殷商前後，採用了許多殷人的文化和制度。他們對殷人樂器的借用，也可以由考古發現加以證明。在今陝西竹園溝出土了一件庸，其獸面紋與商代的庸驚人地相似。

13 陳致：〈万舞與庸奏：商代祭祀樂舞與詩經中的頌〉，《中華文史論叢》二〇〇八年第四期，頁二一三—四七。

亞弜庸（李純一《中國上古出土樂器綜論》，圖 13）

魯國的始封是周公之子伯禽，在各諸侯國中是惟一特許在禘祭中用天子禮樂的。故魯僖公時代的四首詩，可以稱之為〈魯頌〉。

〈商頌〉五篇是宋國的作品。宋的開國君主是商紂王的庶兄微子啟，武王滅商以後，為安撫商遺民，故封微子於殷之故地——宋。史書記載，孔子的七世祖正考父是宋隱公的後代，生活在西周晚期到東周早期的戴、武、宣三朝。在《國語．魯語》中，閔馬父對子服景伯說[14]：

> 昔正考父校商之名頌十二篇於周太師，以〈那〉為首，其輯之亂曰：自古在昔，先民有作。溫恭朝夕，執事有恪。[15]

這十二篇後來在毛詩中尚保留有五篇，就是我們看到的〈那〉〈烈祖〉〈玄鳥〉〈長發〉〈殷武〉。前兩篇是描寫祭祀殷人先祖的過程，後面三篇則為追溯殷商民族的史事。

14 韋昭（一九七—二七八）認為閔馬父和子服景伯都是魯國人，並將此事繫於魯哀公八年（前四八七）。見《國語》（上海：上海古籍出版社，一九七八年），頁二一六。

15 《國語》，頁二一六。

〈周頌〉三十一篇，一般認為保留了《詩經》中時代最早的詩篇。在詩經各部分中，《周頌》有一個異於《詩經》其他部分的顯著特點，就是其中很多詩都不入韻，據王力的擬音，全篇基本上無韻的詩有〈清廟〉〈維天之命〉〈昊天有成命〉〈時邁〉〈臣工〉〈噫嘻〉〈武〉〈小毖〉〈酌〉〈桓〉〈般〉等。[16] 其中〈昊天有成命〉〈時邁〉〈武〉〈酌〉〈桓〉〈般〉極有可能是周初創制的〈大武〉樂章的歌詞。[17] 王國維曾解釋說其詩不入韻是因為〈周頌〉的聲調較緩。這個解釋是不盡人意的。以西周金文與〈周頌〉諸詩比讀，我發現西周金文大約也是在西周恭王時期（前九二二—前九〇〇）開始向韻文方向演變，而且在宣王時期更是出現了一種普遍入韻的傾向。其中〈周頌〉與金文中某些成語正是在韻文發展的過程中，為了入韻而生成的。比如西周中晚期常見的「永保用享」「用享用孝」「萬壽無疆」「眉壽無期」這一類的成語，是從早期的「永保用」「用享」「用孝」「無疆」「眉壽」等詞變化而來。

16 王力：《詩經韻讀》（上海：上海古籍出版社，一九八〇年），頁三九〇—四〇一。

17 我認為〈大武〉樂章實際經過了兩次創制過程，第一次是在武王（前一〇四六—前一〇四三）滅商之前，第二次是在周公平定三監及淮夷之叛之後。詳見 Chen Zhi, *From Ritualization to secularization: The shaping of the Book of Songs*, Sankt Augustin: Monumenta Sinica Institute, 2007, pp. 165-173.

從考古發現的樂鐘和西周金文來看，〈周頌〉與金文四言成語的大量出現，以及兩者在韻文中由無韻到雜韻、有韻的過程，幾乎是同步的。這些並非歷史的偶合。四言詩句的定型，以及入不入韻，實際上與西周樂鐘的使用，以及音樂的發展有很大的關係。西周禮樂中最重要的樂器編甬鐘，在西周穆王（前九七六－前九二二）時期以後才出現了《周禮》中所描述八件一組、與編磬和鎛共同使用的範式，也即穆王時期以後才真正使用樂鐘正、側鼓雙音，構成四聲音階的旋律效果，青銅器銘文特別是鐘鎛銘文上長篇韻文的出現，恰恰是在這個時候。

我曾經考察《詩經．周頌》諸篇與西周金文在成語和習語中的使用，以及同步發展的現象，發現在西周中期以後，伴隨着音樂的使用和祭祀禮辭的發展，中國的四言體詩開始逐漸形成，並且格式化。

我們現在常用的成語也有不少是在周代的宗教活動中產生的，比如「嗚呼哀哉」一詞，〈周頌．訪落〉裏寫作「於（嗚）乎（呼）悠哉」，而在西周早期青銅器弔𧽍父卣銘文中則為「烏（嗚）虖（呼）焂敬哉」。從現有的資料來看，「烏虖哀哉」這句成語最早是出現在西周宣王（前八二七－前七八二）時期的銅器禹鼎上。

再如金文中「亡（無）彊（疆）」一詞雖然在西周早期的辛鼎（殷周金文集成二六六〇）銘文中出現，曰：「辛作寶其亡（無）彊（疆）」，但是定格化為後來的「眉壽無疆」「萬壽無疆」「多福無疆」「萬年無疆」等成語成詞，較早恐怕是在西周懿王、孝王時期的𤼈組及夷王、厲王時期的眉縣楊家村逑組銅器上，最常見的格式是銘文最後以「萬年無疆，子子孫孫，永寶用享」的祝嘏之辭收結，其用韻的特點很明顯。二〇〇三年發現的眉縣楊家村逑盤，四十二年、四十三年逑鼎銘文文末皆有「眉壽綰綽，畯臣天子，逑萬年無疆，子子孫孫，永寶用享」之語，逑鐘銘文則於文中云：「肆天子多賜逑休，天子其萬年無疆，耆黃耇，保奠（定）周邦，諫乂四方。」[18]

而上舉這些「無疆」成語在《詩經》亦多處可見，如「萬壽無疆」（〈豳風．七月〉〈小雅．天保〉〈小雅．南山有臺〉〈小雅．楚茨〉〈小雅．信南山〉〈小雅．甫田〉），「壽考萬年」（〈小雅．信南山〉），「受福無疆」（〈大雅．假樂〉），「申錫無疆」，「綏我眉壽，黃耇無疆」，「降福無疆」（〈商頌．烈祖〉），「惠我無疆，子孫保之」（〈周頌．烈文〉），上述例證雖不能說明這些詩篇的準確年代，但至少可以說明它們不太可能早於西周中晚期，也就是懿王（前八九九—前八九二）時期。事實證明，天子

18　李零：〈讀楊家村出土的虞逑諸器〉，《中國歷史文物》，二〇〇三年第三期，頁一六；王輝：〈逑盤銘文箋釋〉，《考古與文物》二〇〇三年第三期，頁八八；董珊：〈略論西周單氏家族窖藏青銅器銘文〉，《中國歷史文物》二〇〇三年第四期，頁四〇—五〇。

「萬壽無疆」雖然只是一廂情願，但「萬壽無疆」這個成語還真是頗有生命力。在中國經歷過上世紀六七十年代的人，誰不知道這曾經是偉大領袖毛主席專用的，而屬於當時中國第二號人物的林彪副主席則只能用「永遠健康」。根據姚監復先生的回憶，在六十年代末的貴州，老百姓要三頌三禱，祝革委會主任李再含「比較健康」。

《詩經．周頌》中的多數詩，用韻與西周中晚期金文用韻和使用的成語大致相合。很有可能，這些詩篇與西周金文有密切關係。由此可以推斷，〈周頌〉三十一篇並不像學者所認為的皆創作於武、成、康、昭時期，而除去不押韻的諸篇外，可能大多數產生於恭王以後的西周中晚期。

四、大小雅與史詩問題

〈小雅〉〈大雅〉的部分詩合稱為〈雅〉，包含了以宗周（即周的都城）為中心的一百零五首詩。大小雅中最晚的詩篇可能是〈小雅〉中的〈正月〉〈雨無正〉和〈十月之交〉。在〈正月〉中，詩人提到「赫赫宗周，褒姒滅之」，這顯然是指周幽王寵愛褒姒而導致宗周覆滅的事件。其時間是公元前七七一年。而〈雨無正〉一詩也提到此事，曰：「周宗既滅，靡所止戾。」「周宗」就是「宗周」，在西周金文和詩中都是指西周王朝的中心統治區域，以豐鎬為中心，在今陝西省武功鳳翔一帶。[19]〈十月之交〉這首詩則提到了日食。根據這天象出現的時間，學者們斷定這首詩應該指的是公元前七三五年，這次日全食在周疆域內的許多地方都可以觀測到。[20]

〈小雅〉七十四篇，其主題包括飲宴、祭祀、戰爭、勞役，基本上都出自貴族士大夫之手。其中「不無危苦之辭，亦以悲哀為主」。但同時，這些詩又都適用於禮樂場合，如〈鹿鳴〉〈四牡〉〈皇皇者華〉〈魚麗〉，在周代的文獻中就常用於貴族的饗、射和兩君相見等禮儀中。[21]這七十四首詩主要與上層生活有關，其主題集中在君主、卿士大夫、上層貴族，也許也有些少數的下層文人的作品。從宴飲迎賓（〈鹿鳴〉〈魚麗〉〈南有嘉魚〉〈湛露〉〈采芑〉〈頍弁〉〈賓之初筵〉〈魚藻〉〈瓠葉〉），描摹音樂場面（〈鼓鐘〉）、祭祀（〈常棣〉〈伐木〉〈天保〉〈蓼蕭〉〈楚茨〉），到征伐勞役（〈四牡〉〈采薇〉〈出車〉〈杕杜〉〈六月〉〈車攻〉〈鴻雁〉〈黍苗〉）；有些詩的內容

19 陳致：《從禮儀化到世俗化：詩經的形成》，頁二〇，注二。

20 張培瑜：〈西周天象和年代問題〉，陝西歷史博物館編：《西周史論文集》（西安：陝西人民教育出版社，一九九三年），頁四二一－五五；沈長雲：〈詩經二皇父考〉，《王玉哲先生八十壽辰紀念文集》（天津：南開大學出版社，一九九四年），頁一三九－一五一。

21 王國維：〈釋樂次〉，《觀堂集林》（北京：中華書局，一九八一年），第二冊，頁一〇三－一〇四。

是祝福平安壽考的（〈南山有臺〉〈瞻彼洛矣〉〈桑扈〉〈鴛鴦〉），有君子相見的（〈菁菁者莪〉〈庭燎〉〈隰桑〉），有記述畋獵的（〈采綠〉），描述婚姻的（〈車舝〉），慶祝豐年（〈信南山〉〈甫田〉〈大田〉）和其他儀式（〈采菽〉）的；也有些詩則諷刺時政（〈巷伯〉〈北山〉〈角弓〉）和徭役（〈漸漸之石〉），還有表達對公務的疲憊（〈小弁〉〈巧言〉〈大東〉〈青蠅〉），對國事之多艱的感慨（〈吉日〉〈沔水〉〈正月〉〈十月之交〉〈雨無正〉〈小旻〉〈四月〉），對父母的感念（〈蓼莪〉），也有表達男女情愛（〈谷風〉〈裳裳者華〉〈頍弁〉〈都人士〉）與內心憂傷（〈小宛〉〈何人斯〉〈無將大車〉〈菀柳〉〈白華〉〈苕之華〉）的作品。在詩中，如皇父（〈十月之交〉）、司徒（〈十月之交〉）、師氏（〈十月之交〉）、膳夫（〈十月之交〉）、尹氏（〈節南山〉）、大師（〈節南山〉）都是西周時期的職官名稱，很多可與西周直接的史料——金文相印證。而詩中也提到一些西周後期的著名人物，如尹吉甫、家父和祈父，這些都說明〈小雅〉大多數篇章成文於西周末到東周初。

〈大雅〉三十一篇，開篇就是〈文王〉〈大明〉〈緜〉這些敘述周人歷史的較長篇幅的詩歌。一般認為這些都是周初的作品。然而，從這些詩歌的語言風格、用韻，包括所用的成語和詩篇的結構等方面來判斷，認為他們是西周中晚期和東周早期之間

（前九—前十）的作品是較為合理的。[22] 在大雅三十一篇中，前半部從〈文王〉到〈卷阿〉是以讚頌為主，歌頌周人的祖先（〈文王〉〈緜〉〈文王有聲〉〈公劉〉），功烈與德業（〈思齊〉〈皇矣〉），周族的始生（〈文王〉〈大明〉〈緜〉〈生民〉），天命（〈文王〉〈緜〉〈皇矣〉〈下武〉），宮室建築（〈靈臺〉），歷史上重要的婚姻（〈大明〉〈思齊〉），以及在軍事上的成就（〈大明〉〈棫樸〉），射禮和饗宴（〈行葦〉〈既醉〉〈鳧鷖〉〈假樂〉〈泂酌〉）等等，基本上都是正面的。傳統上稱之為大雅之「正」。而與這些詩相對的，自〈民勞〉以下到最後的〈召旻〉，詩的主題大多是負面的，或苦於徭役與天災（〈雲漢〉〈召旻〉），或抱怨政事之失（〈民勞〉〈板〉），或控訴君上之失德（〈蕩〉〈抑〉〈桑柔〉〈瞻卬〉），這些詩，古人稱之為大雅之「變」。但是在「變雅」中也有些詩是例外，如〈嵩高〉〈烝民〉〈韓奕〉〈江漢〉〈常武〉這幾首詩多為周宣王（前八二七—前七八二）中興時期的作品，歌頌申伯、仲山甫、韓侯、召穆公虎、南仲這些中興名臣的南征討伐淮夷的功業，用現在的話說，這幾首詩雖然置於變雅之中，但還是宣傳「正能量」的。

22 陳致：〈《大雅・文王》篇所見詩經異文與金文成語零釋〉，《中國詩學》卷一四（二〇一〇年），頁四四—六五。

〈大雅〉諸篇中，有不少詩追溯了周人的歷史，涉及其部族誕生的神話和一些重要的歷史人物和重大的歷史事件，如〈文王〉〈大明〉〈緜〉〈生民〉〈公劉〉諸篇。我們通常習慣於稱這些詩為周人的史詩。與之相類的還有〈商頌〉中〈玄鳥〉〈長發〉〈殷武〉三篇，當然歌頌的是商人的祖先。但是，在使用「史詩」這個詞的時候，要特別注意它與西方的 epic 的概念並不完全相同。在普林斯頓大學出版的《詩與詩學滙典》中，對 epic 的解釋是：

> An epic is a long narrative poem that treats a single heroic figure or a group of such figures and concerns an historical event, such as a war or conquest, or an heroic quest or some significant mythic or legendary achievement that is central to the traditions and belief of its culture. Epic usually develops in the oral culture of a society at a period when the nation is taking stock of its historical, cultural, and religious heritage.[23]

23 Alex Premnger and T.V.F. Brogan, etc. eds., *The Princeton Encyclopedia of Poetry and Poetics* (Princeton, New Jersey: Princeton University Press, 1993), 361.

史詩是一種長篇敘事詩，敘述一個英雄人物或一組這樣的人物，及相關的歷史事件，諸如戰爭、征服，或是一個英雄的業績或一些重要的神話、有傳奇性的成就，而這些故事對於某種文化傳統和信仰來說又是具有核心價值的。史詩通常是在一個社會的口頭文化中發展起來的，用以追溯其族羣的歷史、文化和宗教傳統。

據此，可以概括epic的要素如下：一、長篇敘事詩；二、個別英雄人物或一羣英雄人物；三、重大歷史事件，如重要的戰爭或戰役，英雄探險的經歷，或是一個傳奇性的偉大業績；四、這些在一個文化傳統中又具有核心價值；五、講故事的敘述功能；六、經歷過一段口頭傳播的歷史。

《詩經》中敘說歷史的詩篇雖然也講述其祖先或族人中的英雄事跡，講述重大歷史事件，但講述的方式是以讚頌為主，而很少有敘述性，不具備荷馬史詩所見的細節、對話、故事的連貫性和情節變化等。

《楚辭》導讀

綺麗浪漫，哀婉深情

香港中文大學哲學博士、
香港中文大學中文系助理教授
陳煒舜

一、引言

近代大學者梁啟超說：「吾以為凡為中國人者，須獲有欣賞《楚辭》之能力，乃為不虛生此國。」《楚辭》作為中國詩歌兩大源頭之一，與《詩經》齊名。《楚辭》產生的年代晚於《詩經》，是先秦南方文學的代表，體現了獨特的審美精神。東周以降，楚國長期吸收北方的中原文化，並將之結合本土文化，到戰國時代乃逐漸擺脫蠻夷之邦的形象。《楚辭》，就是兩種文化成功結合後的產物。

不同於《詩經》的寫實主義，《楚辭》的浪漫主義風格是由楚地廣袤富饒的山川、豪邁熱情的民風和神祕絢麗的巫文化所造就的。其驚采絕豔的辭章、朗麗哀志的情調、細膩高超的藝術技巧、琳瑯滿目的神話素材，令人愛不釋手。《楚辭》不僅是漢賦的直系祖先，其辭采和精神更滋養了後世眾多的作家。從司馬遷、曹植、陶淵明、李白、杜甫、蘇軾、曹雪芹到龔自珍，他們的創作無一不受到《楚辭》的影響。民國以後，雖然包括楚辭在內的舊體詩歌不再是文學創作的主要體裁，但現代作家如聞一多、郭沫若諸人，依然深受《楚辭》哺育，而楚辭學也成為了五四以來的一門顯學。

屈原（約前三四三—前二七七）是《楚辭》的主要作者，作為秦楚競爭及國內政治鬥爭的犧牲者，他以高尚的人格感召了一代又一代的志士仁人。屈原傳世的二十五篇作品大抵為仕途失意時所作，字裏行間洋溢着他對斯土斯民的熱愛、古聖先賢的景仰，以及追求真理、堅守正義、保持激情、擁抱理想的精神，而這種精神是不以時代之更移而轉變的。其次，進入戰國時期，諸子百家應運而生。在中原地區，散文逐漸取代詩歌的地位。博學多才的屈原縱然與諸子同期，卻以詩歌創作聞名於世。他不僅對楚辭這種文體起了奠定的作用，更開啟了中國文學史上第一個創作流派，宋玉、唐勒、景差皆能祖述屈原的從容辭令。如果説孟、莊、荀、韓的學派皆以義理為依歸，屈原的流派則以辭章為核心，難怪歷來都有人將屈原列為諸子之一。屈原的楚辭創作，除有發憤抒情的功用外，更意味着文學意識的覺醒。在中國文學史上，他雖然不是第一位留名的詩人，卻以大量精力投入詩歌創作，可説是以詩歌為寄託、為志業、為生命。因此，屈原有「詩人之祖」的美譽，衣被百代，暉麗千秋。

二、楚辭的名義與風格

楚辭，就是楚人創作的詩歌。這種體裁盛行於戰國時代的楚國，相對於《詩經》較晚。楚國君臣多嫻於辭令，他們對詩歌亦非常注重修辭技巧。因此，這種修辭華美的楚國詩歌就被稱為「辭」或「楚辭」。**楚辭的代表作家有屈原、宋玉等，有時候楚**

辭甚至專指屈原的作品。[1] 作為文體的名稱，楚辭最早見於《史記．酷吏列傳》：

> 始長史朱買臣，會稽人也，讀《春秋》。莊助使人言買臣，買臣以楚辭與助俱幸侍中，為太中大夫。[2]

朱買臣、莊助皆西漢武帝時人。到了成帝即位，劉向奉旨校書，匯集屈原、宋玉、賈誼、東方朔等人的作品，編為十六卷，名曰《楚辭》。自此以後，楚辭也成了專書之名。東漢後期，王逸根據劉向的本子著成《楚辭章句》，是現存最早的《楚辭》注本，對後世影響深遠。

楚辭作品獨有的地方特色，一直為人們所注意，其中最顯著的，莫過於誦讀的方法。《漢書．藝文志》云：「不歌而誦謂之賦。」[3] 所謂賦乃合騷體而言之。騷、賦共同的誦讀方法，就是純粹的朗讀，不必配上音樂旋律來唱誦。而楚辭誦讀的聲調也富

1 吳宏一：《詩經與楚辭》（臺北：臺灣書店，一九九八年），頁一四五。

2 〔漢〕司馬遷：《史記》（北京：中華書局，一九九七年），頁三一四三。

3 〔漢〕班固：《漢書》（北京：中華書局，一九九七年），頁一七五五。

於特色，西漢被公、朱買臣等皆是能以楚聲來誦讀楚辭者。除了聲調外，楚辭還有不少其他特色，北宋末年學者黃伯思便作過一番歸納：

> 屈、宋諸〈騷〉皆書楚語、作楚聲、紀楚地、名楚物，故可謂之楚辭。若「些」、「只」、「羌」、「誶」、「謇」、「紛」、「侘傺」者，楚語也。悲壯頓挫，或韻或否者，楚聲也。沅、湘、江、澧，修門、夏首者，楚地也。蘭、茝、荃、藥，蕙、若、芷、蘅者，楚物也。[4]

黃氏之言可分為形式和內容兩方面。他認為，**楚辭作品在形式方面採用了楚地方言詞彙（楚語）和音韻（楚聲），內容方面記錄了楚地的地理環境（楚地）和土特產（楚物）**。黃伯思的說法雖然不錯，但尚可斟酌補充。先秦時代的楚聲早已不傳，如何根據楚辭文本來感受楚聲的悲壯頓挫？更何況楚語、楚地、楚物，並不一定只在楚辭作品中才會有。比如說楚辭的「兮」字，每在《詩經》和賦中出現。而賦的句式，

4 〔宋〕黃伯思：〈校定楚詞序〉，載《東觀餘論》（北京：中華書局據古逸叢書三編影印，一九八八年），頁三四四。

有不少也十分接近楚辭。因此，楚辭必然還有一些判然不同於其他文體的特色。

首先值得注意的是楚國的文化背景。楚文化與北方的諸夏文化頗有差異，楚人信巫覡、重淫祠，雖君主亦不例外。據桓譚《新論・言體論》的記載：

> 昔楚靈王驕逸，輕下簡賢，務鬼神，信巫祝之道，齋戒潔鮮，已祀上帝、禮羣神，躬執羽紱起舞壇前。吳人來攻，其國人告急，而靈王鼓舞自若，顧應之曰：「寡人方祭上帝，樂明神，當蒙福祐焉，不敢赴救。」[5]

吳軍壓境的關頭，楚靈王卻仍在「鼓舞自若」地祭神。儘管靈王的祭祀沒有達到預期的效果，但歷代楚王對於鬼神之事的興趣卻絲毫沒有減退。《漢書・郊祀志》指出，屈原時代的楚懷王同樣採用過這種方式，冀圖退卻秦軍：

5 〔漢〕桓譚：《新論》，〔清〕嚴可均校輯：《全上古三代秦漢三國六朝文・全後漢文》（北京：中華書局，一九五七年），引《羣書治要》，頁五四〇。

楚懷王隆祭祀，事鬼神，欲以獲福助，卻秦師，而兵挫地削，身辱國危。[6]

所謂上有好而下必甚焉，楚國巫風之盛，可想而知。而重想像、重抒情、斑斕陸離、恢詭奇絕、充滿神話色彩的楚辭作品，就是這種文化風俗影響下的產物。〈離騷〉〈九歌〉〈天問〉〈招魂〉等篇章中關於宗教活動的記載，往往可見。

其次，楚辭的代表作家——屈原，對於楚辭風格的塑造，也是一個關鍵。屈原忠君愛國，卻遭讒害而被疏遠、放逐，眼見君昏國危、民生困苦，屈原於是創作了〈離騷〉等一系列的作品來諷諫君王，一篇之中，再三致意。明代吳訥《文章辨體》說：

采摭事物、摛華布體謂之賦……幽憂憤悱、寓之比興謂之騷；傷感事物、託於文章謂之辭。[7]

6 〔漢〕班固：《漢書》，頁一二六〇。

7 〔明〕吳訥：《文章辨體序說》（北京：人民文學出版社，一九六二年），頁一一。

吳訥雖然將辭、騷並列，但「傷感事物」是概言辭體，「幽憂憤悱」是專論屈作，因此將屈原的〈離騷〉等作品歸在辭這一類，毋庸置疑。整體而言，吳訥認為辭這種文體表達的心情大率是哀怨的。進一步說，楚辭（以及其所淵源的楚歌）所表達的哀怨心情往往是一種無可奈何感，如〈大司命〉云：「愁人兮奈何？願若今兮無虧。」項羽〈垓下歌〉：「雖不逝兮可奈何？」劉邦〈鴻鵠歌〉：「橫絕四海，又可奈何？」還有〈越人歌〉的無奈是不為鄂君所知，〈離騷〉的無奈是懷王不能任賢，〈大風歌〉的無奈是猛士難求……這種無可奈何之感，是人類面對不如人意的世事卻又無能為力時所滋生的悲劇情愫。

《史記．屈原列傳》曰：

> 屈原既死之後，楚有宋玉、唐勒、景差之徒者，皆好辭而以賦見稱，然皆祖屈原之從容辭令，終莫敢直諫。[8]

司馬遷在此處透露出一個重要的信息：宋玉、唐勒、景差雖在辭令上祖述屈原，

8 〔漢〕司馬遷：《史記》，頁二四九一。

但他們的作品就文體而言已由辭發展為賦。唐勒、景差的作品今已十不存一。而從宋玉現有的作品來看，除了收入《楚辭》的〈九辨〉為辭體外，其餘〈高唐賦〉〈神女賦〉〈登徒子好色賦〉〈風賦〉〈大言賦〉〈小言賦〉等皆是賦體，可見宋玉的創作興趣逐漸從辭趨向於賦。吳訥指出賦的特色在於「采摭事物、摛華布體」，可見辭強調感傷的情調，賦偏重鋪敘的手法。而明代胡應麟《詩藪》則說：

> 騷與賦句語無甚相遠，體裁則大不同。騷複雜無倫，賦整蔚有序。騷以含蓄深婉為尚，賦以誇張宏巨為工。[9]

這段文字顯示，要辨別文體的異同，不能只注意句式，更要看章法和情調。試想屈原行吟澤畔時，心煩慮亂，情思恍惚。故發而為辭，文義或許層次繁複，但傷事感物、幽憂憤悱的情調則一以貫之。至於宋玉等人身為文學侍從，作品雖也帶有諷諫的性質，但主要還是為了娛樂楚王。如〈高唐賦〉對楚地山川的鋪敘、〈神女賦〉對神

9 〔明〕胡應麟：《詩藪》（臺南：莊嚴文化事業有限公司據南開大學圖書館藏明刻本影印，一九九七年），頁六三〇。

女意態的形容，皆脈絡分明，以極盡描摹為能事，而章法、情調卻與〈離騷〉大相逕庭。賦是從辭發展而來的，在兩漢蔚為大宗。由於楚辭哀怨的情調與西漢盛世的時代精神已有不符，故不得不演變為藻飾承平的賦。與賦以及後世其他文體相比，楚辭體過早的轉化與衰落，回過頭來又烙上屈原的印記。一種文體的塑造取決於單一作家，這在中國文學史上是極為罕見的。

三、楚辭體的起源與形式

古代學者認為《詩經》是《楚辭》的直系祖先，如東漢王逸就提出屈原是「獨依詩人之義而作〈離騷〉」。[10] 宋代朱熹也將《楚辭》稱為「變風變雅之末流」。[11] 現、當代的學者大多肯定《詩經》與《楚辭》之間的傳承關係，但也認為楚辭體的來源具有多元性，如楚歌（即楚地民歌）就是直接源頭之一。《呂氏春秋・音初》記載：

10 〔漢〕王逸章句、〔宋〕洪興祖補注：《楚辭補注》（北京：中華書局，二〇〇二年），頁四八。

11 〔宋〕朱熹：《楚辭集注》（臺北：文津出版社，一九八七年），頁二。

> 禹行功，見塗山之女。禹未之遇，而巡省南土。塗山氏之女乃令其妾候禹於塗山之陽。女乃作歌，歌曰：「候人兮猗。」實始作為南音。周公及召公取風焉，以為〈周南〉、〈召南〉。[12]

「兮」「猗」二字皆從「丂」得聲，古代大約唸成「呵」音。這首短短四字的〈候人歌〉中，感歎詞竟佔去了一半的篇幅，把塗山氏等待丈夫歸來的那種焦灼、煩亂而又帶着期盼的心境表露無遺。在《呂氏春秋》的作者看來，南方歌謠（南音）最顯著的特色，就在於抒情、感歎，這種特色在《詩經》的〈周南〉〈召南〉裏多有繼承。如〈周南．漢廣〉：

> 南有喬木，不可休思。漢有游女，不可求思。漢之廣矣，不可泳思。江之永矣，不可方思。

12 〔漢〕高誘注：《呂氏春秋》（臺北：臺灣商務印書館影印文淵閣四庫全書，一九八三年）卷六，頁6b－7a。

〈漢廣〉篇用「思」不用「兮」，而其內容描述的江漢一帶，正在楚國境內。此篇縱然未必是楚人所作，但嗟歎的聲韻、幽婉的情調，卻很接近楚辭的特色。二〈南〉以外的詩歌，也時時可見帶有「兮」字的句式。如〈鄭風・野有蔓草〉的第一章，就與《楚辭》中〈橘頌〉的句式幾乎一樣：

野有蔓草，零露漙兮。有美一人，清揚婉兮。邂逅相遇，適我願兮。

至於句式不盡相同而一樣運用「兮」字的，為數更多，茲不贅。

從現有的資料看來，楚康王時代（前五五九—前五二九）已有比較成熟的楚歌產生了。西漢劉向《說苑・善說》記載，楚康王的弟子晳受封為鄂君，泛舟於新波之中。掌櫓的越女以越語（南方少數民族的語言）唱了一首歌曲。鄂君請人翻譯成楚語，其文如下：

今夕何夕兮，搴洲中流。今日何日兮，得與王子同舟。蒙羞被好兮，不訾詬恥。心幾頑而不絕兮，知得王子。山有木兮木有枝，心說君兮君不知。[13]

這首〈越人歌〉是中國歷史上可考的第一首譯詩，產生時代較屈原早了二百多年。「山有木兮木有枝，心說君兮君不知」二句，以山木起興，帶出不為鄂君所知的憂愁。其結構與情調，與〈九歌．湘夫人〉「沅有茝兮醴有蘭，思公子兮未敢言」二句非常相似，二詩被譽為「同一婉至」。[14]由於〈越人歌〉原文的漢字記音尚保留於《說苑》，引發後代許多學者重新譯解其越語原文。漢字記音的最後五字「滲惿隨河湖」被解讀為「隱藏心裏在不斷思戀」，對應「山有木」兩句；然尚嫌質樸，並無楚譯本的比興之義。可見〈越人歌〉在轉譯的過程中，必然經過了文學加工。而這位楚譯者的造詣，也展現了當時楚國的文學水平。

游國恩指出，**楚辭所以獨立於《詩經》之外而成為一種新文體，全在它運用所謂「騷體」（筆者按：亦即「楚辭體」）的形式。這個形式就是它在句尾或句中一律用一**

13 〔漢〕劉向：《新序．說苑》（臺北：世界書局影印，一九七〇年），頁九三－九四。

14 〔清〕沈德潛編，王蒓父箋注：《古詩源箋注》（臺北：華正書局，一九九〇年），頁一九。

個助詞——「兮」字。[15]**由於楚辭的風格以抒情為主，在句式上富於感歎，是很自然的。**據明代張之象《楚範》的統計，《楚辭》中有「兮」的句式共三十六種，從「一兮一」式（坱兮軋）、「一兮二」式（眴兮杳杳）、「二兮二」（吉日兮辰良）到「九兮六」式（苟余情其信姱以練要兮長顑頷亦何傷），應有盡有。[16]此外，〈招魂〉的「些」、〈大招〉的「只」，在篇中的功用也與「兮」字近似。若論屈原作品中帶「兮」的典型句式，粗略而言蓋有三種類型。第一種是「九歌型」，如〈東皇太一〉：

吉日兮辰良，穆將愉兮上皇。

以及〈國殤〉：

操吳戈兮被犀甲，車錯轂兮短兵接。

15 游國恩：《楚辭概論》（臺北：臺灣商務印書館，一九九九年），頁八。

16 〔明〕張之象：《楚範》（北京：中國科學院圖書館藏明高濂刻本）卷二。

「九歌型」的句式中，「兮」字一般居於句子的中間，形式多為「二兮二」「三兮二」以及「三兮三」型。這種句式主要見於〈九歌〉諸篇，亦偶見於〈九章〉。

第二種是「離騷型」。若以兩句為一個單位，「兮」字一般出現在第一句的末尾。如：

苟余情其信姱以練要兮，長顑頷亦何傷。

這種句式主要見於〈離騷〉、〈九章〉（〈橘頌〉除外）、〈遠遊〉、〈招魂〉小引、〈九辯〉等篇章。很明顯，「離騷型」是由「九歌型」發展而來的，故張之象《楚範》仍以「離騷型」的兩句為一句。此外，還有一種句型略短的變體，如〈漁父〉中的〈滄浪歌〉：

滄浪之水清兮，可以濯吾纓。

以及〈招魂〉亂詞：

獻歲發春兮，汩吾南征。

只是這種句式更接近四言體，似乎恰是第三種「橘頌型」的倒置形式。〈橘頌〉云：

后皇嘉樹，橘徠服兮。受命不遷，生南國兮。

除〈橘頌〉外，在〈九章〉的亂詞中也常常看到這種句式，如〈懷沙〉亂詞云：

長瀨湍流，泝江潭兮。狂顧南行，聊以娛心兮。

二〈招〉的招辭部分雖然不用「兮」字，但形式也非常相近。如〈招魂〉：

魂兮歸來！入修門些。工祝招君，背行先些。

又如〈大招〉：

青春受謝，白日昭只。春氣奮發，萬物遽只。

這種句式與《詩經．鄭風．野有蔓草》第一章幾乎完全相同，可見《詩經》與《楚辭》之間的聯繫。至於《楚辭》的其他作品，如〈天問〉以四言為主，〈卜居〉每句用「乎」字，〈漁父〉的散文性頗強。這些篇章的句式雖然不是典型，但卻可以讓我們看到《楚辭》在體式和內容上的多樣性。

四、楚國文化與屈原

在神話傳說中，楚人的遠祖古帝顓頊是一個神奇的人物。他有上帝的神格，嘗命其子重黎絕斷了天地之間的通道，曾造《承雲》之樂，死後還化為溝通陰陽兩界的「魚婦」。重黎就是著名的火神祝融，相傳他獸面人身，乘坐兩龍，能夠光融天下。楚人的這些先祖，充滿了神奇的色彩，與上古宗教巫術的關係密切。此外，根據新出土的「清華簡」〈楚居〉記載，楚王室的先祖季連曾娶商王盤庚之女為妻。不難想見，武王伐紂後，作為殷商外戚的楚王室對於新興的周天子在感情上有所牴觸。周成王時，楚人的領袖熊繹受封為子爵，帶領人民在南方篳路藍縷，開發山林。從此以後，楚地疆土日擴，成為南方大國。由於楚國與周天子沒有血緣或姻親關係，又僻處南方，所以一直被注重宗法制度的中原國家視為蠻夷，受到排斥。正因如此，楚國保存了許多上古、夏、商時代的宗教巫術文化。屈原是楚國的重臣，曾掌巫史之職，熟悉這些宗教活動。因此，他的作品朗麗綺靡、志哀情深，既善於鋪陳，又富於聯想，這與楚國巫風的薰浸是分不開的。

周朝得天下後，大封同姓諸侯，發展出宗法制度來統治國家。然而在南方的楚國，宗法觀念尚未形成。楚人的國家民族意識中，還遺留很多氏族社會的痕跡。因此，屈原更多地用氏族社會的觀念來看問題。如屈原對於伍子胥的態度，就是一個極佳的證明。伍子胥為報父兄之仇，曾鞭楚平王屍。在儒家看來，這種行為自然大逆不道。但屈原作為楚王宗親，卻高度讚揚伍子胥，還直斥楚平王之非。在他眼中，導致吳國入侵、楚國破敗的根本原因在於楚平王的昏暴。因此，伍子胥的鞭屍之舉雖出於個人恩怨，卻向國人昭示國家民族與君主的地位孰輕孰重。屈原這種強烈的國家民族意識，也是他始終不願離開楚國的思想基礎。其實，屈原在仕途失意之時，考慮過前往他國追求理想：

「思九州之博大兮，豈惟是其有女？」曰：「勉遠逝而無狐疑兮，孰求美而釋女？何所獨無芳草兮，爾何懷乎故宇？」（〈離騷〉）

縱然如此，他至死都沒有背棄自己所眷戀的楚國。戰國時期，與君主同族而另去他國謀職的人並不罕見。如商鞅是衛國公子，韓非是韓國公子，卻皆曾出仕於秦。假如對楚國獨有的文化缺乏認識，的確會覺得屈原不願去國的決定在當時是個異數。然而，了解屈原這種置國家民族於君主之上的意識後，我們會發現：他留在楚國、以身殉國是必然之事。

抑有進者，楚國在文化上雖然視周為落後，卻能不斷地學習中原文化。故此，楚國文化既有獨特的地方色彩，又具備了廣博的襟懷。屈原熟悉中原的思想禮儀、歷史掌故。如在〈天問〉篇中，屈原歷數唐、虞、夏、商、周這些中原王朝的史事，篇幅比例大大超過楚國史事，可見他不僅了解，而且認同中原的歷史文化。這正是楚國文化開放自由、有容乃大之氣象的體現。

屈原是戰國時期楚國丹陽（今湖北秭歸）人，與楚王同宗。到了春秋前期，楚武王熊通封其子瑕於屈，後代遂以屈為氏。現存有關屈原生平的材料，除了屈原作品本身之外，比較可信的只有西漢司馬遷《史記．屈原列傳》和劉向《新序．節士》兩處。我們依據這些材料，參酌歷來學者的研究成果，尚可勾勒出屈原生平的概況。

屈原大約出生於楚宣王（前三六九—前三四〇在位）時代的一個寅年寅月寅日，去世於頃襄王（前二九九—前二六三在位）時期，而主要活動時期則在懷王（前三二八—前二九九在位）朝。他出身貴族，接受過良好的教育，故而明於治亂，嫻於辭令。屈原早年深受懷王信任，官至左徒，地位僅次於令尹（令尹相當於北方諸國的宰相之職）。他輔佐懷王改革內政，主張聯齊抗秦，力求楚國在七雄間取得領導地位。屈原的才能和地位招致同列上官大夫的忌妒，他的改革內容也引起既得利益階層的不滿。懷王使屈原擬定憲令，上官大夫看到草稿後意欲奪去，遭到屈原拒絕，於是向懷王進讒。一怒之下，懷王疏遠了屈原，屈原於是來到了漢北。其後，屈原轉任三閭大夫之職，掌管王族昭、屈、景三姓事務，負責宗廟祭祀和貴族子弟的教育。

懷王即位之初，頗思變法圖強，曾經擔任「合縱長」，聯合魏、趙、韓、燕攻秦。為了除去楚國的威脅，秦惠王於懷王十五年（前三〇四）命張儀至楚，買通佞臣靳尚等人，在懷王面前譭謗屈原。懷王中計，屈原被逐出郢都，來到漢北。張儀趁機誘騙懷王與齊國斷交，並允諾割商於之地六百里作為報酬。等到楚、齊絕交後，張儀卻反口說當初允諾的只有六里。懷王受騙後大怒，先後兩度舉兵攻秦（史稱丹陽、藍田之戰），卻皆敗北，還喪失了漢中之地。這時，懷王想起了屈原，令他出使齊國尋求援助，但屈原的努力似乎沒有結果。不久，親秦派勢力再次擡頭。懷王二十四年（前二九五），秦楚盟於黃棘，約為婚姻，懷王還一度遣太子入質秦國。懷王三十年（前二八九），秦昭王約懷王於武關相會。屈原極力勸阻，而公子蘭等人卻不願絕秦之歡，力主懷王入秦。懷王最終被秦扣留，三年後客死秦國。

懷王入秦後，長子頃襄王接位，以公子蘭為令尹。頃襄王七年，與秦結為婚姻，以求苟安。屈原再次被逐，流放江南，沿着長江、夏水向東南走，經過洞庭湖和夏浦，到達陵陽（在今安徽境內）。頃襄王二十一年（前二七八），秦將白起攻破郢都，楚國遷都至陳。這時，屈原心繫故都，又循原路西還，經鄂渚，穿洞庭，入沅江，來到了辰陽、漵浦一帶。次年，秦國攻佔了楚國的巫郡、黔中郡，屈原悲憤莫名，遂自沉於汨羅江。相傳屈原自盡的日子為農曆五月初五，後來人們在這一天包糉子、賽龍舟，就是為了紀念屈原。

五、屈原的思想與《楚辭》

在中國歷史上，春秋戰國是一個學術思想空前自由發達的時代，諸子百家，競起爭鳴。屈原生活於戰國晚期，年代稍晚於孟子、莊子，而比荀子、韓非子稍早。**屈原有良好的教育背景，對於北方諸夏文化的經典非常熟悉，並把其內容思想融入自己的詩篇。**如〈離騷〉「皇天無私阿兮，覽民德焉錯輔」與《尚書》「皇天無親，唯德是輔」；〈九歌·東君〉「援北斗兮酌桂漿」與〈詩經·小雅·大東〉「維北有斗，不可以挹酒漿」；〈天問〉「禹之力獻功，降省下土四方」，與〈詩經・商頌・玄鳥〉「禹敷下土方」，內容文字都兩兩相近。非僅如此，從屈原的作品可以看出，他對各家學說都有深入的了解。儒家主張的仁義之道，屈原非常推崇：

重仁襲義兮，謹厚以為豐。（〈懷沙〉）

儒家祖述堯舜，憲章文武，這種思想在屈原的作品中也得到了繼承：

彼堯舜之耿介兮，既遵道而得路。（〈離騷〉）
湯禹儼而祇敬兮，周論道而莫差。（〈離騷〉）

除儒家的先王外，法家所取法的齊桓公、秦穆公等霸主，屈原也表示尊尚：

聞百里之為虜兮，伊尹烹於庖廚。呂望屠於朝歌兮，甯戚歌而飯牛。不逢湯武與桓繆兮，世孰云而知之！（〈惜往日〉）

他在早年助懷王變法，可謂繼軌吳起的法治觀念：

奉先功以照下兮，明法度之嫌疑。國富強而法立兮，屬貞臣而日娭。（〈惜往日〉）

在流離憤懣的放逐之際，屈原的思想一度傾向於道家，希望能夠拋開俗世，超然高舉：

悲時俗之迫阨兮，願輕舉而遠遊。質菲薄而無因兮，焉託乘而上浮？（〈遠遊〉）

綜而觀之，屈原對諸子的思想，無疑是有足夠的認知、理解和接納，但與各家的主張也有不合的地方。比如說，儒家推崇的周公、孔子，屈原作品中從未提及，這與儒家經典如《孟子》《荀子》等頗為不同。而屈原被流放的事實，也證明他不像商鞅、吳起等法家中人擁有高明的干君之術。至於〈漁父〉一篇，更說明屈原的思想與道家有着不可調和的矛盾。詹安泰說得好：「一個人的思想，並不是孤立絕緣的，在某一個時代裏，各種意識型態都是該時代的社會存在的反映。因之，各種思想都可能起着相互關聯的作用。」[17]各家的思想學說，對於屈原或多或少都有一些影響。然而屈原畢竟是詩人，而非思想家。要勉強把他劃入某一學派，以求概括他的思想，實不相宜。

屈原的巨製〈離騷〉中，最後兩句是這樣的：

既莫足與為美政兮，吾將從彭咸之所居！

據王逸《楚辭章句》，彭咸是殷代的賢大夫，因諫君不聽，投水而死。[18]屈原意欲取法彭咸，並非僅因一己之不遇，而是感到「美政」不能在楚國實現，理想破滅之故。何謂「美政」？王逸的解釋是「行美德，施善政」。[19]「美德」「善政」的內容，一言以蔽之，就是聖君賢臣之治。

儒家主張「君為臣綱」，認為一位國君的道德操守應該是臣下效法的榜樣。國君

17 詹安泰：《屈原》（上海：上海人民出版社，一九五七年），頁六七。

18 〔漢〕王逸章句、〔宋〕洪興祖補注：《楚辭補注》，頁一三。

19 〔漢〕王逸章句、〔宋〕洪興祖補注：《楚辭補注》，頁四七。

只有學習堯、舜、文、武這樣的有德先王，施政才會有成效。屈原繼承了儒家這種思想，他的作品對於先王的稱揚，重點就在於他們的德行：

彼堯舜之耿介兮，既遵道而得路。（〈離騷〉）
湯禹儼而祗敬兮，周論道而莫差。（〈離騷〉）

王逸說：「耿，光也。介，大也。」[20]又云：「殷湯、夏禹、周之文王，受命之君，皆畏天敬賢。論議道德，無有過差，故能獲夫神人之助，子孫蒙其福祐也。」[21]光明正大、畏天敬賢，就是屈原對國君的最高要求。相反，對於古代的暴君，屈原則毫不留情地加以貶責：

啟〈九辯〉與〈九歌〉兮，夏康娛以自縱。不顧難而圖後兮，五子用失夫家巷。羿淫遊以佚畋兮，又好射夫封狐。固亂流其鮮終兮，浞又貪夫厥家……

20 〔漢〕王逸章句、〔宋〕洪興祖補注：《楚辭補注》，頁八。
21 〔漢〕王逸章句、〔宋〕洪興祖補注：《楚辭補注》，頁二三。

夏桀之常違兮，乃遂焉而逢殃。后辛之菹醢兮，殷宗用而不長。（〈離騷〉）

夏啟自縱、后羿淫遊、寒浞陰狠、夏桀違道、商紂誅殺忠臣，他們的作為不僅導致家國的破亡，更落得千秋惡名。這些沉重的歷史教訓，屈原也念茲在茲。

屈原推崇的古代君主除了儒家憲章祖述的聖王外，還有齊桓公、秦穆公等法家尊尚的霸主。然而整體而言，屈原政治抱負的基礎還是建立在儒家思想上。舉例來說，從社會發展的角度看來，禪讓制度大概真的在上古時代存在過，而堯舜禹的傳說卻無疑經過儒家的美化、理想化。相反，戰國後期，由於法家思想的盛行，人們逐漸懷疑堯舜禪讓的真實性。如《莊子．盜跖》云：「堯不慈，舜不孝。」[22]《竹書紀年》則謂堯晚年德衰而為舜幽囚，舜晚年又被禹流放至南方。[23]對於這些意見，屈原持反對的態度：

堯舜之抗行兮，瞭杳杳而薄天。眾讒人之嫉妒兮，被以不慈之偽名。（〈哀郢〉）

22 〔清〕郭慶藩：《莊子集釋》（北京：中華書局，一九七三年），頁九九六。

23 《史記正義》引，見〔漢〕司馬遷：《史記》，頁三〇。

在屈原心目中，堯、舜聖賢之名是不容玷污的。換言之，法家權謀是因時制宜、作為儒家德政之補充的一種舉措。

春秋以來，隨着權臣執政（如晉六卿、齊田氏等）、諸侯兼併，貴族的地位日益下降。沒落貴族將王官的知識帶入民間，而平民因有機會學習知識而得以晉身士大夫階層。戰國以後，北方魏文侯、秦孝公、齊威王、燕昭王、趙武靈王等先後變法成功，稱雄一方。南方的楚國雖早在楚悼王時就任用吳起變法，但卻功虧一簣。究其原因，依然在於楚國獨有的文化傳統。很早開始，楚國的軍政大權就由包括昭、屈、景三族在內的貴族宗室所把持。雖然也有平民登上楚國的政治舞臺（如孫叔敖以布衣而為令尹），但為數極少。吳起的變法削減了貴族的利益，自然引起強烈的反對。屈原雖身為貴族，卻欲踵武吳起，繼續變法。而變法初期是頗有成效的（參前引〈惜往日〉「奉先功以照下兮」章）。從屈原的作品中，我們可以知道他固然推重箕子、比干、伯夷、周公、伍子胥這些貴族中的賢能之士，但他更強調要不拘一格地任用人才：

> 說操築於傅巖兮，武丁用而不疑。呂望之鼓刀兮，遭周文而得舉。甯戚之謳歌兮，齊桓聞以該輔。（〈離騷〉）

屈原看重傅說、呂望、甯戚這些平民賢才，無疑就是希望在楚國建設北方那種「處士橫議」的政治生態。進而言之，對於一些大醇小疵之人，屈原也認為要因其才而致其用：

昔三后之純粹兮，固眾芳之所在。雜申椒與菌桂兮，豈惟紉夫蕙茝？（〈離騷〉）

正如明人錢澄之解曰：「椒桂性芳而烈，比亢直之士，非如蕙茝，一味芳馥可親。雜字着眼，惟雜而後可以得純粹也。」[24]無論亢直還是芳馥可親的賢士，屈原對於他們的基本要求乃是一個「忠」字。在他的作品中，「忠貞」「忠誠」「忠信」等辭語每每可見，而屈原自己就是一個忠臣的典範。總而觀之，屈原的賢臣觀念與楚國傳統貴族判若雲泥。而上官大夫要奪取屈原的改革憲令文稿，不但出於個人的忌妒，更是為了保障傳統貴族的既得利益。

西周建國後，隨着神權思想的消退，以周公為首的政治家們都反覆強調民本思

24 〔明〕錢澄之：《莊屈合詁・屈詁》（合肥：黃山書社，一九九八年），頁一四六。

想。如《尚書》曰：「天視自我民視，天聽自我民聽。」[25]《左傳》曰：「夫民，神之主也。」[26]在屈原的「美政」理想中，君德臣忠固然重要，而其終極目的乃是在於民生。這在他的作品中有很清晰的表述：

> 長太息以掩涕兮，哀民生之多艱。（〈離騷〉）
> 皇天無私阿兮，覽民德焉錯輔。（〈離騷〉）
> 瞻前而顧後兮，相觀民之計極。（〈離騷〉）
> 願搖起而橫奔兮，覽民尤以自鎮。（〈抽思〉）

在屈原看來，為人君、為人臣者，只要能令人民安居樂業，就能成其聖、成其賢。當然我們也必須指出，屈原的政治抱負雖然遠大，但他政治生命的終結與其本人的性格也有莫大的關係。上官大夫之所以能輕易令懷王疏遠屈原，除了貴族勢力影

25 （唐）孔穎達疏：《尚書正義》（臺北：藝文印書館據阮元嘉慶二十年（一八一五年）江西南昌學堂刊本影印，一九八九年），頁一五四。

26 （唐）孔穎達疏：《左傳正義》（臺北：藝文印書館據阮元嘉慶二十年（一八一五年）江西南昌學堂刊本影印，一九八九年），頁一〇九。

響、懷王昏庸等因素外，也由於慷慨激昂、抗直不阿的屈原缺乏政治人物應有的周旋能力。因此，屈原的悲劇不在於其個人之浮沉起落，而在於他本身的性格和理想與實際的政治、社會環境之間存在着難以協調的矛盾。

屈原留下的作品有多少？《史記．屈原列傳》提到〈離騷〉〈天問〉〈招魂〉〈哀郢〉〈懷沙〉五篇。班固《漢書．藝文志．詩賦略》的著錄是「二十五篇」，但卻未有詳言這二十五篇的篇目。[27] 王逸《楚辭章句》認為〈離騷〉、〈九歌〉一一篇、〈天問〉、〈九章〉九篇、〈遠遊〉、〈卜居〉、〈漁父〉皆是屈原所作，〈招魂〉為宋玉所作，〈大招〉則謂：「屈原之所作也。或曰景差，疑不能明也」。宋代朱熹亦以〈招魂〉為宋玉所作，又將〈大招〉的著作權歸於景差，恰成二十五篇之數。自此以後，明清兩代對於屈原作品篇目的認知，每有爭議。如周用認為〈九歌〉中的〈湘君〉與〈湘夫人〉、〈大司命〉與〈少司命〉各自應合成一篇，而焦竑認為〈九辯〉為屈原所作，陳深、黃文煥、林雲銘認為二〈招〉皆為屈原作品。到了近代，則有人懷疑〈九章〉中〈橘頌〉〈惜往日〉〈悲回風〉等作品乃後人偽造。不過，當今學術界一般認為是屈原手筆的作品包括：〈離騷〉〈九歌〉〈天問〉〈九章〉〈招魂〉〈大招〉。至於〈遠遊〉

27 〔漢〕班固：《漢書》，頁一七四七。

〈卜居〉〈漁父〉三篇是否屈原所作，則爭議較大。

班固《漢書．地理志》說：「始楚賢臣屈原被讒放流，作〈離騷〉諸賦以自傷悼。後有宋玉、唐勒之屬慕而述之，皆以顯名。漢興，高祖王兄子濞於吳，招致天下之娛遊子弟，枚乘、鄒陽、嚴夫子之徒興於文、景之際。而淮南王安亦都壽春，招賓客著書。而吳有嚴助、朱買臣，貴顯漢朝，文辭並發，故世傳楚辭。」[28]而同書〈藝文志．詩賦略〉著錄「屈原賦之屬」二十家三百六十一篇，「陸賈賦之屬」二十一家二百七十四篇，「孫卿賦之屬」二十五家一百三十六篇，「雜賦之屬」十二家二百三十三篇。[29]由於漢人辭、賦名稱混用，這些篇章中有不少是楚辭作品，可惜今日大都亡佚了。根據王逸《楚辭章句》及朱熹《楚辭集注》所收錄的篇章看來，今日仍有作品流傳的楚辭作家除了屈原之外，尚有宋玉、景差、賈誼、莊忌、淮南小山、東方朔、王褒、劉向、王逸九位。本書所選作品的作者除屈原外，僅涉及宋玉、景差、賈誼、淮南小山四家。

28　〔漢〕班固：《漢書》，頁一六六八。

29　〔漢〕班固：《漢書》，頁一七四七—一七五三。

六、《楚辭》要籍簡介

黃伯思〈校訂楚詞序〉以詩歌作品但凡「書楚語，作楚聲，紀楚地，名楚物」，即可歸入楚辭類。換言之，楚語、楚聲、楚地、楚物，皆可納入楚辭文本、屈原生平二端，傳統楚辭學也以這二端為核心。近人姜亮夫指出，今天的楚辭研究，已經發展成一門綜合多學科研究內容的專門學問。對於楚辭，除了在文學方面的研究外，很多學者還對它作了許多專題研究，從詮釋文義發展出來的有專門研究楚辭的語音、方言、詞彙，進而到研究它的虛詞使用、文法結構、修辭形式等有關語言學方面的問題；從屈原作品引用到大量香花、草木、蟲魚、鳥獸及所涉及的文物、禮制形成的屈作文物博物的專門研究，在很古以前就有了專門的著作。

屈作的神話，屈作與三楚文化、地理、天文，歷代都有專論。屈原的思想、藝術手法、藝術的發展、文學史上的地位和影響等等，在當代就有更多的研究了。[30] 總結姜氏及其他現代學者的意見，**楚辭學的內容可以歸為以下幾方面：（一）楚辭作者生平、思想研究；（二）楚辭作品的詮釋與研究；（三）楚辭體（或稱騷體）文學發展狀**

30 姜亮夫、姜昆武：《屈原與楚辭》（合肥：安徽教育出版社，一九九六年），頁一一九。

況的研究；（四）楚辭文化及其影響的研究；（五）楚辭研究史的研究。自古至今，楚辭學都堪稱「顯學」，歷代楚辭學著作的數量非常龐大，當代之新注更如雨後春筍。不過，無論屈騷的研究者或欣賞者，都應參考王逸《楚辭章句》、洪興祖《楚辭補注》及朱熹《楚辭集注》三種著作，茲逐一簡介之。

（一）漢・王逸《楚辭章句》十七卷

漢代楚辭學著作，首推淮南王劉安《離騷傳》。劉向除編訂《楚辭》外，又有《天問解》。其後揚雄亦有《天問解》，班固、賈逵各有《離騷經章句》，馬融有《楚辭注》。然而，這些著作今日悉已亡佚。現存最早而最完整的楚辭學著作，實惟東漢王逸的《楚辭章句》十七卷。王逸根據劉向所編《楚辭》十六卷，加上己作〈九思〉一篇，合為十七卷。漢人章句之學，本供講說與讀本之需，既為專家之學，亦寓普及之義。《楚辭章句》兼備眾説之體，又要括不繁。書中所錄每一篇都有序文，説明作者生平、創作背景，並解釋題意。然後從訓詁、校勘、釋義、評文等方面，對戰國以迄東漢的楚辭相關資料，全面檢討。由於王逸的原籍——南郡宜城乃故楚之地，他不僅了解楚地方言及與故楚相關的傳聞，對屈騷也抱有極大的崇敬之情。因此，《楚辭章句》除保存、酌採舊説外，一家之言也每每可見，對後世影響深遠。由於漢代經學盛行，王逸又是儒者，故往往用漢儒解經之法來詮釋《楚辭》。就王逸而言，如此方式無疑是為了表達對屈騷的推崇；但屈原終究不是純儒，王逸之說難免扞格難通。這是《楚辭章句》的瑕疵。

（二）宋．洪興祖《楚辭補注》十七卷

洪興祖（一〇九〇—一一五五），字慶善，丹陽人。歷任祕書省正字，太常博士，真、饒知州，因觸犯秦檜而編管昭州。博學好古，著有《老莊本旨》《周易通義》《繫辭要旨》《古文孝經序》《韓文公年譜》《楚辭補注》《楚辭考異》等。《宋史》有傳。《楚辭補注》以王逸《楚辭章句》為底本，補缺糾誤，廣徵成說，總結了歷代楚辭研究的成果。又嘗蒐集近二十種《楚辭》本子，精加校讎，作《楚辭考異》。然今流行本中，《考異》已散入《補注》之中，不復單出。洪興祖非常理解、強調屈原的怨忿之情，說：「屈子之事，蓋聖賢之變者。」可見《補注》內容雖以訓詁校讎為主，但洪氏的著作動機卻與南宋初年的政治環境關係甚大。

（三）宋．朱熹《楚辭集注》八卷（附《辯證》二卷《後語》六卷）

朱熹（一一三〇—一二〇〇），字元晦，號晦庵，別號紫陽，徽州婺源人。歷

任轉運副使、煥章閣待制兼侍講、祕閣修撰等。仕途坎坷，曾被權相韓侂冑誣為「偽學」。朱熹為著名理學家，著述講學四十餘年，發展二程之說，創立程朱學派，更在元、明、清三代被奉為儒學正宗。傳世著作有《周易本義》《詩集傳》《儀禮經傳通解》《四書章句集注》《論孟精義》《四書或問》《楚辭集注》《楚辭辨證》《楚辭後語》等。朱熹注《騷》的動機，一方面是出於對朝政混亂的孤憤，另一方面則是欲將屈騷納入儒學之軌。《楚辭集注》八卷，釐定屈作二十五篇的篇目，題為「離騷」，計卷一〈離騷〉，卷二〈九歌〉，卷三〈天問〉，卷四〈九章〉，卷五〈遠遊〉〈卜居〉〈漁父〉。宋玉以下，去〈九懷〉〈九歎〉〈九思〉而補入賈誼〈弔屈原賦〉〈鵩鳥賦〉，共十六篇為「續離騷」，計卷六〈九辯〉、卷七〈招魂〉〈大招〉，卷八〈惜誓〉〈弔屈原〉〈服賦〉〈哀時命〉〈招隱士〉。《辯證》二卷，多為考證歷史和語言的小材料，所論精詳。《後語》六卷，乃據晁補之《續楚辭》《變離騷》增刪而成，收錄了荀子至呂大臨的辭賦共五十二篇。《後語》僅前十七篇有注，尚未完成。朱熹既是注重義理闡發的理學家，又是著名的詩人。他注《騷》時在文字訓釋方面多參考洪興祖之說，於微言奧意頗有獨見，且嘗試以賦、比、興的寫作手法來分析楚辭作品。元代中葉以後，朱學獨尊，《楚辭集注》在明、清兩代遂成為流傳最廣、影響最巨的楚辭學著作。

七、《楚辭》的現代意義

《楚辭》的文字較為古雅，作品長度一般也超過絕句的篇幅。因此，今天一般大眾對《楚辭》的愛好似乎不及唐詩、宋詞，遑論其作為孩子的啟蒙讀物。然而，**《楚辭》和唐詩、宋詞一樣，具有高度的文學性，能使當代讀者滋生永恆不變的審美愉悅**。如「路曼曼其修遠兮，吾將上下而求索」體現了對理想之追求的執着；「嫋嫋兮秋風，洞庭波兮木葉下」暈染出淡雅素淨的秋色影像；「悲莫悲兮生別離，樂莫樂兮新相知」深得男女戀情三昧；「美人既醉，朱顏酡些。娭光眇視，目曾波些」如工筆畫出的仕女圖，如是這般令人目不暇給。

其次，《楚辭》文本涉及的面向更是跨學科的。舉例而言，〈天問〉所記載殷商的重要先祖王恆，完全不見於《竹書紀年》《史記》等書記載，卻能與出土的甲骨文相印證。又如〈湘君〉〈湘夫人〉二篇，可以讓我們了解虞舜二妃傳說在荊楚大地的演變情況。復如〈招魂〉以傳統宗教儀軌的形式注入新的內容，體現出作者對懷王客死異鄉的痛悼和國家前途的憂思……可以說，**無論在歷史、哲學、社會學、政治學、人類學、民俗學、宗教學、神話學乃至自然科學的範疇，《楚辭》都為我們提供了豐富的資訊。**

屈原的人格與思想至今仍具有典範意義。如抗戰正酣之際，郭沫若創作歷史劇《屈原》，講述屈原一生的故事，借古諷今，激勵全民的抗日意志。又如一九七二年，香港著名演員鮑方針對大陸市場自編自導自演電影《屈原》，大受歡迎，不僅為大陸荒蕪已久的影業注入了新的生機，更將以《楚辭》為代表的優秀傳統文化重新向內地觀眾引介（至今大陸不少屈原的雕像、畫像皆以鮑方的形象為藍本，可見其影響）。屈原忠君愛國的思想，一向為人津津樂道。誠如淨空法師所論：「『君臣有義』，君是領導者，臣是被領導者，君臣之道也是自然的，君仁臣忠也是德。現在的社會，『君』不一定指帝王，是指老闆跟員工、長官跟部屬的關係，老闆、長官是君，員工、部屬是臣。君仁，就是領導者對被領導者要慈愛；臣忠，就是被領導者對領導者要忠誠。現代社會君臣關係雖有，但精神已喪失了。」而屈原的忠君思想，自然可以給我們一番啟示。東漢班固曾站在儒家的立場批評屈原「顯暴君惡」，即是說屈原因為自己的仕途不遇而揭露君主的短處，不合乎溫柔敦厚之旨。實際上，班固的批評正好說明，屈原的忠君並非愚忠。所謂「怨靈修之浩蕩」、「惜廱君之不識」，足見他對楚王忠之深而責之切，視「臣罪當誅兮，天王聖明」式的自怨自艾何啻霄壤！而另一方面，面對令尹子蘭、上官大夫靳尚等讒佞的迫害，他沒有分毫的妥協。在那沒有法律保護、也沒有合理途徑來表達政見、抵制誤國之徒的時代，他選擇以死進諫。司馬遷說：

「死有輕於鴻毛，或重於泰山。」屈原重於泰山的死，對於當今的社會風氣，不論委曲求全或動輒輕生，未嘗沒有撥亂反正的效能。

《唐詩三百首》導讀

童蒙皆能誦唐詩

北京師範大學文學院副院長、教授、博士生導師
康震

唐詩，是唐代文學留給後世的一筆豐富的精神財富。它諸體完備，名家輩出，流派眾多，成就斐然。唐詩流傳至今有五萬多首，可考詩人兩千八百餘人。

一、唐詩在歷代的諸多選本

在普及和流播過程中，唐詩選本難以勝數。僅唐人編選的唐詩選本便有多種，其中多為斷代選集，如芮挺章的《國秀集》選錄天寶三載前初、盛唐的詩作，殷璠的《河嶽英靈集》專錄盛唐開元、天寶間的詩作，高仲武則仿殷書體例選肅宗、代宗二朝詩作，編成《中興間氣集》。這些選集的編選各有所重，如殷璠取詩論興象重風骨而無取權勢，元結的《篋中集》則多錄復古之詩人作品，姚合的《極玄集》則以王維一派詩風為重，後蜀韋縠的《才調集》卻偏重晚唐作品，以穠麗宏敞為宗。

「唐人選唐詩」選集，為唐詩發展與唐代詩人生平的研究提供了珍貴的資料。到了宋代，開始出現唐代詩歌總集。宋人洪邁所編《萬首唐人絕句》收錄唐人絕句逾萬首，趙孟奎的《分門纂類唐歌詩》收詩達四萬餘首。

宋元時期的唐詩選本不多，較重要者有宋王安石之《唐百家詩選》，但此選集無明確選編標準。宋綬所編的《歲時雜詠》專取唐人歲時節日詩歌。周弼專錄唐人七絕、七律、五律三體詩，編成《唐三體詩》，並詳細分格，講說作法。金朝元好問的《唐詩鼓吹》風格宗流麗曉暢，取詩偏於中、晚唐。元代楊士弘的《唐音》則以始音、正聲、嗣響分選唐詩，有較大影響。

及至明清，唐詩選本甚眾，其中影響最大的明代選本是高棅的《唐詩品彙》與李攀龍的《唐詩選》。前者選詩與析論皆具識見，論詩崇尚盛唐，並區分流變，將唐詩確分為初、盛、中、晚唐四期，為學習唐詩者指出明確途徑，影響甚為深遠；後者則以初、盛唐為重，以精美流麗、聲響洪亮為宗，其選本頗為世人所重，但入清後漸遭冷落。

另有明代胡震亨的《唐音癸籤》，分成十籤，分門別類地彙輯唐代詩歌。其他有影響的明代選本尚有唐汝詢的《唐詩解》、陸時雍的《唐詩鏡》等。

清初季振宜則以錢謙益的《唐詩紀事》為據，編成《唐詩》七百一十七卷。康熙年間官修之《全唐詩》，便是以季書為本、胡書為補編纂完成的。《全唐詩》不作選擇地網羅唐人詩歌，成書匆促，重出誤收、短漏訛誤之處甚多，頗受後人詬病，但其總彙唐代詩歌，使唐詩愛好者和研究者大獲霑益，並對唐詩的流傳有較大貢獻。清代選本中，具影響力者有王夫之的《唐詩評選》、王士禛的《唐賢三昧集》和《唐人萬首絕句選》。

此外沈德潛的《唐詩別裁集》，選詩推崇溫柔敦厚，錄詩一千九百餘首，分體編排，流行一時，影響極大。蘅塘退士（孫洙）編選的《唐詩三百首》則選取膾炙人口、通俗曉暢之作，適應童蒙課讀之需要，流佈廣泛，家絃戶誦，成為唐詩選集的經典。

二、蘅塘退士與《唐詩三百首》的編選

《唐詩三百首》編成於清乾隆二十八年（一七六三），原僅署名「蘅塘退士」，直到上世紀五十年代，經學者考證，才確知作者為孫洙。孫洙（一七一一—一七七八），字臨西，或作苓西，別號蘅塘退士，江蘇無錫人。乾隆十六年（一七五一）進士，歷官直隸大城、盧龍、山東鄒平知縣。乾隆二十七年（一七六二），任山東鄉試同考官，後改江寧府儒學教授。晚年歸里，著有《蘅塘漫稿》。乾隆二十八年，與善書工詩的繼室徐蘭英切磋商討，編成這部唐詩選作為家塾課本。

從清顧光旭編《梁溪詩鈔》卷四十二、竇鎮《名儒言行錄》卷下之相關資料可知，孫洙少時家貧卻苦讀不輟，曾先後多次擔任學官之職。孫洙歷任學官，深明詩教以教化為上，其書中自序言此選集以「專就唐詩中膾炙人口之作，擇其尤要者」，祈能達

到「俾童而習之，白首亦莫能廢」的目的，體現出其純學方正之意旨。

三、《唐詩三百首》的特點

《唐詩三百首》**篇幅適中，所收作者兼顧眾家，既收到「一臠全鼎」之效，亦可達到普及之目的。**據學者統計分析，其所選篇目中有二百七十首見於王士禎的《古詩選》《唐賢三昧集》《唐人萬首絕句選》，有二百三十九首見諸沈德潛《唐詩別裁集》，其餘則見於高棅的《唐詩品彙》、唐汝詢的《唐詩解》等著名唐詩選本中。細析篇目，所取者皆為平大敦厚或怨而不怒之作，力尊豐神情韻之唐調為正宗。

其所收作者共七十七位，其中杜甫入選作品最多，其次為王維、李白、李商隱、孟浩然、韋應物，此六位詩人的作品總數便已達百首，成為選集突出的重點。其餘作家上至皇帝、宰執，下到僧人、歌女，兼收反映社會各階層生活的詩人作品。同時涵蓋各種不同的詩歌題材，舉凡山水田園、詠史懷古、登山臨水、贈別懷遠、邊塞出征、思婦宮怨等等，兼而有之，膾炙人口之作略無遺漏。如王之渙存詩只有六首，便選進兩首；金昌緒僅存一首，亦選入。《唐詩三百首》選詩還兼重實用，那些奉和應制、勸慰落第罷官之作也都在集中，以合科舉取士之用。

編者在擇選具有代表性詩人作品的同時，不僅選取他們成就最高的代表作，使全書作品成為最優之選，還擇取多種詩歌體裁，以表現其不同風貌。如杜甫選詩中，他最擅長的律詩有二十多首，同時也選有古體詩與絕句。李白的選詩中，最能表現其個性和風格的古體詩、樂府詩合計十幾首，但絕句與律詩亦不曾或缺。

《唐詩三百首》的編選初旨乃欲取代「工拙莫變」的千家詩，成為童蒙讀本，並期待讀者能貫徹終身，直至「白首亦莫能廢」。因此編者承舊創新地確立了自己的編排體例，以避免進入《千家詩》只選五七律絕、輕情志逐聲對的歧途。

全書涵括唐代詩歌的全部體裁，並按詩體分為五言古詩、七言古詩、五言律詩、七言律詩、五言絕句、七言絕句六大類，同時單列樂府詩於每類之後。這種先古體後律體、絕句的詩體安排，除呈現出唐詩發展歷程之外，亦秉承自唐以來學詩從古體着手，先培植底氣，以情志為本，再入律體調聲逐對技巧的學詩傳統，以達到「聲律風骨兼備」的境界。單列樂府詩於每類之後，一方面便於吟誦、利於學習詩歌，同時也表現唐詩與音樂的密切關係，以及律詩由樂府發展而來的演進軌跡。

《唐詩三百首》滿足了童蒙詩集方正、易誦、易讀、易解的需要，並顧及詩歌體裁、題材的完備，其思想內容涉及豐富的時代社會生活與思想情感。雖在選目上仍有畸重畸輕、顧此失彼的缺點，許多知名作者的代表詩作未被收錄，也缺乏反映社會矛盾、民生疾苦的詩作，但在歷代的唐詩選集中，仍不失為一部最具影響力、生命力，雅俗共賞的選本，編定之初便已「風行海內，幾至家置一編」（見乾隆十一年仲夏月中浣四藤吟社主人〈唐詩三百首序〉），迄今歷經二百餘年，尚能光景常新，繼續發揮中國古代詩歌啟蒙與傳統文化傳承的作用。

宛麗端雅話宋詞

《宋詞三百首》導讀

北京師範大學文學院副院長、教授、博士生導師
康震

有宋一代，詞體發展蔚為大宗。南北宋三百年來，名家輩出，風格各異，倍極變化而又垂範後世。宋人葉夢得《避暑錄話》中記載，柳永詞流傳極廣，「凡有井水處，即能歌柳詞」。舉凡閨情、旅愁、親情、離思、交遊、國事、田園、隱逸，皆得以在詞中彰顯廣大，宋詞遂成為與「唐詩」並峙的又一座高峰。

宋詞選本歷代層出不窮，清代以來尤為豐富。龍榆生〈選詞標準論〉有言：「晚清詞人，頗喜選錄，以寄其論詞宗尚。各矜手眼，比類觀之，亦可見當時詞壇趨向。」即道明其原因所在。選本既多，難免各有偏頗，或過繁，如《歷代詩餘》、馮煦《宋六十一家詞選》；或過簡，如端木埰《宋詞十九首》；或入選太少，如周濟《宋四家詞選》；或偏重南宋，如戈載《宋七家詞選》。另有陳廷焯《詞則》，梁令嫺、麥孟華《藝蘅館詞選》，況周頤《蕙風簃詞選》等，皆因規制太小而影響不足。唯上彊村民仿《唐詩三百首》體例所選《宋詞三百首》，擷眾家之長，疏密兼收，情辭並重，沾溉甚遠。龍榆生評曰：「以尊體誘導來學之詞選，至此殆已臻於盡善盡美之境，後來者無以復加矣！」

一、上彊村民與《宋詞三百首》的編選

上彊村民即朱祖謀（一八五七——一九三一），原名孝臧，字藿生，一字古微，浙江歸安（今湖州）人，因世居歸安埭溪渚上彊山麓，故號「上彊村民」，又號漚尹。光緒九年（一八八三）進士，歷國史館協修、會典館總纂總校、翰林院侍講、禮部侍郎兼署吏部侍郎。光緒三十年，出為廣東學政，因與總督不睦，辭官歸隱蘇州。朱氏早歲工詩，風格近乎東野、山谷，陳衍稱其為「詩中之夢窗」。光緒二十二年，專力於詞，遂為近代詞學宗師，與王鵬運、況周頤、鄭文焯並稱清季詞學四大家。其詞宗法夢窗，晚年更趨渾成，王國維《人間詞話》中稱其「學人之詞，斯為極則」。朱氏曾遍訪南北藏書家善本，精審嚴校，編刻《彊村叢書》，彙集唐、五代、宋、金、元詞總集五種，別集一百六十三家，乃迄今較完善之詞集。

《宋詞三百首》乃朱祖謀晚年所編訂。朱氏中歲治詞，受王鵬運指引甚大，其後兩人合校夢窗詞，交遊唱和甚多，朱氏的前期詞學思想也於此形成。王鵬運對周濟《宋四家詞選》退蘇進辛、取王沂孫為四家之首頗感不滿，有意為蘇軾叫屈。這種傾向對朱氏編選《宋詞三百首》不無影響。朱祖謀與況周頤唱和亦較多。張爾田《詞林新語》曰：「歸安朱彊村，詞學宗師。方其選三百首宋詞時，輒攜鈔帙，過蕙風簃，寒夜啜粥，相與探論。繼時風雪甫定，清氣盈宇，曼誦之聲，直充閭巷。」可見況氏對《宋詞三百首》的編選影響也不小。

二、《宋詞三百首》的四個特點

一是推崇吳文英。《宋詞三百首》中選夢窗詞二十四首，為集中之最。朱祖謀中歲學詞即從夢窗入手，一生四次校訂《夢窗詞》，費心歷時。王鵬運曰：「自世之人知學夢窗、知尊夢窗，皆所謂但學蘭亭面者。六百年來，真得髓者，非公更有誰耶？」可知朱氏深得夢窗神髓。其實，推崇夢窗就是推崇格律。《宋詞二百首》另選周邦彥二十三首，姜夔十六首，吳、周、姜再加上王沂孫等格律派詞人，幾乎佔據全書三分之一篇幅。吳梅《宋詞三百首箋》序言曰：「彊村所尚在周、吳二家，故清真錄二十二首，君特錄二十五首，其義可思也。」說的就是這個意思。朱氏治詞恪守格律，王鵬運稱他為「律博士」。陳匪石《聲執》曰：「守律之聲家，懸為厲禁，近日朱、況諸君尤斤斤焉。而宋詞於此，實不甚嚴，即清真、白石、夢窗亦或不免。」可見，朱祖謀推崇吳文英的用意所在。

二是重視豪放詞。《宋詞三百首》選蘇、辛詞二十二首，可謂夥矣。朱氏喜愛東坡詞，曾為其編年。在創作中他也有意融合東坡、夢窗兩家，求得「疏密相間」的效果。馮煦〈東坡樂府序〉曰：「彊村頗嗜坡詞。」蔡嵩雲《柯亭論詞》曰：「彊村慢詞，融合東坡、夢窗之長，而運以精思果力。學東坡，取其雄而去其放；學夢窗，取其密而去其晦，遂面目一變，自成一種風格。」盧前〈望江南．飲虹簃論清詞百家百三十四集〉曰：「老去蘇、吳合一手，詞兼重大妙於言。」所指的都是這一點。對東坡的重視其實是朱氏對自己前期詞學思想的調整，於「密」中寓「疏」，意在擴大詞學門庭，對後學也是一種啓發。

三**是選取了不少愛國詞，尤以反映故國之思、黍離之悲的南宋遺民詞居多**。這當然與朱氏的遺民身份有一定關係。《宋詞三百首》的編選體例乃是傳統的先帝王後女流，帝王部分又首選宋徽宗〈燕山亭〉，蓋有微志寓焉。吳梅〈宋詞三百首箋序〉曰：「雖然彊村此選冠以徽宗〈燕山亭〉北行見杏詞，又錄王聖與〈獻仙音〉、姚聖瑞〈紫萸香〉二闋，讀『故宮何處，明月歸輦』及『長楸走馬，歌罷涕零』諸語，白頭吟望，意未有易明言者焉。夜闌削稿，良用憮然。」確屬懇切之論。愛國情懷、民族氣節是中國古代文學的重要脊樑，千載以下，愛國詞依然令我們怒髮衝冠、熱血沸騰，我們這個民族永遠都需要這樣的豪情與壯志。

四是選了一些非名家的詞，如蕭泰來、蔡幼學、李玉等人。有些詞人僅存一兩首詞，也被選入，如徐伸（存詞一首），廖世美（存詞兩首，選一首）等。朱祖謀摒棄一些大家的名作，留出空間選入這些無名之作，顯然有因詞存人的用意。需要注意的是，況周頤的《蕙風詞話》對這些無名之詞頗多品評，如評韓瞍〈高陽臺〉曰：「此等詞語淺情深，妙在字句之表。」評章良能〈小重山〉曰「章文莊公〈小重山〉詞，雅韻天然，不假追逐」等等。朱祖謀選入這些詞作與況周頤也許不無關係吧。

三、《宋詞三百首》的四個版本

《宋詞三百首》曾歷經三次增刪，共有四個版本。最先為手稿本，選詞八十六家、三百一十二首。原稿朱氏手抄贈送友人陳曾壽，現藏浙江圖書館。其後為一九二四年刻本，在稿本基礎上增補陸游、韓瞍兩家，刪去趙鼎一家，比原稿多出一家，為八十七家。其中李重元〈憶王孫〉一詞誤列李甲名下，實為八十八家。刪去蘇軾等人二十一首詞，增補姜夔等九首，共三百首。第二次增刪又在刻本基礎上刪去蘇軾等人二十八首詞，增補辛棄疾等十一首，共二百八十三首。據唐圭璋先生《宋詞三百首箋》附錄所知，最後一次增刪僅增補林逋〈長相思〉、柳永〈臨江仙〉兩首。一九三四年，唐圭璋先生以第二次增刪本為底本，在神州國光社出版《宋詞三百首箋》，這是《宋詞三百首》編成後的第一次箋注，影響頗大。一九四七年，唐先生以一九二四年刻本為底本，在神州國光社重新出版《宋詞三百首箋》，這是名副其實的「宋詞三百首」。然中華書局一九五九年、上海古籍出版社一九七九年重版唐圭璋《宋詞三百首箋》時，所依據者皆為一九三四年本，以致有人指責作品並不是真正的「宋詞三百首」。

《元曲三百首》導讀

一代有一代之文學

北京師範大學文學院副院長、教授、博士生導師
康震

北京師範大學文學博士、湖南大學文學院講師
向鐵生

一、元曲概況

唐詩、宋詞之後，中國文學迎來了又一座高峰——元曲。正如元代人羅宗信〈中原音韻序〉所言：「世之共稱唐詩、宋詞、大元樂府，誠哉！」其中亦可見元人自己對元曲之看重，認為其已然可與唐詩、宋詞並立而三。這種觀念也是一種創作的自覺，帶來了元曲創作的豐收。綜元一代，元曲在題材內容、技巧手法及傳播影響等方面表現均遠超詩詞，成為元代之最佳文學樣式。其後王國維在整理研究宋元戲曲時更是據此提出一代有一代之文學的概念：「楚之騷、漢之賦、六代之駢語、唐之詩、宋之詞、元之曲，皆所謂一代之文學，而後世莫能繼焉也。」（《宋元戲曲史》）評價精當，可謂的論。

同宋詞一樣，元曲本身也是音樂與文本的統一體。不過比宋詞的音樂性更為複雜的是，元曲的音樂性不光包括「曲牌」，還有「宮調」在內。「曲牌」同「詞牌」類似，是各種曲調的泛稱，每個曲牌大體上都規定了相應的曲調和唱法，同樣的，其字句、平仄等也有相應的規則。曲牌名有自詞牌名而來的，但體制、內容並不一致，已多有發展變化。「宮調」則是元曲中曲調的調式。元曲中使用的宮調主要為五宮四調，即仙呂宮、南呂宮、中呂宮、正宮、黃鐘宮和大石調、商調、越調、雙調。各宮調音樂不同，風格和唱腔也不同。有的比較悲壯雄闊，有的比較哀感低沉，有的比較纏綿悠遠。不同曲牌的調式接近，則屬於同一宮調。元曲雜劇創作換宮調時往往也伴隨着換韻現象。元曲同宋詞不同之處還在於襯字的使用。元曲中可以在規定的曲律之外使用襯字以表達曲意和豐富聲情，襯字的多少並無限制，如關漢卿的〈南呂．一枝花．不伏老〉：「我正是個蒸不爛煮不熟槌不匾炒不爆響噹噹一粒銅豌豆。」「響」字前加了十幾個襯字，可謂多矣。正是由於襯字的存在，同一曲牌的曲子往往出現字數不同的現象。

從形制上講，元曲包括雜劇和散曲兩大類。其中散曲又可分為小令、帶過曲和套數三類。小令是指獨立成篇的單支曲子。帶過曲主要是指由兩支或三支單曲組成的曲子，因為是由前一支曲子連帶後曲，故稱。一般兩曲之間以「帶」「過」或「兼」命名。如〈快活三過朝天子四邊靜〉一曲即由〈快活三〉帶〈朝天子〉和〈四邊靜〉兩曲共同組織而成。套數又稱套曲，一般由三支或三支以上的曲子組織成篇，同套曲押韻相同，文體上多用襯字，更加靈活，也更加散漫。我們一般所說的元曲主要是指散曲，特別是散曲中那些當行本色、雅俗共賞、嬉笑怒罵、風情萬千的小令和帶過曲。元人羅宗信〈中原音韻序〉中自詡的「大元樂府」即是指此，其後效仿蘅塘退士《唐詩三百首》和上彊村民《宋詞三百首》而選的《元曲三百首》也是如此。

二、關於《元曲三百首》

清中葉之後，蘅塘退士《唐詩三百首》流傳甚廣，幾乎家置一編。民國時期上彊村民仿《唐詩三百首》選成《宋詞三百首》並刊刻問世，漸為人知。而元曲則尚無一個影響較廣的選本。鑒於此，**曲學大家吳梅先生的高足任中敏先生於一九二六年編成《元曲三百首》，其後同門盧前先生略加刪補，於一九四五年初在中華書局出版，仍名為《元曲三百首》。此後，這一本子成為影響最大的元曲選本。自問世以來，以此本為據進行譯注、賞析的《元曲三百首》層出不窮，逐漸取得與《唐詩三百首》《宋詞三百首》並駕齊驅的地位**。但任、盧二先生所選過於集中名家，有體例失衡之處，其後也多有學者以任、盧二先生選本為藍本重新編選，仍名為《元曲三百首》。這些重新編選本中，中華書局「中華經典藏書」系列中解玉峰先生所選較為突出，兼顧了作品及體例的平衡性，所增補作品也較有代表性，是以此次整理評注《元曲三百首》，我們綜合考量之後即選取了這一本子。

三、《元曲三百首》的特點

（一）注重了名家名作的均衡性

（一）注重了名家名作的均衡性。任、盧兩先生所選《元曲三百首》中，馬致遠選了三十一首、喬吉選了三十首、張可久選了四十首，三家合計一百零一首，佔去全部篇目的三分之一。而元曲四大家之一的關漢卿只選了六首，另外一家鄭光祖則一首也沒有。元後期重要曲家湯式只選了其中兩首小令。從體例上來說，這是輕重失衡的表現。解選則增補關漢卿至十五首、湯式至九首，另外鄭光祖選入三首，適當刪減了馬致遠、喬吉、張可久三人的篇目，使得其入選作品既有代表性，又不至於題材重複過甚，以致讀者產生審美疲勞。

（二）選入了許多非名家的作品，帶有因曲存人的意味。任、盧二先生選本中，已有部分曲家存世作品極少，甚至只有一首也選入的情況，如張子堅的〈得勝令．宴罷恰初更〉等。解選中加強了這一點，如增補了真真、李伯瑜、杜遵禮、周浩、程景初等人，這幾人均僅存曲一首而得入選，很明顯蘊含了選家因曲存人的意思。

（三）兼顧了選曲風格、題材的多樣性。任、盧二先生選曲注重詞曲之別，故特推重曲之當行本色，故對於曲中典雅端正而與詩詞相近的曲作多摒棄不錄。解選中既注重曲之本色，此類依然入選最多，也選入了多首風格典雅而近乎詞作的小令。同時，還增選了一些社會性強、諷刺性極濃的曲子，如〈中呂．朝天子．志感〉三首、〈正宮．醉太平．譏貪小利者〉等。另外，任、盧兩先生的選本中，隱逸題材最為集中突出，可謂「滿紙漁樵話滄桑」。

（四）正編之外以附錄的形式增補了四篇套曲。任、盧兩先生選本並沒有選套曲，解選則基於曲的體例而增補了套曲部分。我們通常所說的元曲實際上多是指那些大家耳熟能詳、雅俗共賞的小令，另外，節選套曲中的一支對於套曲的理解也有割裂之虞，任、盧兩先生或是出於這方面考慮而為之。

小說類

《搜神記》導讀

鬼怪異聞「信史」錄

珠海學院中文系副教授、
香港作家聯會學術部副主席
賴慶芳

一、《搜神記》的時代背景

先秦時期流傳的小說，不離神話與傳說的色彩。該等神話傳說的內容，大多反映初民與大自然搏鬥的情況。如《山海經》之奇山異川、半人半獸；盤古開天闢地（見於徐整《三五曆記》）、女媧補天（見於《淮南子·儒教篇》）、夏禹治水（見於《史記·夏本紀》）等，皆屬此類題材。兩漢的小說，在精神層面繼承了先秦時期的神話傳說色彩、述奇志怪的特點，卻不再是祖先與大自然搏鬥的事跡，而是轉向充滿了神仙靈異的思想內容。據說此種轉變是由秦始皇尋求長生不老之藥開始，加之漢武帝有相同慾望的推助，形成兩漢以後（尤其在魏晉時期）方術之學及符籙煉丹之術盛行。魯迅《中國小說史略》：

> 中國本信巫，秦漢以來，神仙之說盛行，漢末又大暢巫風，而鬼道愈熾；會小乘佛教亦入中土，漸見流傳。凡此，皆張皇鬼神，稱道靈異，故自晉訖〔迄〕隋，特多鬼神志怪之書。其書有出於文人者，有出於教徒者。文人之作，雖非如釋道二家，意在自神其教，然亦非有意為小說。蓋當時以為幽明雖殊途，而人鬼乃皆實有，故其敍述異事，與記載人間常事，自視固無誠妄之別矣。

魯迅提出：魏晉至隋多鬼神志怪之書，是由於漢末的神仙之說盛行，巫風興起，以及佛教傳入，著作有出自教徒，亦有出自文人之手。佛教及道教的神仙故事，是為了弘揚其教派；而文人之所記，因為他們相信生死雖不同，而人鬼實有，故記敍異常之事與人間常事，以說明二者沒有太大分別。

魯迅之言揭示了志怪小說盛行的宗教原因，以及干寶創作《搜神記》的時代背景。魏晉時期，充滿神仙靈異思想的小說盛行，原因有三：

一、政治環境：魏晉南北朝是中國歷史上的動盪時期之一，朝代及國家不斷更替，社會上兵荒馬亂，百姓難以安逸生活。文人及百姓只能將反抗情緒和追求理想的願望寄託在神祕的妖怪鬼神身上，因而創作了不少與鬼神相關的故事。

二、宗教影響：魏晉南北朝時期，志怪小說大量湧現，與宗教的傳播可謂有密不可分的關係。是時，因宗教傳播的規模盛大，釋、道二家的故事在民間廣泛傳播，傳播者並非有意為小說，意在宣揚其教派。魏晉時期，迷信的風氣超越前代，上至皇帝大臣，下至平民百姓，多信奉神鬼，社會亦廣泛高調談論鬼神。

三、談風盛行：魏晉六朝，文士之間流行「清談」和「閒談」的風氣。所「談」的內容，主要是品評人物及談論老莊哲學。品評人物的風氣，是承接漢末清議之風而來，因魏晉時期以「九品中正制」選拔官吏而盛行。在「九品中正制」之下，朝廷要求各郡考察正直（中正）之人，以九個級別評定，推選有聲望者為官，故評論人物品格學問之風盛行。此外，文人喜愛談論老莊的哲學，藉此逃避混亂而殘酷的現實。這種談風對小說影響很大，文人聚在一處，或說說嘲諷戲謔之話，或談論老莊思想哲學，或評論古今不同人物，直接推動了小說的盛行。

魏晉時期的小說，有成仙成道的傳說，有生死輪迴的果報，有俊逸的士子故事，以及詼諧幽默的趣事，為後世的小說發展分流為「志人」及「志怪」兩個發展方向。志人小說，開始強調人物言行的描繪，與今之小說內涵較接近。志怪小說，則充滿道家的飛升之事，或佛家生死果報之思想。此時期的小說，保留了「道聽塗說」的傳統，用字少而篇幅短。因作品散佚甚多，作者多是偽託。現存作品有佚名的《列異傳》、干寶《搜神記》、託名陶潛的《搜神後記》、吳均《續齊諧記》等等。其中，尤以《搜神記》最為著名。

二、《搜神記》的創作

《搜神記》主要寫神鬼怪異、靈異夢卜、妖精怪物、歷史傳說等等題材。《晉書》云撰者乃干寶。干寶，字令升，新蔡人士。大約生活於晉武帝太康至晉穆帝永和年間（二八〇—三五六），曾於晉朝領編國史，著《晉紀》而被人稱作「良史」，因為平亂有功而獲賜爵「關內侯」。據說他搜集了許多古今怪異故事而編成《搜神記》，其著述動機除了受當時社會信奉鬼神的濃厚風氣影響，乃為證明世上有鬼神的存在。《搜神記》序云：

雖考先志於載籍，收遺逸於當時，蓋非一耳一目之所親聞睹也，亦安敢謂無失實者哉！衛朔失國，二傳互其所聞；呂望事周，子長存其兩說，若此比類，往往有焉。從此觀之，聞見之難一，由來尚矣。夫書赴告之定辭，據國史之方策，猶尚若茲，況仰述千載之前，記殊俗之表，綴片言於殘闕，訪行事於故老，將使事不二跡，言無異途，然後為信者，固亦前史之所病。然而國家不廢注記之官，學士不絕誦覽之業，豈不以其所失者小，所存者大乎！今之所集，設有承於前載者，則非余之罪也。若使採訪近世之事，苟有虛錯，願與先賢前儒分其譏謗。及其著述，亦足以明神道之不誣也。

大意是：雖然在記載的典籍之中考究先賢前人的記錄，在當今世代收集遺聞逸事，卻並非一對耳朵一雙眼睛親耳所聽、親眼所見，豈敢說沒有失實的地方。衞惠公姬朔（前六九九年登位）失掉衛國，《公羊傳》《穀梁傳》兩書傳記都各有其記錄；呂望（即姜子牙，人稱姜太公）事奉周天子，司馬遷（字子長）保留了兩種說法，像如此的同類例子，往往都有。由此看來，所聽所見很難一致，這是由來已久的。大凡經書有關崩薨禍福赴告之敍述，都是根據國史的典籍方冊撰寫，尚且如此，更何況追述千年以前的事，記錄殊異習俗的章表，在殘缺之中綴聯片言隻字，在昔日父老之中採訪行跡事實，要使事情沒有不統一事跡，所論述的沒不同的說法，然後才確定為可信，固然亦是前代史書（未能達至而為人所知）的弊病。然而，國家不廢置注文記錄之官員，文人學士不斷絕誦讀閱覽的學業，豈不是因為它（此弊病造成）的缺損失誤小，而所保存的訊息道理大（故所獲得的好處亦大）。現在此書所搜集的，假若乃承襲前人所載的（箇中若有虛言妄語之處），則不是我的罪過。若是我採訪得來的近世事情有虛構錯誤的，願意與古代的賢者及儒士分擔那譏諷訓斥。至於此書所述的內容，亦足以證明鬼神之說不是誣罔欺騙之言。從序言可知，干寶之撰寫《搜神記》確乃欲証明鬼神之存在。

然而，據《晉書》所記，干寶之所以撰寫《搜神記》，除了他本人喜好陰陽術數之說，好讀京房（字明君）及夏侯勝（字長公）等人的傳記之外，全乃有感而作。《晉書》記錄干寶父親的婢女曾被埋葬十餘年而復生。《晉書·列傳第五十二》云：

寶父先有所寵侍婢，母甚妒忌，及父亡，母乃生推婢於墓中。（干）寶兄弟年小，不之審也。後十餘年，母喪，開墓，而婢伏棺如生，載還，經日乃蘇。言其父常取飲食與之，恩情如生。在家中吉凶輒語之，考校悉驗，地中亦不覺為惡。既而嫁之，生子。

干寶父親亡故，其母將丈夫生前的寵婢推入墓中。因干寶兄弟年幼而沒有去審察。之後十餘年，母親亡故，兄弟開啟父墓以安排合葬，結果發現婢女伏在棺上未死，於是帶她回家，幾日後婢女蘇醒，說是他們的父親取東西給她吃，主僕恩情如舊，家中吉祥凶兆之事往往能說出，而且經考校，一一應驗；她又不厭惡墓穴裏的環境。後來她嫁了人，誕下孩子。為此，干寶深信人可以死而復活。

據《晉書》所記，干寶的兄長亡故多日而復生，更訴說各種鬼神事情，仿如做夢而醒，不知自己曾死。〈列傳第五十二〉云：

又寶兄嘗病氣絕，積日不冷，後遂悟，云見天地間鬼神事，如夢覺，不自知死。（干）寶以此遂撰集古今神祇靈異人物變化，名為《搜神記》，凡三十卷。

其兄病亡氣絕多日而身體沒有變冷，干寶心有所感，因而搜集古今神靈鬼異、人物變化，合編成《搜神記》，共計三十卷。

總括而言，若論干寶何以撰寫《搜神記》？一乃魏晉時代，信奉鬼神之風氣盛行，喜好陰陽學說的干寶在此環境氛圍之下，對鬼神之逸聞產生濃厚興趣。二乃自身經歷所致，據說其父侍婢被迫陪葬，活於墓中十多年，其兄也曾死而復生，令他決心搜集有關鬼神的故事。三乃他有意證明世間確有鬼神，故引前人之記錄，探訪近世的事跡，藉此一一印證。

三、《搜神記》的內容

《搜神記》全書本有三十卷，今僅存二十卷。據述乃明萬曆年間（一五七三——一六二〇）胡震亨編刻《祕冊滙函》之版本。《四庫全書提要．子部十二．小說家類》：

《搜神記》二十卷：舊本題晉干寶撰。證以古書所引，或有或無，其第六第七卷乃全鈔《續漢書．五行志》，一字不更，殆亦出於依託。然猶為多見古書之人，聯綴舊文，傅以他說，故核其體例儼然唐以前書，非諦審詳稽不能知其偽也。

其大意是：《搜神記》二十卷，舊本題作晉朝干寶所撰。其所述內容，以古書引證，有的故事有出處，有的則沒有，書中第六及第七卷是全部抄錄自《續漢書・五行志》，一字沒有更換，大概亦是出於託名之作，非原來作品。作者該是多閱覽古書的人，能綴聯舊日的文章，輔以其他著述的説法，故此核查其體例風格，發現很像唐代以前的著作，若不仔細審核，實在不能辨別其真偽。

現存二十卷《搜神記》的內容，粗略可分成八個部分：

第一部分（第一至三卷）：論仙人方士、長壽得道者。

第二部分（第四至五卷）：寫預言應驗、夢卜成真。

第三部分（第六至十卷）：錄先秦至漢末的奇物奇事、奇夢妖怪。

第四部分（第十一卷）：寫歷史人物傳説。

第五部分（第十二至十四卷）：述異人異物異獸。

第六部分（第十五至十六卷）：記魂魄再世復生。

第七部分（第十七至十九卷）：論精怪作祟遺害。

第八部分（第二十卷）：述救害獸禽的因果報應。

《搜神記》的記述，有的是承傳前人的作品，有的乃干寶當時採訪所得，因非親耳所聽、親目所見，難免有虛構之處，作者自言甘願承擔譏謗及批評。他在序文已陳述己之心志：「苟有虛錯，願與先賢前儒分其譏謗。及其著述，亦足以明神道之不誣也。」

干寶撰錄的《搜神記》，其來源主要：一是承繼前人典籍所載；二是採訪近世之事。為此，他錄述了不少正史人物的故事，使《搜神記》成為正史的參考著書。如《搜神記》卷十一〈王裒〉：

王裒，字偉元，城陽營陵人也。父儀，為文帝所殺。裒廬於墓側，旦夕常至墓所拜跪，攀柏悲號，涕泣著樹，樹為之枯。母性畏雷，母歿，每雷，輒到墓曰：「裒在此。」

《晉書》卷八十〈孝友傳・王裒〉幾乎全錄其文。而《搜神記》卷十一的〈東海孝婦〉則承傳自《漢書》卷七十一〈于定國傳〉。故事寫孝婦被冤枉毒殺家姑而判死刑，以致東海郡三年大旱，直至新太守上任，于公為她平反：「孝婦不當死，前太守枉殺之。」新太守親身祭祀孝婦，於墓前立碑表揚其孝行，才降下大雨來。

就《搜神記》的小說題材內容而言，優秀的作品主要有以下各類：

1 記錄忠孝節義的故事

作者藉着故事歌頌忠孝、貞節、仁義和正直的人物，如〈温序死節〉寫護軍校尉温序寧死不降逆賊的事跡。又如〈諒輔禱雨〉寫廣漢郡新都縣的屬官諒輔見天旱無雨，百姓受苦，因而欲顯其誠，用自己的身軀求雨。正當他堆積起柴枝準備自焚時，雨水傾盆落下，使萬物得到潤澤。又如〈相思樹〉寫韓憑夫婦對愛情的堅貞專一。故事講述韓憑妻子何氏長得貌美，被宋康王強搶佔有，何氏暗傳矢志不渝的書信給夫婿，結果與夫婿先後殉情。死後，二人墓前長出了兩棵梓樹，互相糾結在一起，樹上更有一對鴛鴦鳥交頸悲鳴。作者藉此頌揚夫妻對愛情的忠貞不二。

2 述說人與鬼魂的故事

作者藉着鬼魅向人的傾訴求助，以及人與鬼魅之交往及相處，印證鬼神的存在。如〈鵠奔亭女鬼〉寫蘇娥被殺害而向刺史申訴冤情，〈蔣濟亡兒〉寫蔣濟已故的兒子向父母求助。然而，最為人讚賞的是人鬼相戀的故事。故事展現人死後對愛情的渴望和執着，對在世情人的關心和眷戀。如〈紫玉與韓重〉，寫吳王夫差十八歲的小女兒紫玉與書生韓重相愛，因父王不許她下嫁韓重而抑鬱病亡。死後，遊學回來的韓重到墓前拜祭。紫玉與他盡訴相思之情，行了夫妻之禮，又贈他徑寸大的明珠。故事哀怨動人，令人感慨。

3 為民除害救災的故事

主要記述善良仁義的百姓甘願犧牲自己，為大眾消除禍害及災難，謀求安逸和福祉。如〈李寄斬蛇〉，寫十二三歲的李寄自薦為祭祀的童女，一為減輕父母養育子女的負擔，二為換取金錢補助一家的生活，三為民除害。李寄以大無畏的精神，帶着咬蛇犬殺了大蛇，替將樂縣的百姓除害，更得東越王聘納為王后。又如〈何敞消災〉寫方士何敞為吳郡百姓消除蝗蝝之災後，隱居遁世的事跡。

4 因果循環報應的故事

故事展示世間因果報應不爽，婉轉勸戒世人多行仁義，去除不義之舉。如〈黃雀報恩〉寫黃雀夜送四枚白玉環予救命恩人；又如〈猿母哀子〉述猿母斷腸而死後，施虐者遭瘟疫滅門之禍；又如〈董永與織女〉寫董永十分孝順父親，父亡後賣身葬父，故感動天帝，天帝派遣織女下凡協助他償還賣身的債務。

二十卷《搜神記》收錄了很多神仙鬼怪、妖精夢卜、還魂報應、人鬼相戀等故事。由於作品多搜集於民間，故保存了不少優秀動人的民間傳說。諸如此類的鬼神異

事，構成《搜神記》獨有的怪異色彩。此濃厚而獨特的色彩使它成為魏晉南北朝志怪小說的代表作之一。

四、《搜神記》的藝術特點

在藝術技巧方面，《搜神記》有以下幾項藝術特點：

1 故事結構完整

《搜神記》收錄的作品中，有不少故事的結構完整而情節曲折，內容趨向豐富充實，篇幅亦較前人作品為長，開拓了小說長篇幅的體制。如〈李娥〉一故事以倒敘法陳述，先寫李娥的鄰居蔡仲盜墓，令李娥死而復生，再寫縣使捕獲蔡仲，縣太守查問李娥復生的經過。李娥解釋乃地府司命誤召她，故推使鄰人蔡仲盜墓。太守得知真相後，上書朝廷請求赦免蔡仲的死罪。作者再倒敘李娥從地府返回人間途中，遇上表兄，表兄請她帶信給在世的兒子，相約兒子一家在城南會面。兒子得信而不解陰間語言，請人解之，再帶家人前往赴會，終能會晤亡父，又得父親賜送藥丸，保其一家免受妖癘之災。小說的結構完整有序，情節曲折離奇，故事的推進合乎情理。

2 細節描寫細膩

作者注重細節描寫，藉以推進故事發展和渲染場景氣氛。《搜神記》的細節描寫出色，可媲美後世優秀之小說。如上文提及的〈李娥〉，地府司命放李娥返回人間，她立刻反問：其形體已為家人埋葬，如何走出墳墓？又問：自己不懂返回陽間的路，又因乃弱質婦孺而不能獨自行走，能否得一人同行？由此才衍生了盜墓者蔡仲及同期遣返陽間的鄉人李黑。

又如〈相思樹〉把兩棵樹的生長描寫得十分仔細：

> 宿昔之間，便有大梓木，生於二塚之端，旬日而大盈抱，屈體相就，根交於下，枝錯於上。又有鴛鴦，雌雄各一，恆棲樹上，晨夕不去，交頸悲鳴，音聲感人。宋人哀之，遂號其木曰「相思樹」。

渲染了夫妻不能合葬，只有墓塚可相望的悲哀。故此，墓前的兩棵梓樹屈曲而生，出現樹根交結於下而椏枝交錯於上，情景淒美；作者借鴛鴦鳥的交頸悲鳴，揭示夫妻兩人死後仍相依不離。

3 善用詩歌韻語

作者述寫故事之時，在行文之間加插了詩歌及韻語，增添了典雅的文學色彩。如〈相思樹〉寫韓憑夫妻殉情的故事，韓妻何氏寫的一封信云：「其雨淫淫，河大水深，日出當心。」用的是簡潔的韻句。又如〈紫玉與韓重〉一故事，紫玉唱的一首歌：

南山有烏，北山張羅；烏既高飛，羅將奈何！意欲從君，讒言孔多。悲結生疾，沒命黃壚。命之不造，冤如之何！羽族之長，名為鳳凰；一日失雄，三年感傷；雖有眾鳥，不為匹雙。故見鄙姿，逢君輝光。身遠心近，何當暫忘？

以韻文詩的格調，展示紫玉悲苦的心情。故事中加插詩歌及韻語，令敍事的方式富於變化，同時增強小說的藝術吸引力。

4 善用對話刻畫人物

作者善於運用對話刻畫人物的情感和個性，如〈談生鬼妻〉寫談生年輕貌美的妻子斥責談生以燭火相照時的話：「君負我。我垂生矣，何不能忍一歲，而竟相照也？」充分表現出她憤怒、哀傷和絕望之情。即使談生道歉謝罪，她仍然哭泣流淚而不可自控。又如〈李寄斬蛇〉寫李寄自薦為祭蛇童女的一段對話：「……女無緹縈濟父母之功，既不能供養，徒費衣食，生無所益，不如早死。賣寄之身，可得少錢，以供父母，豈不善耶？」表現了李寄至誠的孝心之餘，亦展示她堅決果敢的個性。她欲藉賣掉自己來減輕父母的經濟負擔，並藉此獲取少許金錢以供養父母。父母縱然不讓她去送死，她還是偷偷地前往應徵。

五、《搜神記》的價值

《搜神記》影響深遠，及至六朝志怪作品、唐代傳奇、宋元話本、明清長篇小說，在藝術手法方面可謂繼承了《搜神記》的發展方向。有的作品甚至在體制及內容上，明顯採用了《搜神記》的故事內容。例如梁朝吳均《續齊諧記．楊寶》乃出自《搜神記．楊寶》，唐代沈既濟的《枕中記》、李公佐的《南柯太守記》可謂源於《搜神記》的〈焦湖廟巫〉及〈審雨堂〉。

至宋明時期，話本流行，《清平山堂話本》中〈死生交范張鷄黍〉亦不外取自《搜神記．死友》中范巨卿及張元伯的故事。元朝關漢卿（約一二二〇—一三〇〇）的《感天動地竇娥冤》雜劇也源於《搜神記．東海孝婦》。明朝湯顯祖（一五五〇—

一六一六）的《邯鄲夢》源於唐傳奇〈南柯太守記〉，而〈南柯太守記〉則源於《搜神記》的〈焦湖廟巫〉。

《搜神記》在當時的影響已很深遠，故出現續寫的著作《搜神後記》，共十卷。不知何許人所撰，只能肯定乃隋朝之前的作品。清代《四庫全書．子部十二．小說家類》：

> 《搜神後記》十卷：舊本題晉陶潛撰。考潛卒於宋元嘉四年，而書中有元嘉十四年、十六年事，其偽可不待辨。然其書文詞古雅，體例嚴整，實非鈔撮補綴而成，亦非唐以後所作，故《隋志》著錄，而唐人所引文，亦一一相合，蓋猶隋以前之完帙也。

時至現代，《搜神記》的影響依然恆久不衰。如二十世紀五十年代的戲劇電影《天仙配》，六十年代的國語電影《七仙女》，皆源自〈董永與織女〉的故事。

從國際視野而論，《搜神記》印證了很多與西方文化的巧合。例如，丹麥的安徒生（一八〇五—一八七五）童話〈野天鵝〉、德國的天鵝故事（據悉被譯為〈被施法的面紗〉），以及後來衍生的俄國芭蕾舞劇〈天鵝湖〉，乃十八九世紀西方著名的童話。原來早於四世紀的晉朝，已有鳥兒化為美女的故事，《搜神記》的〈羽毛女〉便是一例證。西方的《聖經》故事裏，耶穌行神跡，以五餅二魚餵飽五千人，恰巧中國則有〈薊子訓長壽〉，述薊子訓以斗酒片脯令京城數百名公卿大夫吃飽飲醉，酒也是倒之不盡，肉乾亦是取極還有。

此外，中國對日本的文化影響深遠，如現代日語裏，有不少字詞乃承傳中國古代漢語而來的，例子可見於《搜神記》。日語的「僕」（ぼくboku）是男子謙稱「我」的意思，實乃晉朝時期已通用的自稱，如〈鬼扮虞定國〉一故事中，虞定國在蘇公面前謙稱自己為「僕」。

六、小結

《搜神記》諸篇故事弘揚「善有善報、惡有惡報」的思想，亦諷刺為官不仁、貪財貪色之徒，讚美為民請命、仁義孝順之士，又歌頌至死不渝的愛情。然而，干寶亦刻意描述鬼神心志之難測、忠奸的難分，令百姓產生敬畏之心。《搜神記》記錄了不少民間傳說，成為研究古代文化風俗的佐證參考；如古人對大自然世界不太了解，時以犧牲性命之法求雨求福。研究小說，不可不讀《搜神記》，因為它是文言小說步向成熟的重要里程碑。

七、選章規則

本書《搜神記》乃「新視野中華經典文庫」之一，由於讀者主要是公眾，故花了三個月時間篩選篇章，所選篇章基於以下考慮因素：

（一）富有教育意義：可以啟發世人，或引人深思。如書中有不少作品展示古代不同階層百姓及士子的忠、義、節、孝、廉等高尚情操及美好品德，皆優先選錄。

（二）富有小說情節：《搜神記》乃魏晉時期的重要小說著作，其情節內容皆具現代小說雛型，故特選取情節豐富的故事，讓讀者欣賞古代小說作品的精彩內容。

（三）富有怪異色彩：由於此書名為《搜神記》，故此不可不選箇中怪異的作品，如論男女變性結婚之事，鬼神與人交往之事，以及神獸妖怪之靈異事情。

由於按卷一至二十而選，有的卷數較精彩益智，故選取的較多，有的卷數則因為較粗陋簡短，選取較少。故事內容相近的，如靈獸報恩的故事，亦只選一二篇，其餘差不多者則不再選。有些著名篇章，如〈三王墓〉，雖有曲折豐富的故事情節，惟內容寫為父報仇雪恨，主角不惜自殺割頭，最終令報仇者、受命者、帝王共三人斷頭喪命；故事中頗有殺戮突兀之情節，恐怕有誤年輕讀者，故不選。未選的篇章內容，亦可從每卷的簡介得悉一二。

《世說新語》導讀

一往情深：論《世說新語》中的社會結構、思想變遷及生命之痛苦

陳岸峰
香港科技大學人文學部文學博士，現任職於香港大學

一、前言

東漢末年，外戚干政，宦官當權，殺戮頻生，羣雄並起，天下三分。最終卻是魏滅蜀漢，而螳螂捕蟬，黃雀在後，司馬氏先代魏而後再滅吳，中國再度統一。可是，晉武帝又犯下大肆分封之弊，先是八王造反，從而又誘發「永嘉之亂」。晉室倉惶東渡，在王導（茂弘，二七六—三三九）等人的擁立下，晉元帝司馬睿（二七六—三二三）在南方創建了東晉政權。[1] 然而此後的一百多年，權臣迭現，禍亂頻繁，先有王敦，後有桓溫（元子，三一二—三七三）。幸先有王導、後有謝安（安石，三二〇—三八五），安內攘外，壓抑、化解權臣篡位的野心。特別是謝安任宰相期間，運籌帷幄，決戰千里，「淝水之戰」令前秦「草木皆兵」，終至潰敗以至亡國，為偏安一隅而淒徨不可終日的小朝廷，再造中興氣象。

在此衰亂的時代，士人紛紛掙脫儒家之桎梏，奔向道家的解放，由性至情之轉變，痛生命之短促，悲人生之無常，騷人墨客唱出了闕闕生命的悲歌。由劉義慶（季

1 關於王導在東晉之建立過程中如何安撫並籠絡東吳士族與豪強的高明之處，可參閱陳寅恪：〈述東晉王導之功業〉，《金明館叢稿初編》（上海：上海古籍出版社，一九八〇年），頁四八—六八。

伯，四〇三—四四四）及其門客所編撰之《世說新語》，記載的就是這個衰敗而又燦爛的時代。

二、才情勃發

（一）從門閥制度到唯才是舉

在東漢的門閥制度之下，紈絝子弟也可以平步青雲、扶搖直上。例如，曹操（孟德，一五五—二二〇）從小瞞上欺下，與袁紹兩人均為京城惡少，胡作非為，連搶人家新婚媳婦的事也幹得出（〈假譎第二十七〉第一則），[2]而後來竟然舉了「孝廉」。[3]僅此一例，足見這制度的荒謬。從此，曹操便進入了官場，此後大半生的縱橫捭闔，基本上也就是將少年時代在京師的一套玩意兒，全搬在了政治與戰場上而已。更荒謬的是，推翻這制度的人，竟亦就是受益者曹操，為了羅致人才，他「周公

2 見劉義慶等編著，劉孝標注，余嘉錫箋疏：《世說新語箋疏》（北京：中華書局，二〇一〇年），下冊，頁九九九。

3 陳壽撰，裴松之注：《三國志》（北京：中華書局，二〇一〇年），第一冊，頁二。

吐哺」之餘，更具體提出了「唯才是舉」的招賢納才的方法。[4]「唯才是舉」不問出身，打破了門閥的壟斷，向社會全面開放，因此也就大大地提高了競爭性。在此新的標準下，「才」是關鍵，那麼如何見得是真的有才華呢？這就得依靠大名士的汝南月旦，[5]曹操年少時也曾威逼利誘許劭（子將，一五〇—一九五）而得「治世之能臣，亂世之奸雄」之品評。[6]然而「唯才是舉」只是口號而已，或許只在於動盪的三國時期才有它的實際效果，及至曹丕（子桓，一八七—二二六）時代，又確立了「九品中正」作為評定人才的方法，具體標準是：家世、道德以及才能，而又再分為九等。評核者名為「中正」，是由本地在中央任職的二品以上的官員擔任，實際的操作者當然是地方上的僚屬。這就大有文章可作了。然而，古

4 陳壽撰，裴松之注：《三國志》，第一冊，卷一，頁三二。田餘慶先生指出：「唯才是舉……，這當然是違反名教傳統的。看起來，他（曹操）似乎決心要跟傳統的名教決裂。」見田餘慶：《秦漢魏晉史探微（重訂本）》（北京：中華書局，二〇一一年），頁一四一。

5 《後漢書．許劭傳》記載，汝南郡人許劭與許靖在每月的初一（月旦），均會發表對時人的品評，稱為「月旦評」。

6 有關曹操獲得品評而成為「名士」的過程及其作用，可參劉蓉：《漢魏名士研究》（北京：中華書局，二〇〇九年），頁六八—七六。

往今來，家世便代表一切，亦因如此，此制度遂有「上品無寒門，下品無士族」的問題。

雖然如此，利益所在，整體社會仍然熱衷於品評。在謀求大名士之品評的過程中，「個體」就得想方設法，伺機突圍而出。此處拈出「個體」，突顯的是人的主體性，高門大族雖是樹大好遮蔭，但就連謝家的子弟如謝玄（幼度，三四三—三八八）自小也曉得自身亦必須如庭前的「芝蘭玉樹」（〈語言第二〉第九十二則），[7] 家族方可永久。可以說，東漢乃世家大族所壟斷，魏與西晉為名士的過渡時期，及至晉室東渡之後，漢代以來的門閥高第的世襲壟斷，漸漸地便由新興的士族所取代。[8] 阮籍（嗣宗，二一〇—二六三）的父親阮瑀（元瑜，?—二一二）便是「建安七子」之一。阮氏子弟多是一時才俊，在文學與音樂方面均有天賦，阮家亦漸漸地形成一新興的「士族」，及至東晉，已躍居名門之列。〈簡傲第二十四〉第九則記：

7 劉義慶等編著，劉孝標注，余嘉錫箋疏：《世說新語箋疏》，上冊，頁一七三。

8 可參閱劉蓉：〈緒論〉，《漢魏名士研究》，頁一—十。

謝萬在兄前，欲起，索便器。於時阮思曠在坐，曰：「新出門戶，篤而無禮。」[9]

謝萬（萬石）之兄謝安，亦就是後來連狂傲不羈的李白（太白，七〇一—七六二）也為之傾倒終生，並為之歌唱「謝公東山三十春，傲然攜妓出風塵」的那位千古風流人物，竟也在此因弟弟之牽連而受阮裕（思曠，生卒年不詳）的嘲諷，由此益見士族地位的超然及其所帶來的自信與倨傲。

「士族」，亦即「士大夫家族」，代表了「士」與「家族」概念的結合。「士族」是東晉南朝的「立國基石」，具備了政治、社會以及文化上的優越地位。[10] 錢穆（賓四，一八九五—一九九〇）指出：

9 劉義慶等編著，劉孝標注，余嘉錫箋疏：《世說新語箋疏》，下冊，頁九〇八。

10 相關論述可參閱毛漢光：《兩晉南北朝士族政治之研究》（臺北：中國學術著作獎助會，一九九六年）；蘇紹興：《兩晉南朝的士族》（臺北：聯經出版社，一九八五年）。

門第精神，維持了兩晉兩百餘年的天下。[11]

名門不可能一蹴而就，必須苦心經營，必須經得起風吹雨打。以東晉而言，曇花一現的所謂權臣不在少數，而真正的名門，只有琅琊王氏家族、太原王氏家族以及陳郡謝氏家族。三大家族人才輩出，文韜武略，各擅勝場，從而輪流執政，主導了東晉百多年的政局。

相對於豪門，寒門中人永遠都是被鄙視以至於打壓的。以隱逸與飲酒而垂名後世的陶淵明（元亮，約三六五—四二七）或可引其祖先陶侃（士行，二五九—三三四）在東晉的輝煌功業而自豪，[12]而陶侃卻出身孤寒，素為名門所鄙視，終生如是。陶侃的進入官場是適逢貴人范逵（生卒年不詳）路過其家，陶母賣髮以買米和肉，又劈房柱當柴燒，可以說是削髮破家以款待客人，而陶侃又追送客人數十里，方才得到范氏為他傳播名聲。他當初入官場，所擔當的不過是管理魚梁的小吏；及至後來發跡，

11 錢穆：《國史大綱》（香港：商務印書館，一九八九年），上冊，頁二六七。

12 關於陶淵明的隱逸與飲酒的關係，可參閱陳岸峰：〈提壺撫寒柯，遠望復何為：陶淵明的飲酒與隱逸〉，《詩學的政治及其闡釋》（香港：中華書局，二〇一三年），頁五九—一〇五。

位極人臣，仍被賤稱為「小人」「溪狗」。[13] 其子陶範（生卒年不詳）想送米給琅琊王氏後人王脩齡（生卒年不詳），竟為對方所不屑而拒絕（〈方正第五〉第五十二則）。[14] 另一例子，劉惔（真長，生卒年不詳）貴為丹陽尹，又為清談大名士，他本人不屑受小吏所贈送的食物，又譏諷殷浩（淵源，？—三五六）為「田舍兒」（〈文學第四〉第三十三則），[15] 卻忘了他亦原本貧寒。《晉書》記劉惔：「家貧，織芒屩以為養」，「蓽門陋巷」。[16] 原來，劉氏曾居於貧民區，以織草鞋維生。

13 《世說新語．容止第十四》中有溫嶠勸庾亮前往見陶侃以求協助平叛時說：「溪狗我所熟悉，卿但見之，必無憂也。」見劉義慶等編著，劉孝標注，余嘉錫箋疏：《世說新語箋疏》，中冊，頁七二五。陳寅恪指出「溪」為溪族，乃高辛氏女與神犬槃瓠所生後代，故武陵、長沙、盧江、郡東之地，均為槃瓠之後，雜處五溪之內，被視為「蠻種」。陶侃一族即出於此族而被賤視，再加上他早孤貧，因此便曾被吏部郎溫雅稱之為「小人」，溫嶠稱之為「溪狗」。陳先生雖說「非別有確證，不能遽信為實」。然而，南人鄙視北人為「傖夫」，北人沿中州冤帶輕詆吳人，再加上有「小人」之賤稱在先，即使再稱「溪狗」在後，亦不足為怪。詳參陳寅恪：〈魏書司馬叡傳江東民族條證及推論〉，《金明館叢稿初編》，頁七九—八一。

14 見劉義慶等編著，劉孝標注，余嘉錫箋疏：《世說新語箋疏》，上冊，頁三八七。

15 見劉義慶等編著，劉孝標注，余嘉錫箋疏：《世說新語箋疏》，上冊，頁二六二。

16 房玄齡：《晉書》（北京：中華書局，二〇〇三年），第七冊，卷七十五，頁一九九〇。

簡而言之，無論是世家大族還是士族，門第既代表了一切，就必須涇渭分明，這觀念牢不可破，深植人心，因為牽涉的是整個家族長久的榮辱、利益以及興衰。

（二）行為藝術

大道或如青天，但有才者卻不一定可脫穎而出，關鍵是魏、晉時代還沒有科舉制度，因此要吸引大名士的品評而鶴立雞羣、暴得大名，絕非易事。種種的艱難，逼使才俊之士戴着枷鎖跳舞，力求浮出水面。故此，很多特立獨行甚至似乎矯情造作之士便蜂擁而現。嵇康（叔夜，二二三—二六三）之當街鍛鐵，是一種自我呈現，既有讓人品評之意圖，更有以反常行為引起公眾反思的積極意義，為什麼才華橫溢的嵇康不是身居顯位而卻當街打鐵？很明顯，就是以一種與當政者決裂的姿態告訴世人，自己寧幹如此不稱身份之粗活，亦不與司馬政權同流合污。而阮籍之翻青白眼以判人的優劣，則可謂是魏、晉之「秒殺」。更精彩的是〈雅量第六〉第三則記：

夏侯太初嘗倚柱作書，時大雨，霹靂破所倚柱，衣服焦然，神色無變，書亦如故。賓客左右，皆跌蕩不得往。[17]

雷擊破柱，燒焦衣服，賓客震盪，而夏侯玄卻不為所動，甚至書寫如故，如此反應，違反常情，一介文人，何以練就如此「雅量」？第九則記載中，裴遐（生卒年不詳）便泄露了「雅量」的祕密：

裴遐在周馥所，馥設主人。遐與人圍棋，馥司馬行酒，遐正戲，不時為飲，司馬恚，因曳遐墜地。遐還坐，舉止如常，顏色不變，復戲如故。王夷甫問遐：「當時何得顏色不異？」答曰：「直是暗當故耳！」[18]

裴遐被無禮地摜倒在地之後依然從容爬起，「顏色不變」地繼續下棋，實是強忍怒氣，究其原因，無非是着緊士林對他的風度的評價。王衍（夷甫，二五六—三一一）與謝尚（仁祖，三〇八—三五六）被人侮辱而不動氣，亦是如此。由此可

17 見劉義慶等編著，劉孝標注，余嘉錫箋疏：《世說新語箋疏》，中冊，頁七二五。

18 見劉義慶等編著，劉孝標注，余嘉錫箋疏：《世說新語箋疏》，上冊，頁四一七—四一八。

見，上述夏侯玄（太初，二〇九—二五四）面臨雷擊及身的生命威脅而仍保持書寫的姿態，確實也是極不容易，由此名垂千古，我們也不得不佩服其用心良苦了。

而若論行為藝術的表表者，則莫過於東晉丞相謝安。從隱居東山三十年，到傲然攜妓出風塵，以至於「淝水之戰」時聞前方大捷，雖內心狂喜，不覺屐齒折斷，仍若無其事地下棋（〈雅量第六〉第三十五則），均足以見此君真的將人生如戲之理念，揮灑得淋漓盡致。正因為如此，早年在海上暢遊而遇大風浪時，王羲之（逸少，三〇三—三六一）與孫綽（興公，三一四—三七一）等人均大驚失色，獨謝安處之泰若，嘯詠如常，終化險為夷，經此事而眾人一致推崇，均認為「安石」名符其實，是足以安天下之基石（〈雅量第六〉第二十八則）。[19] 這就是表演的力量。風雨飄搖的東晉，需要的就是懂得表演的名人領袖如謝安的「矯情鎮物」，[20] 以安天下人心。

19　見劉義慶等編著，劉孝標注，余嘉錫箋疏：《世說新語箋疏》，上冊，頁四三七。

20　房玄齡：《晉書》，第七冊，卷四十九，頁二〇七四。

（三）清談

魏、晉的行為藝術是長期而持續的姿態，但也是消極而頗為費時的姿態。故此，名士均集中在上層的名流圈子中，上至宰相司馬昱（後來的簡文帝，約三一九—三七二）、中書令庾亮（元規，二八九—三四〇）、丹陽尹劉惔、中軍將軍殷浩府中，下及婦道人家如謝道蘊（令姜，生卒年不詳）以及謝安之妻，皆以清談為雅事，並以此為貴。謝安與支道林（道林，三一四—三六六）及許詢（玄度，生卒年不詳）聚於王家，暢論《莊子．漁父》，各抒己見，而謝安「作萬餘言，才峰秀逸」（〈文學第四〉第五十五），[21]眾人歎為觀止。在他們眼中，遨遊於精神世界，方為人上人。清談影響之大，在時人心目中之崇高，就連王敦（處仲，二六六—三二四）、桓溫這兩位梟雄也湊湊熱鬧，或以清淡的保護者的姿態自居而為榮（〈賞譽第八〉第五一一則、〈排調第二十五〉第二十四則）。[22]羅宗強如此道出魏、晉之熱衷清談的原因．

21 見劉義慶等編著，劉孝標注，余嘉錫箋疏：《世說新語箋疏》，上冊，頁二八一。

22 分別見劉義慶等編著，劉孝標注，余嘉錫箋疏：《世說新語箋疏》，中冊，頁五三三；下冊，頁九四〇。

從清議的重道德到人物品評的重道德又重才性容止，反映着從經學束縛到自我意識的轉化。有此變化，就會逐步走向重視人及其自然情性。而有了重視人、重視人的自然情性，重人格獨立，亦就逐步導向對於人的哲理思考，探尋人與自然、人與社會的關係，逐步地轉向玄學命題。[23]

而事實上，縱觀東晉的著名政治人物，幾乎沒有因為道德高尚而獲邀出任要職，反而挾妓作東山之遊的謝安卻官至宰相。其時政治階層更側重的反倒是清談的名士效應，如後來北伐失敗的殷浩便是清談大名士。清談代表的是人的思想的表述以至於對經典的現場即時詮釋，這正是個體主體性之突顯與社會思潮對主體性之確認，亦即才華壓倒一切，才華以清談之名而彰顯，此實乃曹操「唯才是舉」之思想以嶄新的方式的延伸。

整個東晉雖總處於風雨飄搖、危急存亡之秋，而清淡不絕，此中自有其營造詳和的社會氛圍以安定人心的功能。故當王羲之列舉夏禹、文王的駢手胝足、宵衣旰食以治國，對舉朝上下均以清談為尚表示憂心時，謝安即予以反駁，或便有此意（〈言語

23　羅宗強：《玄學與魏晉士人心態》（天津：南開大學出版社，二〇〇三年），頁五六。

第二〉第七則）。[24]

另一方面，清淡是智者才子之雅集，此為智慧交鋒之沙場，更是藉此以揄揚名聲之要塞。一旦勝出或經大名士激賞，則名揚天下，從而踏上出仕之階梯。〈文學第四〉第十八則記載：

阮宣子有令聞，太尉王夷甫見而問曰：「老、莊與聖教同異？」對曰：「將無同！」太尉善其言，辟之為掾。世謂「三語掾」。衛玠嘲之曰：「一言可辟，何假於三！」宣子曰：「苟是天下人望，亦可無言而辟，復何假一！」遂相與為友。[25]

一言而為官，如此時代，如此機遇，真是羨煞狂呼「獨我不得出」的李白。故此，進入清談的圈子並伺機擊敗享有盛名的高手，便是揚名立萬的積極行為。劉惔、殷浩、庾亮固然是箇中高手，而名僧支道林更是眾人的攻擊或突擊的目標（〈文學第

24 見劉義慶等編著，劉孝標注，余嘉錫箋疏：《世說新語箋疏》，上冊，頁一五三。

25 見劉義慶等編著，劉孝標注，余嘉錫箋疏：《世說新語箋疏》，上冊，頁二四五。

四〉第三十則，第四十五則）。[26]其時《周易》《老子》《莊子》《才性四本論》《聲無哀樂論》等論述，均為討論中心。支道林之論《莊子．逍遙遊》，如繁花燦爛，精義迭出，舉世咸服，就連本來不大看得起他的大名士王羲之，被強留步聆聽其妙論之後，亦為之流連不止，成了好友（〈文學第四〉第三十六則）。[27]由此，**魏、晉清談，天才輩出，王弼（輔嗣，二二六—二四九）、向秀（子期，約二二七—二七二）以至郭象（子玄，二五二—三一二）等等，皆為中國之哲學發展作出了重大的貢獻，如陳寅恪（一八九〇—一九六九）先生所說的對中國中古之思想有「重大意義」**，[28]**故宗白華（伯華，一八九七—一九八六）先生說：「論天人之際，當是魏、晉。」**[29]

清談，是玄學之論辯，不只要求有思維上的突破，還須文辭優美，令主客破疑遣

26 見劉義慶等編著，劉孝標注，余嘉錫箋疏：《世說新語箋疏》，上冊，頁二五八、二七一。

27 見劉義慶等編著，劉孝標注，余嘉錫箋疏：《世說新語箋疏》，上冊，頁二六四。

28 陳寅恪先生指出：「《世說新語》記錄魏晉清談之書也。……在吾國中古思想史，則殊有重大意義。」陳先生又認為，由東漢末年至西晉初期之清談與當時士大夫的政治態度實際生活有密切關係，及至東晉，清談「則成口頭虛語，僅為名士之裝飾品而已」，並因此而有衰竭之勢，佛學遂而勃興。見陳寅恪：〈陶淵明之思想與清談之關係〉，《金明館叢稿初編》，頁一九四。

29 宗白華：〈論《世說新語》和晉人的美〉，《美學散步》（上海：人民出版社，一九九七年），頁二二七。

惑，心情愉悦，精神暢快。錢穆指出：

清談精神之主要點，厥為縱情肆志，不受外物屈抑。[30]

《世說新語》記載清談時常稱「兩情俱得，彼此俱暢」（〈文學第四〉第九則）、「四坐莫不厭心」（〈文學第四〉第四十則）、「足暢彼我之懷」（〈文學第四〉第五十三則）、「一坐同時撫掌而笑，稱美良久」（〈文學第四〉第五十六則）。[31]

清談高手王濛（仲祖，生卒年不詳）臨終之際，在燈下審視着陪伴自己縱橫清談多年的麈尾，黯然神傷；其後，好友劉惔為他放了一把犀柄麈尾陪葬。不久之後，劉氏也悲慟而絕。由此可見，魏、晉癡人特別多。

縱清談情好，榮華不滅，或爾虞我詐，你唱罷來我登場，而彼此共通的創傷，就是故土邈若山河，故無論是北人之「新亭對泣」（〈言語第二〉第三十一則），還是南

30 錢穆：《國史大綱》，上冊，頁二四二。

31 分別見劉義慶等編著，劉孝標注，余嘉錫箋疏：《世說新語箋疏》，上冊，頁二三六，二六八—二六九，二七九，二八一—二八二。

人之「蓴鱸之思」（〈識鑒第七〉第十則），[32]揮之不去的都是那驀然回首的永恆鄉愁。

三、任誕

政治領袖要面對波譎雲詭的局勢，必須具備謝安「矯情鎮物」的本領。而魏晉之時代精神卻是任情恣意，以求暢快瀟灑，基本是顛覆禮教，背離法度，時稱「任誕」。而被置於任誕第一的就是大名鼎鼎的「竹林七賢」：

> 陳留阮籍、譙國嵇康、河內山濤，三人年皆相比，康年少亞之。預此契者，沛國劉伶、陳留阮咸、河內向秀、琅琊王戎。七人常集於竹林之下，肆意酣暢，故世謂「竹林七賢」（《任誕第二十三》第一則）。[33]

32 見劉義慶等編著，劉孝標注，余嘉錫箋疏：《世說新語箋疏》，上冊，頁一〇九—一一〇；中冊，頁四六七。

33 見劉義慶等編著，劉孝標注，余嘉錫箋疏：《世說新語箋疏》，下冊，頁八五三—八五四。

既是「賢」又為「誕」，十分吊詭。七賢之中的山濤與王戎，早已有當官的意向，自然是循規蹈矩。至於嵇康，思想雖激進，卻為人低調，喜怒不形於色。向秀是純學者，傾心於《莊子》研究。嵇、向兩人鍛鐵、灌園而自得其樂，並沒有驚世駭俗的行為。以任誕的行為對虛偽的社會與嚴苛的禮法作抗爭的，有劉伶（伯倫，約二二一—三〇〇）之裸醉，以天地為衣裳（〈任誕第二十三〉第六則），又以戒酒戲弄妻子（〈任誕第二十三〉第三則）；阮籍醉臥當壚美婦身旁（〈任誕第二十三〉第八則），服喪期間飲酒吃肉（〈任誕第二十三〉第十一則）；阮咸（仲容，生卒年不詳）當街晾褲（〈任誕第二十三〉第十則），與豬共飲（〈任誕第二十三〉第十二則），服喪期間追回鮮卑婢（〈任誕第二十三〉第十五則）等等。[34]倨傲至極，即為所謂的「任誕」，視世間禮法為無物。而任誕者與衞道者之爭，如何曾（穎考，一九九—二七八）對阮籍的漠視喪葬之禮的指責（〈任誕二十三〉第二則），動輒以禮教殺人，實際上是曹魏之「唯才論」與司馬氏政權之「以孝治天下」兩方陣營的暗中較量，甚

34 見劉義慶等編著，劉孝標注，余嘉錫箋疏：《世說新語箋疏》，下冊，頁八五八，八五七，八五四—八五五，八五九，八六二，八六〇—八六一，八六三，八六四。

至發展至意識形態上《四本論》的鬥爭。[35]有意或無意的任誕者及其攻擊者，均淪為殘酷的政治鬥爭的犧牲品。

在這些被世人視為「任誕」者的眼中，他們的行為是任情恣意，是為才情而生的意氣揮灑，例如，王獻之（子敬，三四四—三八六）、王徽之（子猷，?—三八八）兩兄弟某些行徑似乎「傲慢無禮」：

王子敬自會稽經吳，聞顧辟彊有名園，先不識主人，徑往其家。值顧方集賓友酣燕，而王遊歷既畢，指麾好惡，傍若無人。顧勃然不堪曰：「傲主人，非禮也；以貴驕人，非道也。失此二者，不足齒之傖耳。」便驅其左右出門。王獨在輿上，迴轉顧望，左右移時不至，然後令送著門外，怡然不屑。（〈簡傲第二十四〉第十七則）[36]

又如：

35 分別見劉義慶等編著，劉孝標注，余嘉錫箋疏：《世說新語箋疏》，下冊，八五四；上冊，頁二三〇。

36 劉義慶等編著，劉孝標注，余嘉錫箋疏：《世說新語箋疏》，下冊，頁九一二。

王子猷嘗行過吳中，見一士大夫家，極有好竹；主已知子猷當往，乃灑埽施設，在聽事坐相待。王肩輿徑造竹下，諷嘯良久，主已失望，猶冀還當通，遂直欲出門。主人大不堪，便令左右閉門，不聽出。王更以此賞主人，乃留坐，盡歡而去（〈簡傲第二十四〉第十六則）。[37]

王氏兄弟倆的行為或被視為倨傲，而這在魏、晉間並非貶義，至少自身必須得有出眾之才，方能行使傲慢而不為人所譏笑。事實上，在他們心目中，如此美景，惟有他們這種層次之人，方才是園林美景之真正知音，而與那些園林主人之交談，幾乎是對自身的一種褻瀆。彼等並非虛偽，在官場上亦是如此姿態傲視上司。當桓沖（幼子，三二八—三八四）問到可知馬匹死了多少時，王徽之竟答以「未知生，焉知死」（〈簡傲第二十四〉第十一則）。[38]

王羲之的「東床坦腹」是具自信者的自然流露，而至其兒子輩如王獻之與王徽之的行止已從倨傲而近於造作。謝安對王獻之有如下批評：

37 劉義慶等編著，劉孝標注，余嘉錫箋疏：《世說新語箋疏》，下冊，頁九一二。

38 劉義慶等編著，劉孝標注，余嘉錫箋疏：《世說新語箋疏》，下冊，頁九〇八。

子敬實自清立；但人為爾，多矜咳，殊足損其自然（〈忿狷第三十一〉第六則）。[39]

可謂一針見血。或許，從人而至於書法的非「自然」，這就是王獻之無法超越其父王羲之的關鍵。

至於王澄（平子，二六九—三一二）、胡毋輔之（生卒年不詳）、阮瞻（生卒年不詳）、謝鯤（幼輿，約二八〇—三二三）等人的裸形自樂，他們自認為得大道之本，故去巾幘，脱衣服，露裸形，學狗叫，學驢鳴，蹂躪自我、蔑視社會，可謂反抗無力之餘，此中亦不無是對人生之虛誕、人世之苦悶而發的宣泄。

這是一個已失去了儒家思想制約的時空，正如嵇康所提出的「越名教而任自然」，[40]阮籍所説的「禮豈為我輩設也耶？」（〈任誕第二十三〉第七則）[41]克己復禮

39 劉義慶等編著，劉孝標注，余嘉錫箋疏：《世説新語箋疏》，下冊，頁一〇四〇。

40 嵇康：〈釋私論〉，見戴明揚校注：《嵇康集校注》（北京：人民文學出版社，一九六二年），卷六，頁二三四。

41 劉義慶等編著，劉孝標注，余嘉錫箋疏：《世説新語箋疏》，下冊，頁八五九。

湮沒於硝煙與殺戮，代之而興的是個體的縱情享樂與情感傾泄。

四、飲酒與服食

酒對於魏、晉中人而言，有忘憂、避禍、服藥等等不同的目的。阮籍、劉伶等人的縱酒以寄情懷，其實自有其歷史淵源，曹丕《典論·酒海》記靈帝時代縱酒的情形：

> 孝靈之末，朝政墮廢，羣官百司，並湎於酒，貴戚猶甚，斗酒至千錢。中常侍張讓子奉為太醫令，與人飲酒輒掣引衣裳，發露形體，以為戲樂。將罷，又亂其烏履，使小大差跨，無不顛倒僵仆，踒跌手足，因隨而笑之。[42]

又：

42 曹丕：〈典論·酒海〉，嚴可均輯：《全三國文》（北京：商務印書館，二〇〇六年），上冊，頁七七。

> 洛陽令郭珍，居財巨億。每暑夏召客，侍婢數十，盛裝飾，被羅縠，袒裸其中，使進酒。[43]

在縱酒狂歌的背後，蘊藏的是人生虛無的悲哀，亦是對生命不可言喻的痛。據載，東漢桓帝三年（一五七）全國人口五千六百五十萬，而八十年後，晉武帝司馬炎（安世，二三六—二九〇）太康元年（二八〇），全國人口僅有七百六十餘萬，銳減了百分之八十六。[44]其實，導致這一時代中國人口銳減的更重要原因並不僅是東漢末年的三國混戰，還有饑荒、瘟疫以及政治殺戮。而且，人均壽命約在四十歲左右。例如，曹丕與曹植（子建，一九二—二三二）兩兄弟的壽命便都只是四十歲而已。再看與曹氏兄弟同時代的「建安七子」的壽命：孔融（文舉，一五三—二〇八）、陳琳（孔璋，?—二一七）、王粲（仲宣，一七七—二一七）、徐幹（偉長，一七一—二一七）、阮瑀（元瑜，?—二一二）、應瑒（德璉，?—二一七）、劉楨（公幹，?—二一七），除了孔融為曹操所殺之外，其他的也大抵都是只四十歲左右。其後，司

43 曹丕：〈典論・酒海〉，嚴可均輯：《全三國文》，上冊，頁七七。

44 童強：《嵇康評傳》（南京：南京大學出版社，二〇〇六年），頁七—八。

馬氏苦心謀奪曹魏政權過程中的大型殺戮，動輒夷族之禍，更是促使時人願長醉酒鄉的主要原因。故自東漢末年以至於魏晉，文學創作中多有「歎逝」之風。

酒是魏晉人解脫的妙方，孔羣（敬林，生卒年不詳）以糟肉浸酒「乃更堪久」（〈任誕第二十三〉第二十四則），以喻藉酒避禍。王光祿云：「酒正使人人自遠」（〈任誕第二十三〉第三十五則）；王衞軍（生卒年不詳）云：「酒正自引人箸勝地」（〈任誕第二十三〉第四十八則）；王忱云：「三日不酒飲，覺形神不復相親」（〈任誕第二十三〉第五十二則）；張翰（季鷹，生卒年不詳）認為身後名聲：「不如即時一杯酒」（〈任誕第二十三〉第二十則）；畢世茂（生卒年不詳）云：

一手持蟹螯，一手持酒杯，拍浮酒池中，便足了一生。（〈任誕第二十三〉第二十一則）

太元二十年，長星出現，意指將有帝王駕崩。孝武帝司馬曜（昌明，三六二—三九六）聽了自是情鬱於中，夜裏便到華林園喝酒解悶，在醉意朦朧中，舉杯向夜空裏的長星感慨道：

長星，勸爾一杯酒，自古何時有萬歲天子？（〈雅量第六〉第四十則）[45]

那是個動盪不安的時代，整個社會充滿了末日情緒，飲酒求醉，成了社會上普遍的消愁解悶之良方。阮籍的醉酒是為了逃避黑暗的政治，故終不及劉伶的終生對酒純粹的一往情深，酒入骨髓，〈酒德頌〉是千古名篇，既是飲酒之宣言，獨步古今，更是他放浪形骸、遊戲人間之哲學。雖說「死便埋我」，[46]而「酒仙」卻最終得以壽終。

當時的人又喜歡服食五石散，此中最著名的首推何晏（平叔，約一九三—二四九）：

服五石散，非惟治病，亦覺神明開朗。（〈言語第二〉第十四則）[47]

45 分別見劉義慶等編著，劉孝標注，余嘉錫箋疏：《世說新語箋疏》，下冊，頁八七一、八八一、八九三、八九七、八六九。

46 房玄齡：《晉書》，第五冊，卷四十九，頁一三七六。

47 劉義慶等編著，劉孝標注，余嘉錫箋疏：《世說新語箋疏》，上冊，頁八七。

即是藉此以求長壽或以增房中情趣，何氏縱情聲色，是箇中高手。而服散的遺害亦大，史載何氏形如「枯木、鬼幽」。[48]或許，這也是身處政治漩渦的何晏消磨生命與排遣恐懼的良方。

服散就得喝酒相助並行散以求藥性的散發，[49]王恭（孝伯，?—三九八）在行散的時候說「所遇無故物，焉得不速老！」（〈文學第四〉第一零一則）。[50]可見念茲在茲的乃在於長生之道，而他最終仍是死於政治殺戮。阮籍為逃避政治禍害而醉酒佯狂，而嵇康為了逃避司馬昭（子上，二一一—二六五）之徵辟而逃至山中跟隨孫登與王烈求仙問道。魯迅（周樹人，一八八一—一九三六）於是便將嵇康與阮籍之分別視為服藥與喝酒的不同而有以下推論：

> 後來阮籍竟做到「口不臧否人物」的地步，嵇康卻全不改變。結果阮得終其天年，而嵇竟喪於司馬氏之手，與孔融何晏等一樣，遭了不幸的殺害。這大

48 余嘉錫：〈寒食散考〉，《余嘉錫論學雜著》（北京：中華書局，二〇〇七年），上冊，頁一八五。

49 有關五石散之論述可參同上注，頁一八一—二一六。

50 劉義慶等編著，劉孝標注，余嘉錫箋疏：《世說新語箋疏》，上冊，頁三二一。

概是因為吃藥和吃酒之分的緣故：吃藥可以成仙，仙是可以驕視俗人的；飲酒不會成仙，所以敷衍了事。[51]

其實，嵇康早已知他與阮籍之分別在於他不能如阮籍之「不論人過」，「又不識人情，闇於機宜，無萬石之慎，而有好盡之累。」[52]然而，無論是服藥還是喝酒，嵇康與阮籍終無法忘世，於是乎，前者棄首東市，後者長醉於酒鄉。「竹林七賢」之一的王戎雖位至三公，卻在「八王之亂」時有性命之虞時，竟假裝服散藥發，跌入屎坑，這是忍辱含垢，以存性命。飲酒服散背後，竟是苟存性命於亂世，且如王戎如此不堪，實在可悲！宗白華先生指出：

> 魏晉人以狂狷來反抗這鄉願的社會，反抗這桎梏性靈的禮教和士大夫階層的庸俗，向自己的真性情、真血性裏掘發人生的真意義、真道德。他們不惜拿自己的生命、地位、名譽來冒犯統治階級的奸雄假借禮教以維持權位的惡勢

51 魯迅：《而已集》（北京：人民文學出版社，一九七三年），頁九一。
52 嵇康：〈與山巨源絕交書〉，見戴明揚校注：《嵇康集校注》，卷二，頁一一八——一一九。

力。……這是真性情、真血性和這虛偽的禮法社會不肯妥協的悲壯劇。[53]

王戎與世浮沉，自是阮籍眼中的「俗物」（〈排調第二十五〉第四則）。而嵇、阮二人的高低，亦從服藥與飲酒之別而判然立現。阮籍醉酒佯狂以獨善其身，甚至最終也為司馬昭寫了勸進表，終得以倖存。〈詠懷〉諸篇，抒寫的亦不外是大半生的「夜中不能寐」（其一）、「終身履薄冰，誰知我心焦」（其三十三）、「對酒不能言，淒愴懷酸辛」（其三十四），從內而外的表演，則為「窮途而泣」。[54]而嵇康卻終生不改其一往情深之理念，東市臨刑前，顧日影而彈琴，以一曲〈廣陵散〉，超度了自己大半生不屈的靈魂，聽者涕泣，千古同聲一哭。

53 宗白華：《美學散步》，頁二一二三。

54 曹旭、丁功宜編：《竹林七賢》（北京：中華書局，二〇一〇年），頁四、二六、二七。

嵇康是「竹林七賢」真正而唯一的靈魂人物，[55]從理念以至於處世，顛覆傳統、抗俗辟邪，死得極之悲壯瀟灑，其錚錚風骨，為千載以下的中國文人傳統，豎立了豐碑。

竹林精神在東晉得到了王導、謝安的傳承。王導最崇拜的就是嵇康，並以嵇康的著作為清談之資；謝安視「竹林七賢」為神聖，不許子弟輕易評論。同樣一個時代，因為政治的黑暗而造就了竹林悲歌，而此同時代之菁英並未因此而落井下石，而竟是引為知音，而七賢之流風遐被，亦得以在東晉成為風尚，成為歷代中國文人聖潔的精神家園。

五、情之所鍾

王戎雖是阮籍眼中的「俗物」，卻也曾經說過一句超凡脫俗的名言，他說：

55 陳寅恪先生指出竹林七賢中「應推嵇康為第一人」，在其終生不改崇尚老莊之自然說以抗衡司馬集團之名教說；阮籍雖不及嵇康之始終不屈身於司馬氏，而其「所為不過『祿仕』，依舊保持其放蕩不羈之行為」，同樣佯狂放蕩之阮咸與劉伶猶可寬恕，亦在於他們還是不改主張自然之初衷；而陳先生一再鞭撻的是山濤與王戎之同時獲取竹林之遊的清高名聲而後來又兼得尊顯之達官。詳見陳寅恪：〈陶淵明之思想與清談之關係〉，《金明館叢稿初編》，分別見頁一八三、一八六、一八七、一八八、一九三。

太上忘情，最下不及情，情之所鍾，正在吾輩！（〈傷逝第十七〉第四則）[56]

此話竟然能獲得山濤那狂傲的兒子山簡（季倫，二五三—三一二）的認同，並因此而與王戎為早逝的兒子同聲一哭。可見王戎雖「俗」，可就憑其對「情」之洞見，可謂是老狐狸終於露出尾巴，真不愧自小被視為神童。這種周旋於雅俗之間，由竹林而臺閣，實在就是從小訓練有素的琅琊王氏家族的與世浮沉之處世哲學。

這句名言說的是，人可分三層：第一層是聖人，看透人生百態，喜怒哀樂，風吹不動；第一層的境界非第二及第三層的人可企及；第三層最為低下，不知情為何物，不可言說，無法溝通；而最為人間性的就是第二層，大悲大喜，自然流露，是為真人。此話傳遞了竹林七賢的共通人生哲學，故此，阮籍以青白眼待人，嵇康視鍾會（士季，二二五—二六四）如不見，阮咸服喪期間騎馬追回鮮卑婢是為了「人種不可失」（〈任誕第二十三〉第十五則），[57]其實都是「情之所鍾」的境界的體現。

王戎的情的三重境界說，亦是漢末至魏晉南北朝這一抒情時代的思想的反映。這

56 劉義慶等編著，劉孝標注，余嘉錫箋疏：《世說新語箋疏》，中冊，頁七五一。

57 劉義慶等編著，劉孝標注，余嘉錫箋疏：《世說新語箋疏》，下冊，頁八六四。

時期的詩歌瀰漫着一股歎逝之風，如〈古詩十九首〉：

浩浩陰陽移，年命如朝露。
人生忽如寄，壽無金石固。[58]
生年不滿百，常懷千歲憂。
晝短苦夜長，何不秉燭遊！
為樂當及時，何能待來茲？[59]
出郭門直視，但見丘與墳。
古墓犁為田，松柏摧為薪。
白楊多悲風，蕭蕭愁殺人。[60]

曹操的詩歌更是慷慨悲歌，其〈短歌行〉曰：「對酒當歌，人生幾何？譬如朝

58 余冠英選注：《漢魏六朝詩選》（香港：三聯書店，一九九三年），頁七九。
59 余冠英選注：《漢魏六朝詩選》，頁八一。
60 余冠英選注：《漢魏六朝詩選》，頁八〇。

露，去日苦多。」[61]其〈龜雖壽〉曰：「神龜雖壽，猶有竟時。騰蛇乘霧，終為土灰。」[62]同樣，曹氏兄弟亦復如此，曹丕〈善哉行〉曰：「憂來無方，人莫之知。人生如寄，多憂何為？今我不樂，歲月如馳。」[63]曹植〈箜篌引〉：盛時不再來，百年忽我遒。生存華屋處，零落歸山丘」；[64]〈雜詩〉：「形影忽不見，翩翩傷我心。」[65]至於建安七子，因為隨征亦復多感慨，陳琳〈飲馬長城窟〉曰：「君不見長城下，死人骸骨相撐拄。」[66]王粲〈七哀詩〉曰：「出門無所見，白骨蔽平原。」[67]竹林七賢之一的阮籍〈詠懷其十〉亦曰：「人生若塵露，天道邈悠悠。」[68]西晉初年的陸機（士

61 余冠英選注：《漢魏六朝詩選》，頁一一三。
62 余冠英選注：《漢魏六朝詩選》，頁一一七。
63 余冠英選注：《漢魏六朝詩選》，頁一一九。
64 余冠英選注：《漢魏六朝詩選》，頁一三四。
65 余冠英選注：《漢魏六朝詩選》，頁一四三。
66 余冠英選注：《漢魏六朝詩選》，頁一二三。
67 余冠英選注：《漢魏六朝詩選》，頁一二四。
68 余冠英選注：《漢魏六朝詩選》，頁一六六。

衡，二六一——三〇三）更寫了〈歎逝賦並序〉：

> 昔每聞長老追計平生同時親故，或凋落已盡，或僅有存者。余年方四十，而懿親戚屬，亡多存寡；暱交密友，亦不半在。或所曾共遊一途，同宴一室，十年之外，索然已盡，以是哀思，哀可知矣。[69]

有見生命之短促，人生之無常，除了飲酒、服食，文學之書寫亦被視作不朽之大業。《三國志．魏文帝本紀》裴松之注引王沈《魏書》云：

> 帝初在東宮，疫癘大起，時人彫傷，帝深感歎，與素所敬者大理王朗書曰：「生有七尺之形，死唯一棺之土。唯立德揚名，可以不朽，其次莫如著篇籍。疫癘數起，士人凋落，余獨何人，能全其壽？」故撰所著《典論》、詩賦，蓋百餘篇，集諸儒於肅城門，講論大義，侃侃無倦。[70]

69 嚴可均輯：《全晉文》，中冊，頁一〇二一。

70 陳壽撰，裴松之注：《三國志》，第一冊，頁八六。

曹丕於建安二十二年（二一七）被立為太子，建安七子中的王粲、徐幹、陳琳、應瑒以及劉楨，「一時俱逝。」[71]曹丕在《典論・論文》中提出：

> 蓋文章經國之大業，不朽之盛事。年壽有時而盡，榮樂止乎其身，二者必至之常期，未若文章之無窮。……古人賤尺璧而重寸陰，懼乎時之過已。……日月逝於上，體貌衰於下，忽然與萬物遷化，斯志士之大痛也！[72]

曹丕是歷史上第一個以帝皇之姿而肯定了文章的價值，上升至「經國之大業」的位置，崇高無以復加，而究其原因，就在於藉文章而不朽。

六、一往情深

東晉皇權旁落，帝王已全然失去司馬昭兄弟的暴戾濫殺以收威懾之霸權，反而與

71 嚴可均輯：《全三國文》，上冊，頁六六。

72 曹丕：〈典論・論文〉，嚴可均輯：《全三國文》，上冊，頁八三。

文人雅士周旋，故而文風熾盛，朝野皆以風流儒雅相尚。宗白華指出：

晉人藝術境界造詣的高，不僅是基於他們的意趣超越，深入玄境，尊重個性，生機活潑，更主要的還是他們的「一往情深」！無論對於自然，對探求哲理，對於友誼，都有可述。[73]

東晉文人之間，絕少猜忌，更多的是惺惺相惜：

庾亮死，何揚州臨葬云：「埋玉樹著土中，使人情何能已已！」（〈傷逝第十七〉第九則）[74]

73 宗白華：《美學散步》，頁二一三。
74 宗白華：《美學散步》，頁二一四。

如此例子，多不勝數。宗白華稱《傷逝》猶具悼惜美之幻滅的意思，[75]是為定論。這是有情者對生命之美的珍惜及由此而產生的痛楚，由於欣賞而超越了血統之關係，此種博大的胸襟與審美精神之現象，古往今來，惟獨魏、晉。

支道林放鶴，讓其自由（〈言語第二〉第七十六則），養馬而不乘，止於賞其神駿（〈言語第二〉第六十三則）；衞玠（叔寶，二八六—三一二）見江水茫茫，百感頓生（〈言語第二〉第三十二則）；桓溫折柔條而涕泣（〈言語第二〉第五十五則）；王廞（生卒年不詳）登茅山，大慟哭曰：「琅琊王伯輿，終當為情死」（〈任誕第二十三〉第五十四則）；桓子野每聞清歌，輒喚奈何，謝公聞之，曰：「子野可謂一往有深情」（〈任誕第二十三〉第四十二則）。由此可見，這是深於情者，對宇宙人生體會到至深的無名哀感，深入肺腑，呼天搶地，驚心動魄，以訴說其痛其快，完全體現了王戎所說的「情之所鍾正在吾輩」。[76]最為動人的，莫過於〈任誕二十三〉第四十九則：

75　分別見劉義慶等編著，劉孝標注，余嘉錫箋疏：《世說新語箋疏》，上冊，頁一八一、一四五、一一一、一三五；下冊，頁八九六、八九〇；中冊，頁七五一。

76　劉義慶等編著，劉孝標注，余嘉錫箋疏：《世說新語箋疏》，上冊，頁八九四。

王子猷出都，尚在渚下。舊聞桓子野善吹笛，而不相識。遇桓於岸上過，王在船中，客有識之者，云是桓子野。王便令人與相聞云：「聞君善吹笛，試為我一奏。」桓時已貴顯，素聞王名，即便回下車，踞胡床，為作三調，歌畢，便上車去，客主不交一言。[77]

桓伊既是虎將，卻又是多才而情深，堪稱人間佳士，他甘於下車為倨傲的王徽之吹奏，也就為了王氏性情之超凡脫俗，故而惺惺相惜，不以為逆，精神之契合，泯滅了世間一切的隔閡與禮節，千載之下仍是笛聲悠揚。

七、餘論

《世說新語》原書名應為《世說》，「世」指世間，「說」則為「論說」「說法」或

77 范子燁：《〈世說新語〉研究》（哈爾濱：黑龍江教育出版社，一九九八年），頁二〇八—二〇九。

無關宏旨之「小說」[78]。後又改為《世說新書》，以別劉向（子政，約前七七—七）之《世說》。[79]至於何人改為《世說新語》，就連《四庫全書總目提要》子部小說家類《世說新語》中亦稱未可知。敬胤（生卒年不詳）應是現存文獻中首位注釋者，較劉峻（孝標，四六二—五二一）更為接近《世說新語》的面世年代。[80]

若按起、承、轉、合來分析《世說新語》，描述東漢末年之清流是為「起」，過江之後，東晉建立及其間之人事是為「承」，謝安主政時代是為「轉」，及至桓玄（敬道，三六九—四〇四）、司馬道子（三六四—四〇二）及王國寶（生卒年不詳）之流的出現，已是故事落幕之際，是為「合」。

《世說新語》有如魏、晉間之《清明上河圖》，寫人如生，記事生動，在如沐春風的清談中呈現主客神韻，在千絲萬縷的關係中交織出驚心動魄的政治漩渦；要言不煩，一卷在握，讓魏、晉風流，千載之下，成為永恆。簡而言之，此書千頭萬緒，

78 范子燁認為是《世說》加上「新書」二字應是劉孝標所為。詳見范子燁：《〈世說新語〉研究》，頁八注一。

79 王能憲：《世說新語研究》（南京：江蘇古籍出版社，一九九二年），頁八二。

80 王能憲：《世說新語研究》，頁八二。

又有如眾聲喧嘩，百家爭鳴，而其神韻一以貫之，則乃魏、晉之悲涼慷慨，如一曲幽笛，在茫茫黑夜，如泣如訴，令人感慨萬端。

二十世紀以來，相關的研究中，中國大陸方面，首推民國時代余嘉錫先生的《世說新語箋疏》，考證綿密，扣緊時代，別有懷抱。港、臺方面，應以香港中文大學楊勇教授的《世說新語校箋》多有創獲，是為純粹的學術研究。兩書的比較，前者可謂偏於抒情，後者傾向徵證。前者因為是以文言文的書寫而頗為艱澀，後者則又援引博雜，難免令現今的年青讀者望而生畏。故此，「新視野中華經典文庫」《世說新語》在參考前賢的基礎之上，先有導讀，讓讀者對此書有整體的認識，又在每一章之前有評論，再細緻至每則故事均有注釋以至於佳句之點評，希望更能貼近當下的時代脈搏。

希望此書能給予當今讀者以下幾方面的裨益：

（一）領略言語的妙用，應變的敏捷：阮修因一言而得一官，郗超一念之間而化解一場滅族之禍，這也是當今職場求生之術；

（二）了解世局幻變，歷史變遷：因為有了魏、晉思想的解放與漢、胡民族的大融合，才有後來的盛唐。因此，近代中國之黑暗、混亂，或可能是另一盛世的序幕？

（三）觀照人生，了悟生死：所謂魏晉悲歌，實在是因為他們對人生有了真切的感悟，方才感慨萬端。人生可以如夢如幻，人生亦可以真真切切，各有信仰，各有立場，魏、晉中人彼此尊重，並行不悖。這是獨立之精神，自由之思想。

散文筆記類

《夢溪筆談》導讀

知識爆發時期的理性產物

香港大學中文學院副教授、
香港大學香港人文社會研究所院士兼代理所長
馮錦榮

一、沈括的生平

十一世紀的北宋知識界，上至帝主，下至士大夫官僚，都呈現出致力於「大宇宙」探索的思想傾向。在這宏大的思想氛圍下，他們嘗試對社會與自然界的事物進行全面的分類與綜合，企圖以「理」「氣」「數」等觀念闡發天地、萬物背後的「體」及其相互關係之中的「用」。沈括出生的前兩年，即景祐元年（一〇三四），宋仁宗（趙禎，一〇二二—一〇六三在位）系統地把其植基於《尚書》〈洪範〉「建用皇極」的帝王學理念推衍到天文、律曆、五行等領域及相關文獻編纂的事業上去。[1] 他在康定元年（一〇四〇）更親撰《洪範政鑒》十二卷向羣臣展示。

沈括（一〇三二—一〇九六），字存中，北宋錢塘人，是我國著名的科學家。他出身自官宦家庭，父親沈周曾任侍御史，又經歷多次外遷，沈括都隨行。雖然都不是顯要職位，但這些經歷卻富豐了沈括的閱歷。沈周死後，沈括以父蔭獲授沭陽縣主簿的小官，可是他並不滿足於此，特意要循科舉之途進入官場，在嘉祐八年（一〇

1 馮錦榮：〈北宋仁宗景祐朝星曆、五行書〉，張其凡主編：《宋代歷史文化研究》（北京：人民出版社，二〇〇〇年），頁四一〇—四三三。

六三）三十一歲時，登進士第，正式由士人的途徑晉身官場。其後獲推薦入京任昭文館編校，後遷館閣校勘。其間，又參與詳定渾儀的工作。昭文館的官雖然不大，但因緣際會，他得以閱讀到北宋初年聚集在京師的大量典籍，而詳定渾儀的工作，又使他接觸到天文、曆算以至觀測儀器的設計和製作等範疇的專門知識。沈括自己對各種學問也有濃厚興趣，加上他無論做事治學，都一絲不苟，因此這段時間，他的學問進步很快。

四十歲服母喪期滿後，沈括再度回京，任大理寺丞、館閣校勘，又充檢正中書刑房公事。這段經歷，又使他對北宋的司法制度有所認識。其後，他奉命提舉疏浚汴渠，由於工程需要，他努力研究測量方法，提出了分層築堰法來測量汴渠的高度。這段時間，他又兼任提舉司天監，負責改製渾天儀和編修新曆的工作。他大膽推薦布衣衛朴入監參與修曆工作。為了更好地完成工作，沈括除了閱讀大量天文書籍外，還重視實測。他花了三個月的時間，每天觀測極星位置的變化，繪圖二百多幀。

熙寧六年（一〇七三），因王安石之薦，沈括負責兩浙水利。次年，安石罷相，但沈括的仕途並沒有因此而受阻。同年，擢為知制誥，又為河北路察訪使，兼判軍器監。熙寧八年（一〇七五），沈括受命出使遼國，跟遼人談判宋遼邊境問題，取得成果。使遼期間，又對沿途所見所聞，詳細記述，著成《熙寧使虜圖抄》。同年，他又詔為權發遣三司使，參與國家財政工作，對北宋的財政和稅收制度，提出了不少建議。

熙寧十年（一〇七七），沈括因事被劾，出知宣州。元豐三年（一〇八〇），改知延州，兼鄜延路經略安撫使，奉密旨練兵，以備對西夏用兵。翌年，宋廷發兵攻西夏。元豐五年（一〇八二），因徐禧輕敵大敗，沈括受牽連，以「坐始議城永樂，既又措置應敵俱乖方」[2]，貶為均州團練副使。自此，沈括仕途便告結束。往後數年，他輾轉回到潤州，居於夢溪園。元祐七年（一〇九二）前後，他寫成了《夢溪筆談》，過了幾年，紹聖三年（一〇九六）六十五歲卒。

沈括在朝廷當過不同的官，都有所建樹。而且，對於各個官位的沿革和所需知識，他也是認真學習，遇到不明白處，又不厭其煩地問個究竟，因此造就了他學問知識的廣博。《宋史》說他「博學善文，於天文、方志、律曆、音樂、卜算，無所不通，皆有所論著。」正正反映了他治學嚴謹認真的特點。而晚年寫成的《夢溪筆談》，正是他廣博學問的全記錄。

可惜的是，沈括的著作大多散佚不存，猶幸的是他晚年居於夢溪園，把平日所見所聞和思考的事情，逐條記錄，成《夢溪筆談》一書。當中涉獵的範圍十分廣泛。自

2 〔宋〕李燾：《續資治通鑑長編》（北京：中華書局，二〇〇四年），卷三百三十「元豐五年冬十月」條。

然科學方面，包羅了天文、曆法、數學、物理、地理、地質、生物、化學、建築、工程、醫藥等科學內容；人文科學方面，記錄了古今文學藝術、史學考證、語言文字、音樂繪畫等的資料；政治興革上，他對制度沿革、外族興衰、名臣言行等，也多有記載和評議。

像《夢溪筆談》（以下簡稱《筆談》）這類筆記作品，唐、宋時期有很多，例如沈括在《筆談》中多次提到唐人段成式撰的《酉陽雜俎》便是相類的作品。可是段氏之書，被《四庫全書總目提要》評為「多詭怪不經之談，荒渺無稽之物」，而評《筆談》則說「括在北宋，學問最為博洽。於當代掌故及天文、算法、鍾律尤所究心。」「湯修年跋稱其目見耳聞，皆有補於世，非他雜志之比。勘驗斯編，知非溢美矣。」是書與別不同之處，不僅在於其集人文與科學知識之大，而且所記所錄，都是沈括自己耳聞目睹之事或讀書心得，雖然有些內容近似迷信，但都是當時宗教信仰的反映，對於荒誕不經之事，他是鮮少記錄下來的。至於各種現象，沈括也盡力解說。如果不明箇中原因，就清楚說明。這比其他虛實不分的筆記作品，無疑是更具理性批判和可讀性的。

由於沈括對所記事物抱着認真謹慎的態度，因此《筆談》所記載的典章制度、人事官政等政治資料，以至唐代至北宋初期關於音樂、詩歌、繪畫等人文藝術的趣聞逸事，大大豐富了我們對當時政治、藝術和文化的認識。此外，《筆談》還記錄了大量關於數學、天文、曆法、工程、建築、醫藥等科學範疇的材料。當中不少題目，更是沈括自己的科學見解和新理論、新方法。這正是《筆談》與一般的筆記作品不同之處。**我國古代的文人筆記著作，大都以記錄事件為主，作者往往將一些趣聞逸事或考證補遺的意見，條列而出。當中人文藝術的內容很多，但記錄科學知識的卻相對鮮少。這種現象，主要是因為作者多為文人，對科學知識了解不深，難以實錄，自然有所取捨，把焦點放在熟悉的文人雅趣或者考證補闕之上。即使是稱為博物學的作品，也多是將道聽塗說，或古書所載之事，筆錄一番而已。**

《夢溪筆談》內容贍博，尤其沈氏對科學問題的各種洞見，更為人所稱頌。著名科學史專家李約瑟（Joseph Needham，一九〇〇——一九九五）視此書為中國科學史上具有里程碑意義的著作，而沈括更是「中國整部科學史最卓越的人物」。

二、知識爆發時代下的學問世界

《夢溪筆談》反映了沈括廣博的學識，這點毋庸置疑。我們要問的是，為甚麼這個時期會造就了沈括這樣的博學型學者？沈括本身對學問的興趣，當然起了主要作用。沈括置身的時代，中國的知識傳播型態發生了重大變化。蘇軾在〈李氏山房藏書記〉中便談到：

余猶及見老儒先生，自言其少時，欲求《史記》《漢書》而不可得，幸而得之，皆手自書，日夜誦讀，惟恐不及。近歲市人轉相摹刻，諸子百家之書，日傳萬紙。

北宋時期，隨着印刷技術的長足發展，書籍刊佈流通愈益容易，也促使了知識的普及。從前難得一讀的古籍，在印刷本出現後，變成輕易可得。雖然實際上不是所有書籍都會像《史記》《漢書》般日傳萬紙，但這類本來難得一讀的作品，北宋時期的士人，已經容易獲致，也使私人大量藏書變得容易。更重要的是，印刷本大量出現後，本來藉着抄本而作小範圍流傳的書籍傳播方式，被印刷本的大幅度的傳播取代，數量增加之餘，製作書籍的速度更為驚人。沈括生活的時代，正是印刷本開始蓬勃產生的時期，這正為他提供了大量的學習材料。

沈括閱讀典籍之豐，涉獵範圍之廣，也跟他年輕時已進入宋代皇家藏書機關——昭文館——工作有莫大關係。他於神宗熙寧元年（一〇六八）因張芻的推薦，獲召赴京編校昭文館書籍。昭文館是北宋皇家藏書閣之一，隸屬祕書省。太平興國年間，與史館、集賢院改名為「崇文院」。其中昭文書庫在東院廊，集賢書庫在南廊，史館書庫在西廊，其後又在中堂建祕閣，因此稱為「三館祕閣」。當中收藏的圖書，不僅數量豐富，而且還有不少是民間難得一見的「天文、占候、讖緯、方術書五千十二卷」。[3] 此外，祕閣還接收了不少由內庫撥送的書畫，這也是一般民間士子所難以一睹的珍貴墨寶。[4] 其間雖然因丁母憂回鄉守制三年，但回到京師後，沈括一直都有參與館閣圖書的整理工作。他先後擔任過史館檢討、集賢校理等職。雖然官職上屬於館閣小官，但對於熱愛學問的沈括而言，能夠在北宋的典章政書儲存機關工作，並且閱讀到大量難得一見的祕籍，對他本身學問的進步，有莫大裨益。

三館祕閣，可說是北宋的皇家圖書館和畫廊。立國初期，宋太祖已頒佈詔書，在全國範圍內蒐集典籍圖譜字畫等重要文化財產，聚集到汴京。最初這些文物保存於史館，後因物品眾多，地方不敷應用，於是別建新館舍來收藏，這就是新建的崇文院中

3 〔宋〕程俱：《麟臺故事校證》（北京：中華書局，二〇〇〇年），卷一，〈沿革〉，頁一九。

4 關於北宋館閣的資料，可參考姚瀛艇主編：《宋代文化史》（臺北：雲龍出版社，一九九五年），第二章〈館閣制度與圖書編纂〉，頁三三一—七九。

堂，也稱為祕閣。

當時祕閣收藏了王羲之、王獻之父子、庾亮、唐太宗、唐玄宗、顏真卿、歐陽詢、柳公權、懷素等人的書法作品，也蒐羅了顧愷之、韓幹、薛稷、戴崧等人的作品。而太祖又喜歡向大臣展示這些作品。至於大臣欲一睹作品風采，太祖也不吝答應。例如學士李昉、宋琪、徐鉉欲觀看祕閣藏書，太宗將圖籍、古畫悉數令其觀覽。這種將藏品公開給大臣觀覽的做法，固然有其管治策略上的需要，例如淳化三年（九九二）：

（太宗）幸新祕閣。帝登閣，觀羣書齊整，喜形於色，謂侍臣曰：「喪亂以來，經籍散失，周孔之教，將墜於地。朕即位之後，多方收拾，抄寫購募，今方及數萬卷，千古治亂之道，並在其中矣。」即召侍臣賜坐命酒，仍召三館學預坐。日晚還宮，顧昭宣使王繼恩曰：「爾可召傅潛、戴興，令至閣下，恣觀書籍，給御酒，與諸將飲宴。」潛等皆典禁兵，帝欲其知文儒之盛故也。[5]

5 見《宋朝事實類苑》，卷二。

談到學問材料，也不能不談到北宋初期政府推動的類書結集。我國著名的幾部大型類書——《太平廣記》《太平御覽》《文苑英華》《冊府元龜》——都是北宋初期出現的。宋敏求《春明退朝錄》說：

太宗詔諸儒編故事一千卷，曰《太平總類》（《太平御覽》）。文章一千卷，曰《文苑英華》。小說五百卷，曰《太平廣記》。醫方一千卷，曰《神醫普救》。[6]

沈括生活的年代，藥物學也有了長足發展，尤其是方劑學方面，北宋初期，朝廷除了編訂類書之外，也大規模蒐集民間藥方。太平興國三年（九七八），王懷隱主編的《太平聖惠方》一百卷完成了編纂工作。該書凡一百卷，對一千七百多種病症，收錄了一萬六千多條處方。該書於淳化三年和元祐三年（一〇八八）先後刊佈了兩次。太宗雍熙年間，又命賈黃中等編集《神醫普救方》一千卷。此書與其餘各大類書一樣，由史局的翰林官員負責，雖然編成後不像《太平聖惠方》一樣刊佈天下，但與之

6 〔宋〕宋敏求：《春明退朝錄》（北京：中華書局，一九八〇年），卷下，頁四六。

有關的資料，仍留存於史局中。沈括對藥理、方劑以至本草的認識之深，對各種草藥的區別有深刻認識，相信跟他到京後有一段時間在史局工作，能翻閱到這些材料，不無關係。

方劑學之外，本草學在北宋時期也有所發展。例如開寶六年（九七三）由劉翰、馬志等編修的《開寶本草》二卷，比唐代《新修本草》多收錄了一百三十餘種藥物。仁宗嘉祐六年（一〇六一）掌禹錫等又修成《重修政和經史證類備用本草》，又增加了一百種藥物。除了藥物數目不斷增加外，北宋的本草書，又加添了草藥的圖錄。例如與沈括同時代的蘇頌，其《圖經本草》便開始為草藥繪圖。而《圖經》中對植物各部位的細緻描述，以至對很多動植物的生長形態的觀察，都可見到北宋人對植物和動物學知識已經認識很深。圖經中也有化石的記錄。這類記載，正正反映了北宋時期知識界對各種事物的多元化研究和記錄。這不僅是沈括個人才有的突出表現。不過，沈括比他們優勝之處，在於其他人的記述往往集中在一、二課題上，但沈括的《夢溪筆談》則可謂多元知識的作品。

三、《夢溪筆談》與沈括的治學特色

《筆談》之所以獲得如此稱許，可歸因於沈括科學家本質的治學特色。他不但記錄了自然現象，而且對這些現象進行各種各樣的觀察、實地測驗、實驗活動，從而總結和詮釋。從《筆談》中，我們可以欣賞到沈括嚴謹的治學態度。這可以歸納為以下幾點：

（一）不蹈襲古人成說

能夠做到如此全面的科學解釋，在於沈括具有深厚的科學知識根底，能夠了解天文、曆算、樂律等的深邃理論，並且屢有發明。因此《筆談》不但記敍前人於科學知識上的真知灼見，又能指出當中缺失處，並且提出新穎的見解。他絕不以蹈襲前人舊說為滿足，經常親自驗證，提出理論，以解決前人的錯誤。例如卷七有一條談刻漏的問題：

古今言刻漏者數十家，悉皆疏繆。曆家言晷漏者，自《顓帝曆》至今見於世謂之「大曆」者，凡二十五家，其步漏之術，皆未合天度。余占天候景，

以至驗於儀象，考數下漏，凡十餘年，方粗見真數，成書四卷，謂之《熙寧晷漏》，皆非襲蹈前人之跡。（《夢溪筆談》，卷七）

他治學上又不盲從，對於古人成説，也經常指出當中不合情理的地方。例如卷三有一條關於舜帝二妃的敍述：

舊傳黃陵二女，堯子舜妃。以二帝化道之盛，始於閨房，則二女當具任、姒之德。考其年歲，帝舜陟方之時，二妃之齒已百歲矣。後人詩騷所賦，皆以女子待之，語多瀆慢，皆禮義之罪人也。（《夢溪筆談》，卷三，四十七條）

他是從數學常識出發，計算出二妃在舜帝陟方時，已近百歲，而不會是詩人墨客筆下的少女。

《夢溪筆談》的價值，不少人都重視其科學知識，指出沈括無論在數學、物理、天文、曆算等學問上，都達到當時世界的領先水平。這固然是《筆談》帶給後人的重要科學材料。但讀者閱讀這部作品時，更需注意和學習的，是沈括怎樣把自己推到領先的水平。或許，從書中的一些條目，我們可以認識到沈括的治學態度怎樣令他在芸芸北宋學者中脫穎而出，成為人文與科學知識皆有成就的博學家。

（二）理性審視問題

沈括秉持理性態度，審視各種事物。例如〈神奇〉中有以下一條談到「前知」的問題：

人有前知者，數十百千事皆能言之，夢寐亦或有之，以此知萬事無不前定。予以謂不然。事非前定，方其知時，即是今日。中間年歲，亦與此同時，元非先後。此理宛然，熟觀之可諭。或曰：「苟能前知，事有不利者，可遷避之。」亦不然也。苟可遷避，則前知之時，已見所避之事，若不見所避之事，即非前知。（三五〇條）

這是從邏輯上說明沒有所謂前知。沈括的論點很簡單，如果說事有前定，必然要待事情應驗後才能說，但既然應驗了，那麼便是當下才知道的事。對於那些認為可以前知而規避的說法，他更直截了當地否定了，因為從邏輯上說，可以規避，就說明也會前知已避之事，那事情根本就不會出現；如果見不到所避之事，那就不是前知了。

（三）重視實證觀測和研究

沈括對各種事物抱着濃厚興趣，而且不是停留在書本的記載裏，而是喜歡親自觀察和研究事物。例如他出使遼國時，看到一種奇特的兔子：

> 予使虜日，捕得數兔持歸，蓋《爾雅》所謂「蟨兔」也，亦曰「蛩蛩巨驉」也。（《夢溪筆談》，卷二十四，四二六條）

這正是科學家應有的重視實證的精神。《筆談》中，有很多是他親自觀察和做實驗來證明事物真偽的記錄。例如卷三有一條記錄了他參觀冶煉作坊：

> 世間鍛鐵所謂鋼鐵者，用柔鐵屈盤之，乃以生鐵陷其間，泥封煉之，鍛令相入，謂之「團鋼」，亦謂之「灌鋼」。此乃偽鋼耳，暫假生鐵以為堅，二三煉則生鐵自熟，仍是柔鐵。然而天下莫以為非者，蓋未識真鋼耳。予出使，至磁州鍛坊，觀煉鐵，方識真鋼。凡鐵之有鋼者，如麪中有筋，濯盡柔麪，則麪筋乃見。煉鋼亦然，但取精鐵，鍛之百餘火，每鍛稱之，一鍛一輕，至累鍛而斤兩不減，則純鋼也，雖百煉不耗矣。此乃鐵之精純者，其色清明，磨瑩

之則黯黯然青且黑，與常鐵迥異。亦有煉之至盡而全無鋼者，皆繫地之所產。（五十六條）

從實地觀察認識真鋼與偽鋼的分別。這種對事物認真觀察的態度，也見於他對虹能飲水這個傳說的追尋。卷二十一「異事」有以下一條記載他觀測彩虹：

世傳虹能入溪澗飲水，信然。熙寧中，予使契丹，至其極北黑水境永安山下卓帳。是時新雨霽，見虹下帳前澗中。予與同職扣澗觀之，虹兩頭皆垂澗中。使人過澗，隔虹對立，相去數丈，中間如隔綃縠。自西望東則見；（蓋夕虹也。）立澗之東西望，則為日所鑠，都無所覩。久之稍稍正東，踰山而去。次日行一程，又復見之。孫彥先云：「虹乃雨中日影也，日照雨則有之。」（三五七條）

《筆談》中也有沈括進行天文、曆象觀測的資料，其中有一條（一二七條）談到他觀察極星，繪製了二百多幅觀測用的星圖，最終得到極星離天極三度有餘的結論。

（四）觀察敏鋭和聯想能力驚人

在古代中國，文人遊歷是很平常的事，沈括也不例外。沈括跟一般文人不同的是，他並不把自己的眼光局限於對山水景致的欣賞上，而是始終保持着對事物敏鋭的觀察力，而且展示出十分驚人的聯想力，能夠把看似沒有關係的自然景物聯繫到地理變化，從地質學的角度解釋一般人不以為意或無法理解的自然現象。例如熙寧六年（一〇七三）至七年，他在兩浙之間遊歷，又到過溫州的雁蕩山，他看到的卻不僅僅是美麗的風景。在這次遊歷中，沈括敏鋭地觀察到雁蕩山的地貌，「原其理，當是為谷中大水沖激沙土盡去，唯巨石巋然挺立耳。如大小龍湫、水廉、初月谷之類，皆是水鑿之穴。」（四三三條）準確地以沖積理論解釋了這種地貌形成之原因。

奉使河北時，沈括經過太行山一帶，看到「山崖之間，往往銜螺蚌殼及石子如鳥卵者，橫亘石壁如帶。」因而聯想到「此乃昔之海濱，今東距海已近千里。」並且以河流沉積解釋了海洋變成陸地的原因：「所謂大陸者，皆濁泥所湮耳。」（四三〇條）

（五）重視親自實驗

沈括不僅能看到一般士人不注意之處，而且對於自己的想法，往往親自驗證。例如〈雜誌〉中有一條談到「石油」時說：

予疑其煙可用，試掃其煤以為墨，黑光如漆，松墨不及也，遂大為之，其識文為「延川石液」者是也。此物後必大行於世，自予始為之。（四二一條。）

又例如〈補筆談．樂律〉中有一條談到應聲問題，屬於聲學上聲音共振的課題。沈括就做了紙人試音的實驗來證明其原理：

欲知其應者，先調諸弦令聲和，乃剪紙人加弦上，鼓其應弦，則紙人躍，他弦即不動。聲律高下苟同，雖在他琴鼓之，應弦亦震，此之謂正聲。（五三七條）

〈器用〉中也有一條關於出土的古代弩機的記載，沈括不但能用算術上的勾股理論解釋其設計，而為了驗證這個計算方法套用在弩機上是否切實可行，他自己做了實驗：「余嘗設三經、三緯，以鏃注之，發矢亦十得七八。」並因此推論說：「設度於機，定加密矣。」（《夢溪筆談》，卷十九，三三一條）

四、《夢溪筆談》的歷史文獻價值

（一）說明北宋時期政制變化

〈官政〉記載了很多有關北宋財政的資料，例如當時各種稅法如茶稅、鹽稅的變革情況，汴京吏員俸祿建立的因由，歷朝鑄錢數目的變化等等。稅制變革可說是北宋時期重要的政治課題，尤其是沈括身處的時代，王安石推動的熙寧變法中，很多項目都是環繞着稅制改革而進行的。而沈括在這個時期，受到王安石變法集團的青睞，也登上了他仕途的最高峰，出任了權三司使的要職。三司使掌管全國財政，視為計相，是丞相以下的重要官員。他對北宋各種財政制度瞭如指掌，而且思量孰優孰劣，這在他對茶稅、鹽稅等的敍述中可以看到。

（二）官員的惠民德政

〈官政〉中也記錄了北宋一些官員的惠民舉措。當中既有大名鼎鼎的范仲淹，也有不甚著名的地方縣令。對沈括而言，無論官職大小，只要能做出對百姓有益的事，就是好官員。其中范仲淹的一則，記述了他處理江南地區災荒的手段，與一般人的思路不同，更凸顯出范氏的政治智慧。按一般官員的想法，災荒之時，由政府賑濟是最直截了當的做法；可范仲淹卻另闢蹊徑，採用宴遊和大興土木的方法，廣興徭役，使災區百姓能夠從事勞動以獲取金錢，不致出現大量遊手好閒的饑民，令社會不穩。他是拳拳服膺范氏處置災荒的策略的。

（三）法制精神的展現

〈官政〉中有幾則關於北宋法律的材料，讓我們看到當時的官員對法律的理解和運用情況。其中有一條記載的是皇帝的近侍犯案，雖未至於死罪，但朝廷大臣大都認為非殺不可，只有范仲淹一人持不同意見，認為不能為求一時快意，就繞過法律規範，任意加重刑罰。由此可見，雖然律例俱在，但當時的官員大都沒有強烈的維護法律意識。朝廷大員沒有法律意識，而地方官員也對律令條文理解不足，以致出現錯判的冤案。〈官政〉中記載了刑曹對兩起地方案件判決的批駁，正反映出一般官員未必能夠完全了解法律例文的含意。

五、《筆談》的文化價值

（一）保留重要的社會史資料

南北朝以來，中原地區經歷了長達數百年的外族統治，漢文化與外族文化不斷衝突、融合，形成了隋唐時代的文化特色。這種文化特色，體現在宗教、音樂等領域。其中佛教更深入民心，更成為漢族的宗教信仰，至宋復與儒、道合流。雖然中唐以後，儒家思想逐漸復興，到北宋時期，理學思想形成，更逐步取代佛教，成為士大夫的核心信仰。不過，當時一般的士大夫，在日常生活中，還是離不開佛教思想的影響。《筆談》中也有一些關於北宋時期士大夫與佛教信仰之間的記錄，其中有當時流傳的故事，也有沈括親身從親友之間聽到的事蹟。例如〈神奇〉中有一條關於菜花生成佛相的故事：

> 菜品中蕪菁、菘芥之類，遇旱其標多結成花，如蓮花，或作龍蛇之形，此常性，無足怪者。熙寧中，李賓客及之知潤州，園中菜花悉成荷花，仍各有一佛坐於花中，形如雕刻，莫知其數。暴乾之，其相依然。或云：「李君之家奉佛甚篤，因有此異。」（三四四條）

這段故事給我們幾項信息：首先，沈括對植物遇到乾旱天氣時，往往會長出怪異形狀的現象有充分了解，並且認為是植物的常性。其次，當時傳聞李及之的菜園中菜花結成蓮花狀，各有一佛坐其中。沈括認為是與常性有異的神奇事件，因此記錄下來。再者，為了解釋其事，沈括把這種現象聯繫到宗教信仰上，認為是李氏誠心禮佛而出現的異事。這類無法解釋的現象，在〈神奇〉中還有很多。其中有很多都不是道聽塗説之事，而是沈括親身經歷或者是從他的親友那裏獲知的。以沈氏科學知識造詣之深，對於虛假的傳聞，自當有以解謬，但在〈神奇〉中，他卻煞有介事地把這些事寫下來。例如鄭夷甫預知死期，「予與夷甫遠親，知之甚詳。」（三四九條）這還可以説是遠親的傳聞，那麼其中兩條關於神怪物件的記載，則是他自己的見聞。其中一條與佛牙有關，那是熙寧年間，他經過咸平縣時，與劉先一同在佛寺中的經歷。當時他取佛牙「視之，其牙忽生舍利，如人身之汗，颯然湧出，莫知其數，或飛空中，或墮地。」（三四三條）

（二）保存珍貴的科技資料

《筆談》的內容不僅反映出沈括的知識廣博，而且反映了北宋前期中國科學技術的成就。當中既有北宋以前的各種科學技術，也包括了沈括本人的發現和發明，對了解中國古代科技發展具有重要的文獻學價值。其中尤為重要的，是沈括對低下階層科學家和民間智慧的記載。這些人物或技藝匠人，不見於正史之中，也鮮為士大夫所關心，但卻因沈括的《筆談》，使得其中一些重要的資料保存下來。其中最為重要的，是關於我國古代活字印刷術的記錄。

北宋是中國印刷術最重要的時期。雕板印刷術在唐代出現，到了北宋時期，由於國家重視文教，對書籍的需求殷切，出現了龐大的雕板印刷書籍市場，因而令這種印刷技術得以蓬勃發展。胡應麟（一五五一——一六〇二）《少室山房筆叢》便說「雕本肇於隋，行於唐，擴於五代，精於宋。」北宋時期，印刷業又進入了另一個新階段，那就是印刷技術的改良。這得歸功於一位民間印刷工匠畢昇所發明的活字印刷術。本來，雕板印刷製板工序繁複費時，例如後唐時，宰相馮道奏請依石經文字，刻印九經，由開雕到印刷成書，前後費時二十一年之久，始雕板印刷出經文和注釋一百三十卷。這樣曠日持久的事業，只有國家才能應付，但對於印刷業的全面發展，以及應付市場的龐大需求，卻起不了多大作用。而畢昇卻另闢蹊徑，採用活字模印刷的方法，來解決製作雕板時間長的問題，從而縮短製板時間。可惜的是，畢昇只是一介布衣，他對印刷工藝的改良，當時得不到重視，而他發明的活字印刷術，也沒有在宋代流行。猶幸《筆談》裏的一段文字把整個活字印刷術的原理記錄下來，否則我們也不會知道這件事：

板印書籍，唐人尚未盛為之。自馮瀛王始印五經，已後典籍，皆為版本。慶曆中，有布衣畢昇，又為活板。其法用膠泥刻字，薄如錢脣，每字為一印，火燒令堅。先設一鐵板，其上以松脂臘和紙灰之類冒之，欲印則以一鐵範置鐵板上，乃密佈字印。滿鐵範為一板，持就火煬之，藥稍鎔，則以一平板按其面，則字平如砥。若止印三二本，未為簡易。若印數十百千本，則極為神速。常作二鐵板，一板印刷，一板已自佈字。此印者纔畢，則第二板已具，更互用之，瞬息可就。每一字皆有數印；如「之」「也」等字，每字有二十餘印，以備一板內有重複者。不用則以紙貼之，每韻為一貼，木格貯之。有奇字素無備者，旋刻之，以草火燒，瞬息可成。不以木為之者，木理有疏密，沾水則高下不平，兼與藥相粘不可取，不若燔土，用訖再火令藥鎔，以手拂之，其印自落，殊不沾污。昇死，其印為予羣從所得，至今寶藏。（三〇七條）

又例如五代、北宋時期著名的建築師喻皓，雖然曾經負責修建開封開寶寺的寶塔，卻因為本身只是工匠階層，因而缺乏關於他的詳細記錄。他曾經寫了部《木經》，是我國古代重要的建築學著作，但已經失傳了。至於他營建的開寶寺寶塔，在當時屬於極為巧妙的工程，尤其以傾斜塔身來抵禦風力，將建築物與周遭環境和氣候影響的各種因素考慮到設計之中的周詳營造規劃十分高明，可惜在慶曆年間燒毀。現在能夠看到關於喻皓的資料，便是《筆談》中的記錄。關於《木經》的文字，我們能夠看到的，也只有《筆談》中的兩段。

六、《筆談》的不足之處

《筆談》博大精深，但也不是沒有缺點的。首先，這部著作屬於筆記體作品，儘管內容淵博，涉獵之事頗廣，而且饒富洞見，但缺乏完整的學問體系，尤其當中談論天文曆算的部分，若讀者不熟悉相關課題，很難在短短的文字裏對天文曆算之學有深入認識。

其次，沈括對於自己熟悉的課題，往往能夠詳加發揮；但也有些條目只是記錄了一些現象，卻沒有作進一步的探究。例如《筆談》中有一條提及指南針不常指南的現象，沈括最後以「磁石之指南，猶柏之指西，莫可原其理」（四三七）作結，並沒有進一步追尋造成這種現象的原因。而這一條又經常被引用作為沈括發現磁偏角

（magnetic deviation）的材料。可是，細閱原文，就會發現，沈括敘述的是怎樣令指南針常指着南面的方法：

> 方家以磁石磨針鋒，則能指南。然常微偏東，不全南也。水浮多蕩搖，指爪及盌脣上皆可為之，運轉尤速，但堅滑易墜，不若縷懸為最善。其法取新纊中獨繭縷，以芥子許蠟綴於針腰，無風處懸之，則針常指南。其中有磨而指北者。予家指南北者皆有之。（四三七條）

按文意，沈括感到困惑的，是方家用磁石磨的針，雖然指南，但常微偏東。他沒有認識到這是物理學上的重大發現，反而覺得有問題，因而思量怎樣改善指南針的設計。最後提出以蠶絲加蠟懸吊於無風處，就能夠做到「針常指南」。由是而言，對沈括來說，磁偏角並不是正常的現象，反而認為這種偏差不合情理，必須糾正。事實上，關於磁偏角的發現，更早的記錄者是北宋司天監官員楊惟德（一作楊維德），而非沈括。北宋仁宗慶曆元年（一〇四一）三月五日，楊惟德在其奉宋仁宗勅與由吾公裕合撰的《塋原總錄》卷一〈主山論第八〉提及羅盤「磁偏角」的存在及校正測定方向誤差的方法，他說：

客主的取，宜匡四正以無差。當取丙午針，于其正處，中而格之，取方直之正也。

意謂要測定墳地四正的方向，必須取丙午方向的針，等到針擺動停止時，中而格之，才能得到正確的方向。楊惟德所說丙午向，即定磁偏角在七點五度以內。與楊惟德同時代的王伋（字肇卿，約九九〇——一〇五〇）《管氏地理指蒙》亦言「磁者母之道，針者鐵戕。母子之性以是感，以是通。受戕之性以是復，以是完。體輕而徑，所指必端。……針之指南北，顧母而戀其子也。」王伋的《針法詩》（仁宗天聖八年（一〇三〇）撰）也說：「虛危之間針路明，南方張度上三乘。坎離正位人難識，差卻毫釐斷不靈。」

此外，不少關於沈括的研究作品，都把他發現「石油」視為重要貢獻：

予疑其煙可用，試掃其煤以為墨，黑光如漆，松墨不及也，遂大為之，其識文為「延川石液」者是也。此物後必大行於世，自予始為之。蓋石油至多，生於地中無窮，不若松木有時而竭。今齊、魯間松林盡矣，漸至太行、京西、江南，松山大半皆童矣。（四二一條）

若說沈括首先用「石油」一詞來形容這種液體，並且指出石油將大行於世，這點固然不錯；但沈括只是認為石油可以用作松墨的代替品，而跟現代人利用石油作為燃料，繼而引發能源革命的用途相去甚遠。這是因為身處北宋社會的沈括，根本不會有化石燃料的觀念，因此，我們閱讀這些條目時，也需要注意沈括的「發現」並不就是我們心目中期望的「發現」。

《東坡志林》導讀

幽默中顯剛正：談《東坡志林》成書與蘇軾的處世哲學

香港中文大學哲學博士、
中國語言及文學系講師
梁樹風

一、引言

林語堂在《蘇東坡傳》中有這樣一段話：「像蘇軾這樣富有創造力，這樣剛正不阿，這樣放任不羈，這樣令人萬分傾倒而又望塵莫及的高士，有他的作品擺在書架上，就令人覺得有了豐富的精神食糧。」當然，蘇軾的詩詞、散文確實寫得不錯，但在現今忙碌的世代，要在案頭放一整部《蘇軾全集》，每天翻翻，未必人人能夠做到。《東坡志林》的篇章，大部分是蘇軾貶謫時期的作品，他剛正不阿的精神，可謂活現紙上；不過，蘇軾絕非那種諄諄教誨的老頭兒，他喜歡遊歷，喜歡交友，更喜歡好奇探祕，**《東坡志林》便是他把遊歷交談間的所見所聞，一切能理解、不能理解的奇人異事都記錄下來，加上他幽默風趣的風格、豐富的想像力，絕對是閒時閱讀的甘露，聊解人們枯燥的生活。這種筆記式的作品，篇幅比較短小，閱讀起來很便捷，文句也不難理解，每天閱讀一兩段，絕對可以調適身心。**

二、蘇軾生平簡介

蘇軾（一〇三六—一一〇一），字子瞻，號東坡居士，北宋眉州眉山（今四川眉山）人。他的文學造詣以至繪畫書法皆享負盛名。於詩，與黃庭堅（一〇四五—一一〇五）並稱「蘇黃」；於詞，一改晚唐、五代以來綺靡的格調，開創了「豪放派」的詞風；於文，與其父蘇洵（一〇〇九—一〇六六）、弟蘇轍（一〇三九—一一一二）共同名列「唐宋八大家」。以現今的角度來看，蘇軾確是個多才多藝的文學家、藝術家。

蘇軾才藝出眾，僅以二十二歲之齡便中了進士。開始的時候，蘇軾的仕途可謂一帆風順，很快便晉升至端明殿學士兼翰林院侍讀學士（掌進讀書奏）、禮部尚書（掌教育、科舉、外交等事）。但在宋神宗（一〇四八—一〇八五）熙寧初年，蘇軾因反對王安石（一〇二一—一〇八六）的新法（變法）而遭調任杭州通判（輔助知府政務），後轉任密、徐、湖三州知州（掌管州務）。元豐二年（一〇七九），御史中丞李定（？—一〇八七）、御史舒亶（一〇四一—一一〇三）、何正臣（一〇四一—一一〇〇）等彈劾蘇軾詩中有譏諷朝廷之語，蘇軾因而被捕入京，貶檢校水部員外郎，充黃州團練副使（掌團練事務），史稱「烏臺詩案」。

及宋哲宗（一〇七七—一一〇〇）年幼嗣位，蘇軾得以還朝當政，但因與司馬光（一〇一九—一〇八六）意見不合，又與程頤（一〇三三—一一〇七）等一派結怨，幾次遭到彈劾，先後左遷為杭州、潁州、揚州知州。紹聖元年（一〇九四），宋哲宗復行神宗時期的新法，召回主張變法的章惇（一〇三五—一一〇五）、曾布（一〇三六—一一〇七）、蔡卞（一〇四八—一一一七）等還京，蘇軾因而被貶官至嶺南惠州。紹聖四年（一〇九七），朝廷再次追貶蘇軾等「元祐黨人」，閏二月，蘇軾再次貶官瓊州別駕、昌化軍（今海南省）安置等毫無實職的閒官。直至元符三年（一一〇〇），宋哲宗駕崩，宋徽宗（一〇八二—一一三五）繼位，蘇軾得以遇赦內徙。次年建中靖國元年（一一〇一），蘇軾在北歸途中病故，享年六十六歲。

三、《東坡志林》的版本

《東坡志林》流傳至今的版本主要有四種：

一卷本	百川學海（咸淳本）丙集收錄的《東坡先生志林集》
二卷本	萬曆四十七年（一六一九）毛晉刊刻的《蘇米志林》
五卷本	萬曆二十三年（一五九五）趙開美刊刻的《東坡志林》
十二卷本	《稗海》（萬曆本）收錄的《東坡先生志林》

四種版本中，以五卷本的《東坡志林》流傳最廣。今天所見《東坡志林》的整理本，如中華書局歷代史料筆記叢刊王松齡點校的《東坡志林》（一九八一）、華東師

範大學古籍研究所點校注釋的《東坡志林》（一九八三）、學苑出版社劉文忠評注的《東坡志林》（二〇〇〇）、三秦出版社趙學智校注的《東坡志林》（二〇〇三）等，都是採用這個版本，考其原因主要有三：一、此版本內容豐富，且收錄了《志林》原著的十三篇史論；二、此版本分門別類，閱讀起來比較方便；三、此版本在明代經趙開美校對整理，訛誤較少。由是，此五卷本《東坡志林》歷來刊行最多，流傳最廣，計有清代張海鵬嘉慶九年（一八〇四）重刻本、嘉慶十年（一八〇五）《學津討原》本、商務印書館涵芬樓據趙本校印本（一九二五）等。由於這個版本相對來説最可觀，故本書（即中華書局（香港）有限公司出版的「新視野中華經典文庫」之《東坡志林》）也以此為底本，譯注導讀，以便讀者閱覽。

話雖如此，但一卷本、二卷本與十二卷本的出現及其內容，與《東坡志林》的命名以及成書關係密切，並不可以忽略。讀者若能了解《東坡志林》的成書過程，在閱讀此書時亦有莫大方便。

四、《東坡志林》的命名與成書

「志林」一名並非蘇軾首創，晉代虞喜（二八一——三五六）便有《志林》三十卷，此書多雜論故事，長於考據，與《東坡志林》體例頗近，但蘇軾是否因而把此書命名為「志林」並未可知，可以肯定的是，蘇軾所著《志林》一書的用意、原貌並非今天五卷本的規模，而是單指五卷本《東坡志林》的第五卷「史論」，也就是上文提及一卷本《志林》的面貌。

這一卷本的《志林》，是蘇軾被貶儋州（今海南省）時所撰寫的史論。元符三年（一一〇〇），蘇軾在海南遇赦，北歸過廉州（今廣西合浦縣）時，嘗寄書予鄭靖老（名嘉會，生卒年不詳），其〈與鄭靖老〉便提及：「《志林》竟未成，但草得《書傳》十三卷，甚賴公兩借書籍檢閱也。」從文句可見，蘇軾十分重視這部《志林》，兩次向鄭靖老借書校閱，以免出錯。邵伯溫（一〇五七—一一三四）《邵氏聞見後錄》記載了蘇軾幼子蘇過（一〇七二—一一二三）的一番話，也可證明這一點：「蘇叔黨（即蘇過）為葉少蘊（名夢得，一〇七七—一一四八）言：東坡先生初欲作《志林》百篇，才就十三篇而先生病。惜哉！先生胸中尚有傳於『武王非聖人』之論者乎？」蘇過在蘇軾被貶海南期間長伴左右，按理最能掌握蘇軾編撰《志林》的用意與過程。從蘇過的話可見，蘇軾當初打算撰寫百篇的《志林》，但不幸只及完成十三篇便去世。當中提及「武王非聖人」，便是本書卷五「史論」的第一則文字。

這十三篇「史論」，每篇均議論一事，而且每每明言「吾又表出之，以戒後世」（〈趙高李斯〉），「吾不可不論，以待後世之君子」（〈攝主〉），「故特書其事，後之君子可以覽觀焉」（〈隱公不幸〉），可見蘇軾原意是藉着這「百篇」的《志林》，告誡後人有所為、有所不為之事。

這一卷本的《志林》最早見於蘇軾後人（很可能是蘇軾的三個兒子）在蘇軾死後一年內編成的《東坡後集》中。從現存宋刊本《東坡後集》考察，這一卷本的《志林》與今天五卷本「論古」的部分並無很大的差異。

五、《東坡志林》的流傳與改編

北宋末年，蘇軾文集曾經被禁毀，南宋弛禁後，文人整理蘇軾文集的時候，《志林》一書得以獨立刊行，但它的內容卻產生了莫大變化，最明顯的是陳振孫（一一八三——一二六二）《直齋書錄解題》在著錄《東坡手澤》三卷時說：「今俗本大全集（《蘇軾全集》）中所謂《志林》者也」，也就是在南宋初年，流傳着一種以「志林」命名的三卷本《東坡手澤》。

與《志林》的創作時間相近，這部《東坡手澤》大抵也是蘇軾貶謫海南期間的作品（因此書又名《儋耳手澤》）。但與一卷本《志林》條分縷析的「論古」體例不同，《東坡手澤》只是蘇軾於遊歷、交往、讀書的時候偶有所會，信筆而成。這些文字，很多都是蘇軾留給兒子的懿理名言，故以「手澤」（即先輩遺墨）名之。黃庭堅〈跋東坡敍英皇事帖〉便有這樣的記載：「往嘗於東坡見手澤二囊（……）手澤袋蓋二十餘，皆平生作字，語意類小人不欲聞者，輒付諸郎入袋中，死而後可出示人者也。」這段記載，頗能反映傳世《東坡志林》各篇的原始湊集過程，並且揭示了部分篇章似乎並無一個有系統的寫作大綱，只是想起什麼就寫什麼，隨記隨存而已。

至於這部三卷本《東坡手澤》的面貌是怎樣的，現在已經無從稽考了，但可以肯定的是，當中不少文字已載錄於今天所見的五卷本《東坡志林》中。我們閱讀的時候，會發現當中不少言論是蘇軾特意留給他兒子蘇過的，如卷一〈辟穀說〉便是為蘇過講述道士修身的「辟穀法」：「欲與過子共行此法，故書以授之」；卷四〈記筮卦〉也是蘇軾給蘇過講授的一番言論：「吾考此卦極精詳，口以授過，又書而藏之。」

此《東坡手澤》最為人稱道的，莫過於它在談諧戲謔間有所勸戒。龔明之（一〇九一——一一八二）在《中吳紀聞．序》中曾這樣說：「談諧嘲謔，亦錄而弗棄，蓋效蘇文忠公《志林》體，皆取其有戒於人耳。」可見在南宋時期，蘇軾《東坡志林》所表現的，多是談諧嘲謔的言論，甚至形成一種文學創作的風氣及體裁，這顯然與一卷本《志林》的內容和風格判若雲泥。當時，南宋文人或許把《東坡手澤》重新編排整合，甚至加插、節錄《蘇軾文集》的文句，從而導致南宋年間，出現多種《東坡志林》

版本。安芮璿《宋人筆記研究——以隨筆雜記為中心》一書曾整理南宋年間文人引用《東坡志林》的言論，發現當中有不少文字在今天流傳的《東坡志林》中都找不到，可見南宋年間《東坡志林》版本的紛雜。今天流傳十二卷本的《東坡志林》很有可能就是在這種風氣下逐步形成。而這部十二卷本的《東坡志林》不錄〈論古〉部分，便正是當時文人偏好談諧戲謔文字的表現。從毛晉（一五九九—一六五九）二卷本《東坡志林》的序中，我們大可看到明代文人也有這種傾向：「大蘇（蘇軾）老米（米芾）各擅，筆妙而游戲於一時，至今人不敢輕稱子瞻，相與尊之曰坡仙，米在當日遂得顛號，今猶鞏狀而顛之，其實兩公俱仙也（……）余（魏浣初，一五八〇—？）偶發此論，而阿甥子晉（毛晉）夙敦尚美之好，在座躍起，曰得之矣，兩公各有《志林》，合之雙美，不其韻事乎。」

在這部五卷本的《東坡志林》中，我們也不難找到這種後人加插、改動的痕跡，章培恆、徐艷在〈關於五卷本《東坡志林》的真偽問題——兼談十二卷本《東坡先生志林》的可信性〉一文中，便以卷四「勃遜之」為例，指出此則文字乃取自蘇軾文集〈贈朱遜之〉的詩引。雖然這些文句很有可能是後人在整理過程中增益的文字，或非蘇軾編撰原書（《志林》或《東坡手澤》）的本意，但後人的整理增益未必無因，當中有許多可以觀賞玩味的文字，實不宜丟棄。

昔蘇軾撰《東坡志林》「不欲盡書」（〈記道人問真〉語），凡事皆有可記可省。本書限於篇幅，未能盡錄一切條目，故特選與當代社會較密切者，以便讀者賞覽。

六、《東坡志林》的內容

明萬曆二十三年（一五九五），趙開美（一五六三—一六二四）刊行了五卷本的《東坡志林》，此卷錄有趙開美父親趙用賢（一五三五—一五九六）的序：「余友湯君雲孫博學好古，其文詞甚類長公（即蘇軾），嘗手錄是編，刻未竟而會病卒。余子開美因拾其遺，復梓而卒其業，且為校定訛謬，得數百言。」這除了可見當時《東坡志林》版本紛雜、文字差異外，也可看到趙開美在刊刻此書時用力頗勤。故此本一出，其他《東坡志林》的版本便逐漸衰落。

這個本子大抵確立了五卷本《東坡志林》的體例：**全書編排以內容劃分：記遊、懷古、修養、疾病、夢寐、學問、命分、送別、祭祀、兵略、時事、官職、致仕、隱逸、佛教、道釋、異事、技術、四民、女妾、賊盜、夷狄、古蹟、玉石、井河、卜居、亭堂、人物、論古，共二十九門**。

這種編排方式無疑方便了讀者分類閱讀，但當中有未能明分者，如卷三〈技術〉

中〈延年術〉和〈信道、智法說〉都有「修養」之義；卷四〈古蹟〉中〈鐵墓厄臺〉〈記樊山〉和〈赤壁洞穴〉都有「記遊」之跡，只是分門別類的時候，或因篇幅、沿襲的關係而分開敍述。

二十九門分類中，以〈異事〉條項最多，共三十二則，這除了與蘇軾生性放達，好遊山林、記異物的個性有關外，或許與後期文人整理時的偏好也不無關係。其次為議論歷史人物、事跡的〈人物〉（二十九則）及〈論古〉（十三則），是蘇軾讀書所得或議論前人的是非功過；再其次為〈修養〉（十五則）、〈技術〉（十四則），講述修身養性的見聞與蘇軾個人的一些看法。

本書雖以此二十九門區分，但正如龔明之〈中吳紀聞．序〉所言，《東坡志林》所言多「有戒於人」，這點不可不察，否則只求談諧嬉笑的言論，那麼此書也無足可取了。我們在閱讀的時候，也不難察覺蘇軾行文間頗有這種傾向，如卷二〈異事上．李氏子再生說冥間事〉一則，即使是說異事、傳聞，蘇軾仍要揭示當中的道理，並且明確指出「書此為世戒」；又如卷三〈女妾．賈氏五不可〉，也是藉着對晉惠帝皇后賈氏的評價，而論及謠言的可懼。

書中所記大多沒有明示年份，很多只是提及「今日」「昨日」，可見此書不少文字確是蘇軾隨意書寫而留下。其中標明年份的有四十二則，主要是元豐三年（一〇八

○）蘇軾因「烏臺詩案」被貶檢校尚書水部員外郎、充黃州團練副使、本州安置至元符三年（一一○○）遇赦歸還期間的事，佔了當中四十則，反映出書中有不少文字成於蘇軾貶謫期間。

七、《東坡志林》的現代意義與價值

我們讀《東坡志林》，除了可以認識蘇軾其人其事外，還可以通過這部書了解北宋年間的人事物態。當中一些文字，或許能與我們今天的所見所聞互相印證，例如卷三〈異事下·冢中棄兒吸蟾氣〉講述一個襁褓嬰孩因饑荒而被父母棄於洞穴中，一年後他的父母回來，打算撿拾骸骨的時候，竟然發現孩子仍然在世，而且安然無恙，這與上世紀八十年代「狼孩」的事件非常相近。當日蘇軾限於所見所聞，只能記錄在案，今天我們閱讀這些事件的時候，或許能對書中一二事有別的體會。

另一方面，雖然《東坡志林》成書於九百多年前，但千百年間，人們的處世之道、人生所遇，或多或少都有相類相近的地方。當日蘇軾被貶，有冤無路訴的抑鬱，或許你我都曾經經歷過。然而，蘇軾在這段困苦的日子中並沒有自怨自艾，而是在痛苦中尋得閒適樂趣，這種達觀的處世方法、心態，或許能當作我們生活的一種潤滑劑。

（一）處世之道

《東坡志林》滲透了不少蘇軾堅持的性格，這種做人處世的哲學，無論在哪一個時空、哪一個地方，都是不能叛離的聖道箴言，例如卷三〈修身曆〉記載司馬光的一段話：「吾無過人者，但平生所為，未嘗有不可對人言者耳」，卷四〈真宗仁宗之信任〉記載李沆所以得到宋真宗的信任，只在於他無私心的緣故。這些都是至理名言，可以終身守之。如果做人能夠光明正大，不以私心待物，做到無事不可對人言，那麼辦任何事都會心安理得，不會提心吊膽。這也就是龔明之對「志林體」「皆取其有戒於人耳」的一二表現。

（二）養生之言

《東坡志林》講養生之事很多，這些都是蘇軾平生所見所聞。當然，環境的變遷、知識的豐富，會使我們認為當中某些論述無中生有、不切實際，但其實不少言論背後的原理及方向，還是值得我們細心察看的，例如〈養生說〉言：「已飢方食，未飽先止。散步逍遙，務令腹空」的一段話，不就是今天強調「七成飽」的飲食原則嗎？飯後輕鬆散步一下，讓食物消化後才入睡，在今天的醫學角度來看，可以避免胃酸倒流的現象。這些都是調養身體的不二法門，但我們工作過於忙碌，很多時候忽略了這些道理，間中拿《東坡志林》來讀讀，或許能夠勾起你幾已遺忘的常識。

昔日文人欣賞《東坡志林》，很大程度是建基於蘇軾的戲謔之情，以今天的語言來說，就是「幽默」。生活中幽默的調劑，往往能令人身心舒暢，即使面對沉重壓力、鬱結，也能在一言兩語間得以抒懷，例如卷二〈隱逸・書楊朴事〉記載蘇軾在湖州因文字獄的緣故被捕，他的妻兒都在大哭。此時蘇軾沒有直接安慰他們，而是化用當日隱士楊朴的一番話語，跟妻子說：「難道你不能像楊處士的妻子那樣，作一首詩來相送嗎？」他的妻子立時破涕為笑，悲傷的心情由是得以緩和。很多人都說中國人欠缺幽默，不懂幽默，其實非是，至少蘇軾就是這樣一個人物。我們要讀幽默，學幽默，這部書絕對是不俗的選擇。

（三）善於思辨

我們閱讀《東坡志林》，會發現不少篇章是蘇軾對前人言論的反駁，尤其是在卷四〈人物〉和卷五〈論古〉兩部分，都可以看到蘇軾善於思辨的能力，例如世人以劉伶為豁達，並舉出劉伶攜鍤出行，告訴他人「死便埋我」的言論作證，但蘇軾卻指出人既然已經死去，那麼為何還要埋葬呢？心中一直存留埋葬的想法，其實就是未能完全豁達的表現。

蘇軾這種善於思辨的特點，很值得我們學習。假使不會獨立思考，人云亦云，那麼我們的人生就只會盲目遊走。世間很多事物，都是打破固有的步伐而前進的，若然不是，現在我們便不會有電腦、手提電話，更遑論上太空、登月球了。而且蘇軾這種思辨能力，並非徒託空言，而是言之有據，還會細心考證，他在卷四〈人物．堯舜之事〉中便重提司馬遷「猶考信於六藝（六經）」的說法，指出我們一定要在既有的基礎上進一步發掘問題、思考問題。此外，蘇軾議論的時候，文筆斐然，論據充足，論證手法多樣，這也是我們學習議論手法的絕好材料。

（四）閒者便是主人

《東坡志林》的大部分內容都是蘇軾被貶時寫的文字，那種有志不能伸的抑鬱，蘇軾肯定是有的。然而在《東坡志林》中，我們除了看見蘇軾戲謔幽默的一面外，還可以看到他如何在困苦的境地中自我抒懷，尤其是他在卷四〈亭堂．臨皋閒題〉所提出的「江山風月，本無常主，閒者便是主人」的言論，更提醒了我們：你所擁有的、支配的，未必就是你能享受、欣賞的。就正如江山風月，本來就沒有既定的主人，坐擁萬億身家的富翁與自給的農人，他們所看到的月亮都是同一個，並沒有絲毫的差異。當然，你可以說富人能用最先進的望遠鏡，清楚看到月球上的一坑一洞，但這樣真的能夠支配月亮，真的是欣賞月亮嗎？若是我們以閒適的心態，細心觀賞玩味，即使是身無分文的人，也能夠觀賞到月光的美，甚至比富人更能享受這一點。現今社會以利益掛帥，人們分秒必爭，希望賺取最多的利潤，其實，最後受苦的可能只是自己。即使你爭贏了，把利益搶到手，如果不懂以真正閒適的心態去欣賞、享受人間的美好事物，則你並不擁有。

如何享受生活情趣，不妨模仿蘇長公，從閱讀《東坡志林》開始。

《徐霞客遊記》導讀

跋涉天涯一奇人

耶魯大學歷史學哲學博士、
香港城市大學中國文化中心主任
鄭培凱

一、布衣走四方

徐霞客是明末的奇人，他的著作**《徐霞客遊記》是一本奇書，在文學史、地理知識史、文化意識史上都有獨特的地位，不但為中國旅遊文學開創了嶄新面目，也反映了中國知識精英在早期全球化期間的世界觀發展，對客觀世界進行細部的實證考察，並且提供了探索自然的翔實記錄，同時一一探究知識的可靠性。**《徐霞客遊記》的出現，有其劃時代的意義，也有其歷史文化發展的原因。從書寫創作的主觀層面來說，涉及遊記書寫文類的發展，自魏晉以來個人意識的萌發，表現於士大夫文人的放情山水，在欣賞自然美景之餘，記錄個人對自然的獨特觀察與體會，追求審美境界的天人合一。這種屬於審美範疇的思想意境，通過唐宋時期散文書寫的發揚，發展到了明代，已經累積了豐厚的文化資源，可以作為徐霞客汲取發揚的基礎，記錄日常生活的點點滴滴，化日記的細節書寫為文學性與思想性的篇章。

從社會環境的變遷而言，明代中葉之後，中國東南半壁的經濟生活極為繁榮，沿着長江中下游與大運河流域，城鎮化與經濟商品化發展迅速，參與商業行為的人口不斷擴張，交通路線急速開展。除了官方《大明一統志》的地理記載，從當時出現大量商程便覽之類的導引書刊，如黃汴的《一統路程圖記》（後來翻刻成《天下水陸路程》

《新刻水陸路程便覽》等）、李晉德《客商一覽醒謎》、程春宇《士商類要》，可知全國的交通路線以及各地驛站分佈，不但臚列得十分清晰，巨細靡遺，而且標注出五里、十里、二十里、三十里、五十里、六十里、七十里的路程地望，方便商賈經商旅行，當然也同時惠及出門旅行的遊客。因為經濟繁榮與穩定，一些富裕人家在生活有了餘暇之後，遊山玩水成為相當普及的社會風尚，不再是極少數達官貴人的禁臠，得以讓個別精英人物在不憂衣食的環境中，盡情發揮個性，在尋覓山水奧祕之中，滿足自我存在的意義。

按照清初泉州人黃虞稷的《千頃堂書目》所記，列舉了士大夫文人的旅遊著述，作者達五十七人之多。這些文人學者書寫的遊記，與路程便覽、客商指迷以及歷代記述地理山水的志書都不同，是屬於親身經歷的記述，不是沿襲前人著作的書抄。歷史地理學者周振鶴研究明代後期旅行家羣體，特別指出，這些遊記的作者大多數是進士出身，或者是有一定官職的舉人或諸生。旅遊的性質，有許多是因為「宦遊」，也就是藉着執行官府職務的機會，或走馬上任，或巡按調查，途經名勝古跡，順便「到此一遊」，卻又感到旅遊的樂趣值得筆諸為文，記下自己的遊蹤，也算是「讀萬卷書，行萬里路」的體現。如王世貞的弟弟王世懋，在他《閩部疏》的序裏就說，「今天下內外官，得行部遍者，直指、督學兩使者而已。世懋束髮宦遊，多歷海內名山大川。」清楚説明，達官貴人旅遊天下，經常是執行公務的附帶行為，多半可以歸於今天所説的「公費旅遊」。必須在此指出，晚明最出色的旅行家徐霞客，雖然出身世家，卻抗拒科舉仕途，未曾謀過一官半職，因此，他足跡遍天下，倒是從未使用過公帑，所有旅遊花費都是自己提供的。

明代中期以後，士大夫文人學者除了遊山玩水，寫下親身經歷，也對寰宇地理進行仔細的實地考察，編寫成長篇著作，既有遊山玩水的觀賞性質，同時反映了實證考察的學術鑽研。從王士性的《五嶽遊草》與《廣志繹》、何鏜的《古今遊名山記》、楊爾曾的《海內奇觀》、墨繪齋刻本《天下名山勝概記圖》、曹學佺的《蜀中名勝記》，以及顧炎武的《肇域志》與《天下郡國利病書》等等，可以看到，寫作的目的兼具知識性與觀賞性，蘊含了許多個人觀察外在世界的信息，與上述商程導引書刊的性質不同。從這些遊記與記載山川形勢的書中，我們可以探知，明末文人學者遊覽名山大川的動機，或許初始意在旅遊玩耍。親身遊歷，仔細觀察名山大川之後，還要字斟句酌，發之為文，就有了超乎娛樂的文學審美與知性追求。晚明時期的社會文化繁榮與變化，衝擊了許多上層精英的知識系統，在探索內聖外王的心性之學以外，對外在世界的客觀存在產生了濃厚的興趣，觸發了知識結構的變化。知識探求不再限於儒釋道的心性辨析，而想跨越傳統的文獻知識，擺脫古人訴諸聖賢權威的不求甚解方式，試圖通過親身的驗證，清楚認識客觀世界與自然地理的面貌。徐霞客就是這種探求客觀地理真知最典型的人物，《徐霞客遊記》也就成了建構新知識系統的重要著作。

徐霞客才氣縱橫，文筆恣肆而又細膩精確，具備了藝術家刻畫自然的寫生才能，又有觀察實證的科學邏輯頭腦。他探索自然地貌環境，似乎只是為了純粹的求知目的，滿足自己的好奇心。他記錄實地考察山川地理的經歷，頗像達爾文乘「小獵犬號」（Beagle）考察船環遊世界，抱持追求生物科學知識的執着，記錄各地物種那樣，寫成巨細靡遺的遊記，並無功利的考慮，沒想過什麼「實用價值」。我們可以想象，徐霞客每天翻山越嶺，攀援險峰，涉過溪澗，到了晚上還孜孜不倦，在昏暗如豆的燈下，展開文房四寶，沾濡着他飽覽山川大地的無限深情，以優美的文筆，一個字一個字，記下詳細的親身觀察。他從家鄉江陰出發，穿的是草鞋或麻鞋，日復一日，不存在任何功利目的，走遍中國名山大川，進入西南大地，深入不毛，一直走到滇緬邊境，這是何等的精神？到了夜深人靜，他還不顧跋涉整天的疲勞，寫下如此優美的大地頌歌，是什麼樣的超越力量支撐着他，為我們留下了《徐霞客遊記》？

當然，徐霞客具有特殊的文學藝術才能，有觀察世界的精密邏輯思考方式，像實驗室裏的科學家一樣，鍥而不捨，一絲不苟，有興致，也有能力，組織起身體力行的觀察，記錄下跋涉天涯的每一步足跡。不過，我們還是要問，除了上述的時代環境，是什麼具體原因，因緣際會，激發了徐霞客，讓他停不下腳步，必須走盡天涯海角，必須把每分鐘的歷程，記錄得絲毫不漏？徐霞客的主觀能動性是哪裏來的，是什麼內在因素激勵他日復一日，年復一年，行走天涯，寫出如此卷帙浩繁的遊記？是家世中的什麼特殊背景，生命中的什麼環節，驅動他的心靈，使他像一顆漫遊在外太空的彗星，循着自己的軌道，永不歇止？

讀《徐霞客遊記》，要心存景仰之情，它不止是讀一本好玩的遊記，也不止是欣賞優美典雅的文章。要想到**徐霞客行走天涯，是以獨特的個性，來展現人類特有求知精神，求真求是，為求知而求知，為審美而審美，為躬親體驗山河勝景而遊歷。**這種對外在世界的純粹好奇，要親身去體驗的求知精神，是人類有別於其他物種的特性，也是人類文明發展的基本動因，值得我們思考，也值得我們學習。

二、輝煌又悲劇的士紳徐家

徐霞客（一五八七—一六四一），原名宏祖，亦作弘祖，字振之，號霞客，明代南直隸江陰人。他的家族是江陰望族，祖先於宋元之際來到江陰的西順里，後來定居梧塍里，至少到了元代就已經在地方饒有聲名，躋身於精英階層。從倪瓚（一三〇一——一三七四）在一三七〇年寫的〈題書屋圖〉可知，無錫地方的大畫家倪瓚與徐氏祖先徐均平是好朋友，特別欣賞均平剛滿十歲的兒子徐麒（一三六一——一五一五），說他「清令不凡，異日必能乘長風破巨浪」，所以為他取了「本中」為字。倪瓚還說，他畫這幅〈書屋圖〉，是為了鼓勵徐麒，期望這個聰慧的少年努力向上，可以繼承與發揚徐家的世德家聲：「徐郎已能緝書鉏經，尚默觀此意，居靜飲和，允執以往，吾知為世德家聲所積者深矣。並為圖一書屋，題詩於上，以誌期望云。」

倪瓚顯然非常器重徐家的少俊，才會為他畫一幅〈書屋圖〉，還題了詩，希望徐麒能夠讀書成才：「問字慙荒老，垂髫喜亢宗。親方行役遠，道在慎吾中。露淨當空月，香餘隔戶風。幽齋無長物，琴帙隱高松。」雖然是寫給徐麒，鼓勵青少年讀書上進，詩中流露的心境，卻嚮往隱逸高士在幽齋彈琴讀書的情景，想來也隱約是倪瓚的自畫像。這幅畫還有不少著名的詩人畫家為之題跋，如倪瓚的好友楊維禎（一二九六——一三七〇）當時就在場，即席寫了〈本中書室圖與雲林子賦〉，說道：「蓉城徐郎十歲耳，瓊芽軒軒，已有餐霞御飈之異。雲林子以世好命之字曰本中。復為掞墨。予時在閣中，顧索賦，遂並紀一絕。」詩云：「小鳳遐飛碧玉京，玄亭抵掌共卿卿，圖成好識先天語，十二樓頭第六楹。」也是鼓勵青年少俊要努力，以求飛黃騰達，在崑崙仙宮羣玉山頭，能夠佔有一席之地。不過，鼓勵年輕人讀書上進，以飛升仙家宮闕作為參照，也的確是別有用意，不知道小徐麒是否讀得出其中深意。蘇州的大詩人、明初十大才子之一的高啟（一三三六——一三七三）也為倪瓚書屋畫幅寫了題跋，說，「雲林師之字本中，窅然不欲作小大觀，不可無言，為申幽解。」並且賦詩一首，申說幽微的深意：「一往翔駒氣若龍，風雲舉足自相從。寸心寧逐天倪返，變化由來未出宗。」先標出龍馬精神，風虎雲龍，氣象干雲，隨後卻說內心寧願回歸自然之道，萬變不離其宗。

過了八年之後，洪武十一年戊午（一三七八），同列明初十大才子的徐賁（一三三五——一三九三）在徐麒的行笥中，看到倪雲林的圖詠，發現其中題跋，都是逝去的故友，「不勝今昔之慨」，也題了一首詩：「幽人丘壑心，英士風雲色。出處萬里遠，觸機在深寂。領此未發意，相看兩不拂。雲林有高真，玄扉鍊靈液，往來挾飛仙，不與人羣習。遙望故人子，一見能洞別：丹佳影猶含，叢蘭茁方出，錫之以珍名，授之以微密。先天返吾宗，小景圖太極；華篇遂成林，風雅東南絕。忽焉數載餘，語語既冥合。鴻聲啟後人，遺詠慕前哲。作者慨莫從，來者欣未息；瑛帶轉難窮，珍重千秋業。」從這首詩裏，我們多少可以窺知元末明初知識精英，生活在動盪年代所處的困境，對出處仕進採取消極的態度。作為徐麒的長輩，在稱讚少年英華的同時，不經意流露出明哲保身的想法，暗示歸隱才是處身之道。青少年時期的徐麒是否能夠讀出前輩詩中的弦外之音，我們是無法知道了，但是，後來世事的發展卻殘酷地「為申幽解」，印證了詩句對仕進的憂懼。倪瓚與楊維禎退隱山林，得以善終；高啟與徐賁捲入官場的起伏，最後都遭到明太祖的殘殺。

徐麒是徐霞客高祖徐經（一四七三—一五〇七）的高祖，也就是上溯八世的祖先。從徐麒出生（一三六一）到徐霞客逝世（一六四一），徐家九代人恰好經歷了明朝的三個世紀，也與明朝興衰的命運類似，經歷了從興盛到逐漸衰敗的歷程。從南京國子監祭酒陳敬宗（一三七七—一四五九）在正統十二年（一四四七）所寫的〈明故徐徵君（麒）墓誌銘〉來看，徐家在元明之際就已經相當富裕，徐麒更是經營有方，而且樂善好施，喜歡交往文人畫家，經常舉辦雅集：「家極豐盈，至君闢畦連阡，原田每每，儲橐益廣，然富而好禮，見義必為，贍荒周乏，時時惟以推衣授室為念，故德流曖溢，所以淪澈乎物者甚廣。至於禮賢下士，傾蓋之契，久要之誠，互極其綢繆雅意。性不嗜酒，無歌聲舞影之歡，惟良朋登訪，必展瑤席，飛彩毫，相與酬酢觴詠，徹晝夕而無怠色。蓋其灝氣襲人，和風鼓物，有非恆情可能者，是以宇內播揚，咸仰之為山斗。」

徐麒在明初建國的洪武期間，曾被地方推舉到中央，奉詔到西南羌蜀地區，做過安撫邊區少數民族的工作，受到朝廷的嘉許。但是，他並不棧戀官場升遷，以家計浩繁，需要處理為由，請求回到家鄉做徵收賦税的工作，辭去朝廷頒獎，急流勇退。他被安排回到家鄉工作，正好配合明初國家草創急需税收的政策，也符合前輩的稱許與期望，退居鄉里，明哲保身，卻是當時極為少見的。陳敬宗寫的墓誌銘就說：「回想我高皇之朝，得請告歸里者，自君而外，未能一二見也。」此後的徐家，在江陰地區擔負徵收賦税的任務，「上下相安於樂利」，奠定了穩定的社會基礎，一直保持富裕鄉紳的地位。徐麒的兩個兒子景南與景州，都能繼承父業，在明代前期的永樂、宣德、正統年間，得到政府的眷顧，累積了豐厚的資產。

徐景南的兒子徐頤（一四二三—一四八三），曾接受詔令，擔任過中書舍人的職位，在文華殿當差，有過親仰龍顏的榮耀，使徐家的地位更上一層樓。但是，他依然遵循謹慎篤實的家風，按着祖父徐麒處世的方法，在朝中工作了一段時間之後，就以奉養雙親為由，辭官歸隱家鄉，繼續富裕鄉紳的低調生活。他繼承祖輩回饋家鄉的策略，通過各種善舉，捐賦税，救災荒，修橋鋪路，維持了徐家樂善好施的名聲。李東陽（一四四七—一五一六）任翰林院侍讀學士的時候，曾為徐頤寫墓誌銘，就說，「家舊多貲，君益勤儉，治生業，增產拓地，殆無虛歲。乃以其羨賑凶貸之，而薄其息入以為常。及其子元獻舉鄉貢，喜甚。會當徵逋穀，貧不能償者數千石，悉捐之。縣南通衢有永安橋，當潮沖圮弗治，君發私財修之，工役頗鉅。其餘葺治橋道，多至不可數。」最後總結為銘文：「大江之陰，山高水深，君居其間，不聞足音。有田有廬，有服與簪，亦有行義，邦人所欽。西順之鄉，梧塍之里，生斯葬斯，終復其始。著銘刻石，作者太史，九原有知，以慰汝子。」稱譽有加，卻也符合事實。

徐頤的長子徐元獻（一四五五—一四八三），十分好學，為江陰徐家走向顯赫帶來了希望。徐頤為了培養兒子，特別延聘名師張亨父為西席，教導進學之道。徐元獻不負眾望，於一四八〇年，二十六歲的時候中舉，嶄露頭角。徐元獻在南京中舉，房師就是李東陽，聽好友張亨父說過元獻成長的過程，知道徐頤注意元獻的培養，管束甚為嚴厲：「余嘗聞亨父言，君（徐頤）教子嚴甚：不侈服，不重肉；館於後圃，左右圖籍，不令與闤市相接，而日躬課覈，至夜分乃罷，故元獻弱冠成舉子，及古文歌詩，皆有名。」當時正在南京侍奉父親疾病的倪岳（一四四四—一五〇一），也是張亨父在翰林院的好友，與南京秋闈的考官羅璟、李東陽則是一四六四年考取進士的同年友，又認識徐元獻的叔父徐士亨，對江陰徐家頗有好感。他原來就聽張亨父說過，教導過的學生最優秀的就是徐元獻，而徐頤教子有方。一四八〇年南京秋闈的結果，證實了長輩的期望，倪岳從兩位考官之處得知，徐元獻在南京鄉試中脫穎而出，名列第三，因此寫了〈賀經元徐尚賢序〉。這篇文章明確指出，江陰徐家累世豐碩，富甲江南，而徐元獻讀書有成，科舉得勝，可以光大門楣，給家族帶來的榮耀是無可限量的。文章雖長，卻條理分明：

予嘗聞翰林檢討張先生亨父言，其及門授經之士，惟江陰徐氏之子元獻尚賢者，尤精敏嗜學。加其尊翁一庵篤於教子，朝夕課督其業不少置，將來大有成者，其可望矣。予歸侍先君尚書大人之疾，家居最久，士夫往來江南者益眾，由是而稔聞其賢；益知亨父之所稱許者不苟也。乃成化庚子秋，洗馬羅先生、侍講李先生皆予同年友也，奉命來考南畿。試既畢事，輒以小錄見示，其第三名則元獻也。及見二先生而詢其取士之實。則曰：「明經考古，雖平居從容，執書策，伸紙濡墨，或不能精鑿若是，況夫風簷寸晷之下者乎？得士如此，則是行為不虛矣！」嗚呼！聞與見異情，以其所聞，參其所見，然後士之實可知也。何則？稱譽多溢美，而照察無遁形；二者無一謬焉，予於是而嘉元獻之所以成今日之名者有本也。元獻之大父梅雪翁，承累世豐碩之業，以貲甲於江南，而敦詩說禮，著為家法。至一庵績學勵行，以翰墨重縉紳間。薦授中書舍人，入直文華便殿，日近清光，薦承寵渥。無幾即謝事歸，徜徉山水間，以詩酒自娛。四方文學之士，有重名者，恆禮教家塾，以訓子弟，而躬考其成。由是弟士亨以《書經》舉順天京闈鄉試第一，累遷荊門守，有清白之譽。

今茲元獻復以《易經》擢魁多士。世美相承，若徐氏者，可謂甚盛矣。夫貴不期驕而驕自至，富不期侈而侈自至；雖有聰明之資，而驕侈之心乘之，求學之有成難矣。況敢顒望文明之顯赫，衣冠之蟬聯，以振耀於時者哉？況一門競秀，兩魁繼擢，方出於貴富之族者哉？是非負卓然出羣之識，軒然大用之志，不汩沒於庸眾之習，而超詣乎聖賢之指，詎能不蹈昔人之戒，而克副乎士夫之所期也？元獻榮薦而歸，足慰一庵平日教成其子之心，可謂能以志養者矣。不日偕計上春官，進對大廷，享有祿位，推是以往，宜無所不至。然予竊有告焉：夫處貴者宜思其恭，處富者宜思其儉。恭以事乎上，接乎人，則無失德；儉以處乎己，刑乎家，則無失事。二者交勉焉，於以迓天庥而延世德，則元獻之責也。而徐氏盛大之族，其所以望於賢子孫者固宜然哉？非徒以是張而大之而已。昔者一庵往來於先君所有年，而予亦嘗交士亨於京師，且亨父於予又同年而契者，故於元獻之捷，其所以為之而喜者不一也。請以是規致贈言之義。若夫誇詡歆豔之詞，非所先也。

倪岳的文章說到江陰徐家累世富裕，雖富有卻尚未貴顯，然而發展的前景則無可限量，主要講了幾點：

一、徐家累世積德，讀書上進，早已是名滿江南。

二、徐元獻才學俱備，名實相副，是因為家學淵源，祖父徐景南、父親徐頤都是富而好禮的飽學之士。

三、徐元獻的叔父徐士亨中順天鄉試，已經任官荊門。

四、徐元獻中舉，繼叔父之後取得功名，「不日偕計上春官，進對大廷，享有祿位，推是以往，宜無所不至。」期望能夠考中進士，讓徐家成為顯赫世族。

五、看來徐氏一族已經踏上盛大之途，還盼徐氏子孫節儉恭敬：「處貴者宜思其恭，處富者宜思其儉。恭以事乎上，接乎人，則無失德；儉以處乎己，刑乎家，則無失事。」

倪岳的期望與告誡，顯示徐家的顯達與興旺指日可待，然而世事難料，居然功虧一簣，遭到了「盛極必衰」的厄運。徐元獻雖然科場得意，得到許多前輩的關懷，卻因身體羸弱，無法支撐讀書過度劬勞的負擔，還沒考上進士就去世了，享年二十九歲。徐元獻英年早逝，給徐家帶來沉重的打擊，年過花甲的父親更是難以承受，白髮人送黑髮人，情何以堪，六個月後徐頤逝世，可能就是因為殤子之痛。徐元獻過世，留下了一個兒子徐經。徐經早年喪父，倒是聰慧穎悟，讀書有成，科舉順利，二十五歲就通過鄉試，成了舉人。沒想到在弘治十二年己未（一四九九）的春闈會試，卻引起了滔天大禍，身陷囹圄，聲名掃地，以至於齎志以歿。

三、他棄了科舉

徐經（一四七三—一五〇七）是徐霞客的高祖父，十歲連喪父祖兩代至親，還好有富裕家庭的支持，得以專心攻讀經書，致力科考。年方二十五歲，通過弘治八年乙卯（一四九五）的南京鄉試，表現出色，繼承早逝父親的未竟之志。雖未連捷進士，但已經一鳴驚人，聲名遠播，譽為江南著名的才子，與蘇州的青年才俊如祝允明（一四六〇—一五二六）、文徵明（一四七〇—一五五九）、唐寅（一四七〇—一五二四）等人交好，意氣風發。隔了三年之後，弘治十一年戊午（一四九八），唐寅在南京鄉試大放異彩，奪得解元鰲頭，接着就與徐經一道，參加次年春天在北京舉行的會試。徐經家財萬貫，帶着僕從與優伶，一路炫富，與唐寅聯袂入京，引人側目，當然也引人嫉妒。會試期間，就有給事中華昶聽聞其中有鬻題之弊，事牽賄賂，遂彈劾主考程敏政，引發了弘治年間的科場大案，其中牽扯到官場鬥爭，惹得龍顏大怒，致使唐寅與徐經不但被黜退功名，還下詔獄拷打逼供。最後是彈劾者與被劾者一概貶斥丟官，唐寅與徐經則身敗名裂，斷絕了仕進的希望。這一樁科場大案，真相究竟如何，徐經是否賄賂買題，唐寅是否參與其事，在當時已是謠言滿天，撲朔迷離。朝廷的處置方法卻很簡單，真實情況無關緊要，平息事端才是上策，於是，懲罰一切涉嫌人等，原告被告一起挨打。唐寅與徐經還沒涉足官場，就成了一場鬥爭的犧牲品，斷送了一生的前途。

《明史．文苑》唐寅有傳，其中說到唐寅：「舉弘治十一年鄉試第一。座主梁儲奇其文，還朝示學士程敏政，敏政亦奇之。未幾，敏政總裁會試，江陰富人徐經賄其家童得試題。事露，言者劾敏政，語連寅，下詔獄。」尤侗《明史擬稿》所述相同，指出參劾者是華昶。王鴻緒《明史稿》則說「寅友人都穆搆其事」。三者資料來源相同，可知科場大案是由都穆肇其端，給事中華昶揭發彈劾。然而，事實究竟如何，是真有賄賂，還是誣陷，正史沒有細究，含糊其辭，讓讀者得到徐經賄賂買題的印象。

地方志與唐寅友人的記載，則力辯唐寅之冤。《吳縣志》記載：「弘治戊午，試應天第一。旁郡有富子，亦舉於鄉，慕寅，載與俱北。既入試二場後，有仇富子者，抨於朝，言與主司有私，並連寅。詔亟捕富子與寅付獄，逮主司出，同訊於廷。富子既承，寅不復辨，同被黜。」祝允明寫的〈唐子畏墓誌並銘〉說得最詳細：「戊午，試應天府，錄為第一人。己未，往會試，時旁郡有富子，亦已舉於鄉，師羨子畏，載與俱北。既入試，二場後，有仇富子者，抨於朝，言與主司有私，並連子畏。詔馳敕禮闈，令此主司不得閱卷，亟捕富子及子畏付獄。詔逮主司出，同訊於廷。富子既承，子畏不復辨，與同罰，黜掾於浙藩。歸而不往。或勸少貶，異時亦不失一命，子畏大笑，竟不行。」從這些較為原始的資料，我們還是不能確知到底是否真有賄賂情事，只知道唐寅與徐經在會試之時，被人陷害，下了詔獄，廷訊之時，徐經認了罪，就此結案，褫奪功名。唐寅也就認了，從此浪蕩江湖。

唐寅與徐經打入天牢並經廷訊的這一段經歷，到底具體發生了什麼，史書沒有記載。但是，從唐寅寫給摯友文徵明的信，自比司馬遷寫信給任安，說得披肝瀝血，我們或可揣摩一二。信中說到他榮獲解元之後的遭遇：「方斯時也，薦紳交遊，舉手相慶；將謂僕濫文筆之縱橫，執談論之戶轍。歧舌而讚，並口而稱；墻高基下，遂為禍的。側目在旁，而僕不知；從容宴笑，已在虎口。庭無繁桑，貝錦百疋；讒言萬丈，飛章交加。至於天子震赫，召捕詔獄。身貫三木，卒吏如虎；舉頭搶地，洟泗橫集。而後崑山焚如，玉石皆燬；下流難處，惡惡所歸。」明確說到，在獄中用了重刑，拷打逼供。想來是受刑不過，屈打成招的。

關於徐經到底是否賄賂，是否向程敏政的童僕買題，也始終是個謎團，無法辨明真相。可以確知的是，有人告訐，有人彈劾，有人下獄，有人動刑，有人受不了刑囚而認罪。有趣的是，認罪之後，罪犯卻沒有判刑，輕輕發落了。告發舞弊案的給事中華祖，卻遭到降職貶斥的處分。其中奧妙何在呢？對於這段痛苦經歷，徐家後世不願多談，地方志卻有簡要的記述。乾隆本《江陰縣志》說：

> 徐經，字直夫，中弘治乙卯科。父元獻，成化庚子科第三人。經與吳門唐寅，以才名相引重。寅發弘治戊子（午）解元，公車北上，與經偕行。為都穆所忌，蜚語誣以賄主司程敏政家僮預得試題。實因戊子（午）鄉試主司梁儲奇寅文，還朝攜以示人，敏政亦奇之。忌者妒兩人才，因經家富，遂飾成萋菲。言官風聞，劾之，下詔獄，分別謫遣。

光緒本《江陰縣志》也說：

> 徐經，字直夫，同年十五舉子之一。與吳門唐寅，並以才名相引重。寅領戊午解，經與俱北上。吳門都穆惡之，蜚語流聞京師，經竟與寅同鐫名。歸益肆力詩文，著《貴感集》。黃傅贈詩曰：「夏商人物徐直夫，周漢以來人世無。窮年對坐不見客，閉戶反觀恆喪吾。四壁芸香時落蠹，千倉紅朽食無魚。迂余老眼亦空爾，公是公非敢厚誣。」

這一樁科場大案，摧毀了唐寅飛黃騰達的美夢，造成了遊戲人生的風流才子，落魄江湖，最後貧病交加，艱苦困蹇，鬱鬱而終。對富甲一方的江陰徐家，則是影響深遠，刻骨銘心，更可能改變了家族對仕進的態度。徐經在科場案後，發配回籍，背負着屈辱，生活了八年，逝世的時候才三十五歲。累世積德的徐家，在徐元獻與徐經兩代的科舉進學上，灌注了大量的心血與極高的期望，卻收穫了早殤的挫折，蒙受了舞弊的屈辱。科場大案成了揮之不去的陰影，籠罩着徐氏家族，一直到徐霞客搜集家族資料，刻石裝帙，印成《晴山堂帖》，都可以感到家族對徐經一案的難言之隱。徐霞客請董其昌為自己父母合葬寫墓誌銘，提供了家族資料，寫成〈明故徐豫庵隱君暨配王孺人合葬墓誌銘〉，是這樣敍述江陰望族徐家的：

澄江以徐氏為望族。自其始祖本中以布衣奉高皇帝命使蜀，辭官歸里，朝士高之，賦詩送別，為國初盛事。本中歸而出粟賑恤，為德於鄉。及其沒也，當世名公，若魏文靖、王文端、胡忠安、葉文莊輩，皆哀輓銘誄，語無虛美，大書深刻，傳播海內：大江之南，以碑板不朽先德者，由徐氏風之也。數傳而有豫庵隱君，及仲子弘祖，復能修本中之事，以高隱好義稱。

表彰徐氏祖先，大大讚揚徐麒（本中）之後，其餘一概不提，直接就跳到徐霞客的父親徐有勉（豫庵），並且稱讚徐弘祖（霞客），而讚詞則是「復能修本中之事，以高隱好義稱」。徐氏家族希望人們看到的是「高隱好義」，是富而好禮，不願意再提家族曾經努力科舉發跡的隱痛了。徐霞客英華早現，陳函輝寫的〈霞客徐先生墓誌銘〉說他，「童時出就師塾，矢口即成誦，搦管即成章」，卻從不熱衷科舉，也沒有來自父母與家族的壓力，反而遊蹤遍天下，成為一代最偉大的旅行家，想來是跟徐家的科舉陰影有關的。

四、為行遠登高而生

按照徐霞客好友陳函輝寫的〈霞客徐先生墓誌銘〉與近代地質學家丁文江的〈徐霞客先生年譜〉，徐霞客的遊蹤遍佈大江南北，深入西南邊區，從一六〇七年開始遊歷名山大川，大概情況如下：

一六〇七（萬曆三十五年，丁未）：遊歷太湖，登眺東洞庭山、西洞庭山。

一六〇九（萬曆三十七年，己酉）：遊歷齊魯燕冀，上泰山，拜訪孔孟故里，入北京。

一六一三（萬曆四十一年，癸丑）：遊歷浙東，渡海至珞珈山（普陀山），南遊天台山、雁蕩山、青田石門、縉雲仙都峰。

一六一四—一六一五（萬曆四十二年甲寅到萬曆四十三年乙卯）：遊歷南京、揚州，以及江南各地。

一六一六（萬曆四十四年丙辰）：春初遊歷黃山、齊雲山，夏至武夷山，秋天訪浙東紹興一帶名勝，遊杭州西湖。

一六一七（萬曆四十五年丁巳）：遊歷宜興善權（善卷）洞、張公洞等地。

一六一八（萬曆四十六年戊午）：秋天到九江，遊廬山，遍歷五老峰，再遊齊雲山、黃山，登九華山。

一六二〇（泰昌元年庚申）：遊歷浙江，溯錢塘江，遊衢州江郎山，至福建仙遊九鯉湖，觀九漈瀑布。

一六二三（天啟三年癸亥）：由徐州、開封，登嵩山，宿少林寺。經潼關，登華山，再翻越秦嶺，沿丹江南下，至太和山（武當山）。

一六二四（天啟四年甲子）：是年徐霞客母八十歲，奉母遊常州荊溪、句曲（茅山）。

一六二五（天啟五年乙丑）：是年母卒，家居守孝三年。

一六二八（崇禎元年戊辰）：由浙江江山，越仙霞嶺入福建。經蒲城、建寧、延平（南平）、永安、漳平，到漳州。於漳浦訪喪母守制的黃道周。再南下廣東，訪鄭鄤於羅浮。

一六二九（崇禎二年己巳）：遊北京，登薊州盤山。

一六三〇（崇禎三年庚午）：二月訪鄭鄤於常州，至丹陽見黃道周。七月再遊福建，過仙霞嶺，經延平、沙縣、永安，到漳州。

一六三一（崇禎四年辛未）：到蘇州訪文震孟。

一六三二（崇禎五年壬申）：三月再遊天台、雁蕩，四月底三遊雁蕩。七月與黃道周遊太湖洞庭山。

一六三三（崇禎六年癸酉）：自北京赴五台山，遊恆山。秋天三訪漳州，與黃道周相聚。

一六三六（崇禎九年丙子）：遊歷浙江、江西。自此開始萬里遠征，由浙江經過江西、湖南、廣西、貴州，到雲南，旅途長達四年，至一六四〇（崇禎十三年庚辰）歸返江陰家鄉。

一六三七（崇禎十年丁丑）：遊歷湖南，登南嶽衡山，經永州、郴州，再赴廣西桂林、陽朔，經柳州，到南寧。

一六三八（崇禎十一年戊寅）：由廣西入貴州，經獨山、都勻、貴陽，再經普安入雲南，經曲靖，到昆明，再由昆明西行赴雞足山。

一六三九（崇禎十二年己卯）：由雞足山赴麗江、大理、永昌、騰越，再返雞足山。

一六四〇（崇禎十三年庚辰）：自雲南東歸江陰。

一六四一（崇禎十四年辛巳）：徐霞客卒於江陰。

徐霞客是中國有史以來最為特立獨行的探險家，行跡遍歷中國大地山川。說到名垂青史的大探險家，一般教科書總會提到漢代的張騫與明代的鄭和。前者鑿空西域，開闢了絲綢之路，後者飄洋過海，帶領明朝海軍艦隊叱吒在印度洋，抵達東非海岸。張騫與鄭和的事跡，昭著史冊，開闢東西交通的門戶與通道，是歷史書上的「偉大的旅行家」和「傑出的探險家」。徐霞客能夠與他們媲美，也當得起這樣的美譽嗎？

表面上看，徐霞客作為旅行家或探險家的地位，並非經國之大業，沒有改變歷史的豐功偉績，似乎遠遜張騫與鄭和。但是，我們也不要忘了，張騫與鄭和的遠遊，都是奉了朝廷使命，作為中華帝國的使節，跋涉萬里，遠渡重洋，執行重大的國防外交決策，是攸關國家安全的任務，不是個人自由意志的行為。徐霞客的遊歷遠行則不同，完全是個人的選擇，是個人自由意志的展現，與政府決策絲毫沾不上邊，既不是為了領受欽命去開疆闢土，也不是為了招徠遠方的朝貢，只是為了滿足自己的好奇，為旅行而旅行，為探險而探險，要讓自己的身軀體會大地所承受的風霜雨露，讓自己的腳掌親吻山河大地的每一寸泥土與流水，振衣千仞崗，濯足萬里流。

不因執行任務，不因奉了欽命，不因外鑠的因素，無關國計民生，不求功利，不求聞達，只是從個人的信念出發，為了自己的愛好，追求自己純粹的興趣，堅持不懈，這是什麼樣的心理？是什麼樣的人生態度呢？這與現代意義的科學家求真、藝術家求美、哲學家探求思辨邏輯，文學家摸索文字的完美秩序，在本質上是否屬於同一種精神追求？徐霞客遊覽山川的認真與執着，以個人的實存為出發點，審視山河大地的容顏，以自己的生命來實踐、體驗宇宙的奧祕，顛沛必於是，樂趣在其中，仰不愧於天，俯不怍於人，是否接近現代人肯定自我個性的展現？還是遠祧莊子逍遙遊的精神，超乎世間現實，類似想象的「真人」，可以上天下地，遨遊天際？不過，我們絕對不能忘記，徐霞客以遊歷天下為畢生職志，幾乎「上窮碧落下黃泉」，是實實在在的生命實踐，一步一個腳印，與莊子飄渺不羈的神遊玄想，是完全不同的。

徐霞客身後留下的《徐霞客遊記》，記錄了他遊歷的所見所聞所思，是本私人日記，生前並未出版。徐霞客事母至孝，他寫下遊歷日記的初衷，是為了讓母親跟着他的足跡，通過遊歷者的眼睛，卧遊天下。他遵守「父母在，不遠遊」的古訓，母親在世的時候，主要是遊歷東南半壁江山，離家的時間不會太長。徐霞客壯遊之最，是他西南之行的「萬里遐征」，從浙江到江西，經湖南、廣西，再到貴州、雲南，歷時四年，寫了十倍於前的遊記，卻是母親逝世之後的事。或許他寫遊記已經成了習慣，白天登山涉水，晚上就在熒熒如豆的油燈下，鋪開紙筆，記下每天的經歷。他文筆優美，敍事精確，是上好的文學傑作，雖然生前未曾出版，卻成了中國文化的瑰寶，應了杜甫懷念李白的詩句：寂寞身後事，千秋萬代名。

徐霞客的事跡與他的遊記書寫，親朋好友是知道的，也在私下傳抄他的遊記。他這種隻身走天涯的獨特行徑，是遠離人跡的獨行俠作風。黃道周十分欽佩徐霞客戛然獨立的性格，曾經説他是「孤雲獨往還」，徐霞客引以為知音，與黃道周一道唱和，按着這五個字賦詩，各寫了五首詩。黃道周與徐霞客唱和，還寫了不少詩作，其中有一首七言古詩長篇，是崇禎三年（一六三〇）黃道周在丹陽見到徐霞客之後，有感而發。長詩是這麼開頭的：

天下駿馬騎不得，風鬐雪尾走白日；天下畸人癖愛山，負鐺瀉汗煮白石。
江陰徐君杖履雄，自表五嶽之霞客。鳶肩鶴體雙瞳青，汗漫相期屢不失。
事親至孝猶遠遊，欲乞琅玕解夜織。萬里看餘墓下棲，擔囊脱屬驚烏啼。
入門吹燈但歎息，五年服闋猶麻鞵。貴人驛騎不肯受，掉頭畢願還扶藜。

自言蚤歲適雁宕，縋藤級綆還上下。天台石梁平如兆，青霞括蒼白於掌。
中年復走西鐘山，焦飯十日支霜盤；道逢採藥授雲餐，帝子欲為歌路難。
匡廬老僧亦下拜，雞足道人分沆瀣。磨頭豆爨石泉茶，夜中日出嘯滄海。
聽君言下何蕭然？引人攀嶺捫青天。所探幽奇既如此，豈有人嶽嘗君憐？
東魯仲尼去千歲，西羌大禹死何在？書生抱芻空咿唔，即化喬松安足賴！

詩後有陳仁錫、文震孟、項煜、鄭鄤等人的題跋。這幾個人的關係非常有趣，陳仁錫是天啟二年壬戌科（一六二二）的探花，文震孟是該科的狀元，鄭鄤與黃道周都是該科的進士，而項煜則是次科天啟五年的進士。曾任天啟朝宰輔的文震孟，是文徵明的曾孫，與江陰徐家是世交，也是黃道周與徐霞客的好友，他的題跋說：「霞客生平無他事，無他嗜，日遑遑遊行天下名山。自五嶽之外，若匡廬、羅浮、峨眉、嶓嶺，足跡殆遍。真古今第一奇人也。」明確指出，徐霞客除了旅行，不幹別的事，也沒有其他嗜好，整天栖栖遑遑，足跡遍佈名山大川，實在是古今第一奇人。

說徐霞客是特立獨行的旅行家，如何突出他在歷史文化上的獨特性呢？我想了一個詞，是徐霞客「用腳思想」。說他用腳思想，其實一點都不誇張，因為他的思想講究驗證，與實證科學的邏輯脈絡相近，是和他「行萬里路」的經歷有關。陳函輝寫的墓誌銘說：「霞客不喜讖緯術數家言。遊蹤既遍天下，於星辰經絡、地氣縈迴，咸得其分合淵源所自。云昔人志星官輿地，多以承襲附會。即江河二經，山脈三條，自紀載來，俱囿於中國一方，未測浩衍，遂欲為崑崙海外之遊。」明白指出，徐霞客不喜歡無法驗證的說法，拒絕相信讖緯方術的迷信傳統，難怪三百多年後受到胡適、丁文江等人的推崇，譽為闡揚科學思想的偉大地理學家。

徐霞客實證思想的來源，就是一雙走遍千山萬水的腳，不管山高路遠，不顧艱難險阻，不畏風霜雨露，不怕毒蛇猛獸，一路向前。徐霞客策劃西南遠遊的時候，曾寫信給陳繼儒，說出他的畢生志願，就是要用自己的一雙腳掌，拚死探知中國山川大地的地理真相。他說，「嘗恨上無以窮天文之杳渺，下無以研性命之深微，中無以砥世俗之紛沓，惟此高深之間，可以目摭而足析。」徐霞客思考自己的生命意義，排除了對宇宙奧祕的玄想、對心性精微的探索、對世俗紅塵的紛雜誘惑，定位在「目摭而足析」，就是張大遊歷者的眼睛，用腳來分析思想。

徐霞客用腳思想，與古代大多數知識人不同，卻也並不違背中國文化傳統。《中庸》就說，「君子之道，譬如行遠必自邇，譬如登高必自卑。」徐霞客能夠行遠登高，可算是儒者的最高典範。

《古文觀止》導讀

古文不古　萬古常新

曾任香港中文大學中文系教授，
現為香港中文大學聯合書院資深導師
黃坤堯

一、古文與白話

古文，泛指古代的文字。中國文字的書寫以方塊字為主，稱為漢字。古代的漢字有甲骨文、金文、簡帛、隸書、篆書、楷書、行書、草書等各種字體，一些古老的字體如甲、金、簡帛等，很多現代的專家學者都能大致辨認出來。漢代以後楷書流通最廣，到今天還是全民日用的字體。五十年代以後漢字雖有繁、簡之分，但只是兩套並存的書寫形式，所謂繁簡由之，基本上並不影響溝通和表達。而漢字更是全世界現存最古老的有生命力而又鮮活的文字，連聯合國都在使用。歐洲的拉丁文相對來說就顯得古老陌生，流通不廣了。

古文亦指古典的文章，或指古代文體，又稱為文言文。中國古文的歷史跟漢字一樣，源遠流長。可以說，有甲骨文的時候，就有了古文；在甲骨文以前，口說流傳，後來記錄下來的，也是古文。韓愈文起八代之衰，反對駢文束縛思想，窒礙性靈；主張恢復周秦兩漢的古典文風，自由書寫，暢所欲言，具有文藝復興的意義，同時亦有普及教育的意味，因此引起了一代文風的改革，由駢入散，解放文體，這樣的局面一直維持到清末民初，而這也是文言文最輝煌的歷史。中國的古籍文獻，例如《文苑英華》《四庫全書》等，幾乎全部用文言寫成；甚至朝鮮、日本、越南等國歷代相傳的文獻，也使用漢字載體及文言書寫的系統，以此保存文化，並視為珍寶。

古文跟現代的白話文相對，又稱文言文。晚清政府為了救亡，開發民智，面對時代的呼喚，推廣國語，提倡白話文。光緒二十四年（一八九八）《無錫白話報》創刊，之後杭州、紹興、蘇州、寧波、上海、安徽、廣東、西藏、伊犁、潮州、北京、蒙古等地的白話報如雨後春筍般湧現。一九一九年五四運動以後，白話文盛行，文言文黯然失色，也就漸漸退出歷史舞臺了。現在白話文當道，但在個別小眾的圈子裏，文言文還有很大的活動空間，而且以一種有內涵、有品味而又高雅的方式存在。此外，隨着網絡書寫的流行，現代人喜歡「我手寫我口」，導致口語橫流，更因為科技發展及新鮮事物的出現，湧現了大量新創的「潮語」。或許我們可以這樣看，一旦「潮語」主導了新聞媒體及書寫領域，白話文可能很快也會匯入文言文的系統，成為新一代的「古文」。沒有哪種新文體是永遠年輕的，但古文卻能夠萬古長青。

為什麼說古文可以萬古長青呢？古文也曾年輕過，隨着年代的層層累積，就像樹幹的年輪不斷加密一樣，焉能不古？古文本身就是一個龐大複雜的載體，運用吸星大法，鯨吞天下，兼包並蓄，無所不容；然後經過集體的吸收和消化，再通過歷代作者的反哺鍛鍊，漸漸定型為一種穩定規範的文體，更變得易學易用了。此外，除了食古而化之外，古文也不斷地汲取當代的新詞語、新句法、新觀念、新思維。「新視野中華經典文庫」《古文觀止》所選的文章，每一篇都深具創意，各有個性，否則陳陳相因，讀者早就悶透了，又怎能流傳久遠，絃歌不絕呢？從《左傳》第一篇〈鄭伯克段于鄢〉開始，裏面就有很多精彩的對話，例如「多行不義必自斃」一句，雖是公元前七二二年的口語記錄，距今二千七百多年了，聽來還是親切明白，虎虎有生氣。其他如「肉食者鄙，未能遠謀」，「一鼓作氣，再而衰，三而竭」，「一之為甚，其可再乎」，「輔車相依，唇亡齒寒」，「背城借一」，「樂而不淫」等，都出於《左傳》，現代人讀來也沒有什麼隔閡。由此看來，將來的「古文」仍會不斷吸收現代漢語的詞語和句法，以及外語翻譯等，融為己用，變幻多姿，自然可以萬古長青了。

假如說口語是我們的母語，也就是第一語言，那麼古文就是我們的第二語言了。第一語言是不學而能的，只要在相應的環境中生活，就不難掌握；而第二語言就得通過學習掌握，例如學好英語要多讀多聽多講多寫，而學習古文更為簡單，古文跟我們有文化上的血緣關係，通過閱讀就可以寫出簡明通順的文言文。讀者不妨做一個小實驗，每星期讀一兩篇「新視野中華經典文庫」《古文觀止》所選的篇章，全書不過四十六篇古文，多讀幾次，弄懂了字詞句法，明白文章大義，那麼一年之後，文言文寫作自然就會條理清通，而白話文亦得心應手，愈見精進了。至於思維深度、意象芳華、感情意境，那就得看個人的造化和努力的維度了。進一步來說，當代的「潮語」

可以說是第一語言，而白話文就跟文言文一樣，可能都是第二語言，我們寫文章不可能全依口語直錄，否則絕無文采可言，有必要通過學習來提煉和修飾。孔子曰：「言之無文，行而不遠。」（《左傳．襄公二十五年》）其實好的白話文還得從文言文中汲取養分，從而傳神寫意，揮灑自如，將來我們說不定還會回到文言文的母體之中，或文白兼融，或文白由之。但那是後話了，由於古今語言的質變，現在兩者之間還是有所區別的，不必混為一談。

二、清代《古文觀止》的出版

吳楚材（一六五五——一七一一？）、吳調侯選的《古文觀止》，與蘅塘退士（孫洙，一七一一——一七七八）編選的《唐詩三百首》一樣，流傳廣泛，歷久不衰，可以說是詩文選集中的雙璧，發蒙養正，易於誦讀，初學寫作，尤為實用。所謂「熟讀唐詩三百首，不會作詩也會吟」，文章之道，與此相通。讀者如果能夠精讀四五十篇，領略語感，掌握行文技巧，自然也可以馭文有術。

《古文觀止》初刻於康熙三十四年（一六九五），五月端陽日吳興祚（一六三二——一六九八）撰〈序〉，稱讚此書：「以此正蒙養而裨後學，厥功豈淺鮮哉！」又云：「二子才器過人，下筆洒洒數千言無懈漫，蓋其得力於古者深矣。」足見此書的功效，除了選錄名篇精品，考訂聲音點畫之外，編者二人更是汲古功深，善於把握運筆技巧。其後康熙三十七年仲冬浙江文富堂刊本，有二吳合撰的〈自序〉及吳乘權的〈例言〉，卻沒有吳興祚的〈序〉文。二吳〈自序〉末段云：

山居寂寥，日點一藝以課子弟，而非敢以此問世也。間有好事者，有所許可輒手錄數則以去，鄉先生見之者必曰：「諸選之美者畢集，其缺者無不備，而訛者無不正，是集古文之成者也，觀止矣！宜付之剞劂，以公之于世。」余兩人默然相視良久曰：「唯唯，勿敢當，勿敢當。誠若先生言，抑亦何敢自私？」退而輯平日之所課業者若干首，付諸梓人，以請政于海內君子云。康熙戊寅仲冬山陰吳乘權（楚材）、吳大職（調侯）氏題于尺木堂。

二吳似未及見吳興祚的〈序〉，否則何以刪除不錄？此外二吳似亦未及見康熙三十四年的初刻本，到了康熙三十七年可能也只有稿本而已，而文富堂本可能就是「付諸梓人」的始刻本了。其後《古文觀止》一紙風行，版本亦多，但一般都只錄吳興祚〈序〉，卻沒有採用二吳的〈自序〉，究竟原因何在？或許是吳興祚官大，名氣也大，而二吳只是沒有多少人認識的教書先生，說來可能也令人泄氣了。《古文觀止》集各選本之大成，分量適中，同時也是兩位教書先生平日課業的教材，二人精思抉奧，故有「觀止」之歎。《古文觀止》三百年來霑溉後學，到現在還是合用的，可是二吳的生平卻比較簡略，所知無多了。

吳楚材，名乘權，字子輿，號楚材，山陰州山（浙江紹興市）人。幼受家教，勤奮好學。十六歲（一六七〇）時患足疾，一病數年，仍手不釋卷。疾癒，學問大進。康熙十七年（一六七八）在福州輔助伯父吳興祚之子學習古文；其後在家設館授徒，曾多次應考，屢試不中。除了與姪兒吳調侯合編《古文觀止》十二卷之外，康熙五十年又與周之炯、周之燦編纂《綱鑒易知錄》一〇七卷（其中包括《明鑒易知錄》十五卷），亦是國史入門的普及讀本，流傳廣泛。吳興祚〈序〉云：「歲戊午，奉天子命撫八閩，會稽章子、習子，以古文課余子於三山之淩雲處。維時從子楚材，實左右之。楚材天性孝友，潛心力學，工舉業，尤好讀經史，於尋常講貫之外，別有會心。與從孫調侯，日以古學相砥礪。調侯奇偉倜儻，敦尚氣誼。本其家學，每思繼序前人而光大之。二子才器過人，下筆洒洒數千言無懈漫，蓋其得力於古者深矣。」兼寫他們叔姪二人學力深厚，具有編纂《古文觀止》的良好基礎，足以指導後學。

至於吳大職，字調侯，是吳楚材的姪兒、吳興祚的姪孫，生平資料傳世更少。二吳雖工於舉業，指導學生，可是自己卻未能考中，功名無望，只能寄意於典籍之中，從事編寫教材的工作，最後終以《古文觀止》《綱鑒易知錄》二書知名於後世。至於《古文觀止》的初刻問題，目前尚有疑點，有待深究。

三、新視野《古文觀止》

三百年來《古文觀止》流傳久遠，版本眾多，選本、注本更不勝枚舉，網上資料也很普遍，珠玉在前，實在也沒有太多的表現空間。不過為了配合新時代的閱讀需要，有必要精選篇章，重新加以注釋及語譯，希望每篇作品都能展示現代的視野，帶出新觀點、新思維，衡文審美，古為今用，以期有益於世道人心。除了鑒賞名家作品，同時亦可用作中學生學習古文的入門參考書。此外，更希望大家認識文言文的寫作技巧，或試筆練習，進而拓展語文的使用空間，深化白話文的思緒神韻，悟識淵微，提升意境。

《古文觀止》原書十二卷，選錄古文二百二十二篇；「新視野中華經典文庫」《古文觀止》選錄四十六篇，約佔原書四分之一，都是名作中的名作。

《古文觀止》所選作品，計有《左傳》三十四篇，韓愈二十四篇，蘇軾十七篇，司馬遷及《史記》十五篇，《國策》十四篇，歐陽修十三篇，《國語》、柳宗元各十一篇，《檀弓》六篇，蘇洵、王安石各四篇，《公羊傳》、陶淵明、蘇轍、王守仁各三篇；其他作者各僅得一二篇而已。可見所謂古文，以周秦古籍為主，唐宋八大家作品次之；其中尤以《左傳》最多，共佔兩卷，自是千古文章的典範。卷十二選明代古文十八篇，而不選南宋、金元及清代的作品，反映編者的衡文觀點，重古輕今。惟入選作品多屬公認的古典名篇，佳作琳瑯，長短適中，採掇英華，精彩動人，自然易於為大家所接受。

「新視野中華經典文庫」《古文觀止》選錄《左傳》九篇、周秦文十篇、漢唐文十三篇、宋明文十四篇，合共四十六篇。《左傳》載錄春秋列國的史實，具有廣闊的國際視野，觀點鮮明，議論深刻，重視理性精神，反映人性的複雜，跟我們現實社會還是息息相關的，實乃千古常新，令人難以割愛。周秦、漢晉、唐宋各代文章各有精彩表現，只能嘗鼎一臠而已。明代文只選四篇，表現時代的風神，亦足以跟古代的名家爭勝，限於篇幅，有些無奈。當然，如果不以《古文觀止》的作品為限，大家重新選編及評鑒歷代文章，可能就不一定是這樣的格局了。不過大同小異，很多名篇還是會出現的，只是互有取捨而已。**如果真能精讀這四十六篇作品，認識文章寫作的入門之道，必有進境。**

「新視野中華經典文庫」《古文觀止》所選作品，以古文為主，其他如〈滕王閣序〉乃駢文作品，對仗工整，流麗華美；而〈秋聲賦〉〈前赤壁賦〉〈後赤壁賦〉屬於賦體作品，音韻鏗鏘，意象高遠。此外〈讀孟嘗君傳〉則是極短篇的作品，全文只有四句，起承轉合，乾脆利落，論斷精闢，顯出力度，三言兩語就把問題說清楚了，就像詩中的絕句一樣，難度極高，值得讀者注意。

四、新視野《古文觀止》的題材分類

《古文觀止》內容豐富，牽涉很多不同的複雜話題，其中最古老的《左傳》《國語》，距今二千五百年左右，而最近的明代作品，亦已達四百年以上了。但很多作品都有超越時空的生命力，可以跟現代接軌，跟我們對話。**「新視野中華經典文庫」《古文觀止》大概可以分為君道、論戰、勸諫、外交應對、史論、史傳、德性修養、臣道孝道與師說、抒情寫意、名樓與園林、寓言、文藝理論十二項主題。**

（一）君道：在〈鄭伯克段于鄢〉中，鄭莊公工於心計，明知弟弟共叔段要奪權，搞叛變，更不斷地擴充勢力，也要讓他一步步跌入預設的陷阱之中，認為對方「多行不義必自斃」，動了殺機；然後又怪責母親偏幫弟弟，把她放逐，後來幡然覺悟，又把她從大隧之中接了出來，母子和好如初。從這兩件事來看，鄭莊公最後雖然也能流露出孝思，但心胸狹窄，缺乏國君的度量，史書評論鄭伯「譏失教也，謂之鄭志」，明顯是嚴辭譴責了。至於〈公子重耳對秦客〉，重耳在流亡途中聽到父親晉獻公逝世的消息，哭出了真情，而且巧妙地迴避了秦穆公「時亦不可失也」的建議，不談私事，不肯藉此機會謀奪君位，因此連秦國人也讚他「仁夫公子重耳」。重耳與鄭莊公相較，高下立判。

（二）論戰：在〈曹劌論戰〉中，曹劌認真考察戰場的形勢變化，提出「一鼓作氣，再而衰，三而竭」的戰略，打擊敵方的士氣，出奇制勝。至於〈子魚論戰〉，子魚則主張在楚軍尚未完全渡河之際出兵襲擊敵人，其後又請求在敵人陣勢未成列之時進軍，可是宋襄公自稱仁義之師，不肯答應，錯失了良機，甚至提出「君子不重傷，不禽二毛」的泥古之論，善待敵人，其實就是虐殺自己的軍隊，終於大敗而回，連自己也受了傷。曹劌、子魚的戰術運用均因地制宜，可惜遇上的國君不同，結果也就一勝一負了。

（三）勸諫：〈宮之奇諫假道〉與〈虞師晉師滅夏陽〉說的同是假虞伐虢、脣亡齒寒的故事。前者是宮之奇向虞公分析晉人不可信賴，不應為貪圖小利而犧牲鄰國，自取滅亡；後者則通過荀息和晉獻公的對話來析論虞公的性格，荀息認為虞公一定會為了禮物，不聽宮之奇的勸諫，並且直言「且夫玩好在耳目之前，而患在一國之後，此中知以上乃能慮之，臣料虞君中知以下也」，可見虞公為人愚不可及，人所共知，最後害人害己，至死不悟。而宮之奇面對這位昏君，只能提早率領家族逃亡到曹國去了。〈召公諫厲王止謗〉中，召公提出了「防民之口，甚於防川」的警告，希望厲王尊重民意，但暴君又怎麼會聽到人民的聲音呢？最後還是被人民趕走了。以上兩則都講不肯聽信忠言的下場。〈鄒忌諷齊王納諫〉由鄒忌照鏡愛美，希望聽到妻妾及友人的讚美，結果一見到城北徐公，即大愧不如遠甚，因而悟出世間讚美很多都是謊言；於是以這個故事勸說齊威王，獎勵人民講真話，結果齊國大治，諸國來朝，原來吏治清明比使用武力更能得到鄰國的認同。〈觸讋說趙太后〉寫趙太后不肯派遣幼子長安君去齊國當人質，甚至聲明拒諫；觸讋入朝跟她閒話家常，希望為少子謀求一份差事，如此從關心子女着眼，談到培育子女不能過於溺愛的問題，從而打動了這位母親，令她答應放手讓孩子走出去，學習成長。以上二文充滿戲劇性情節，語言幽默，生動有趣，並表現出不同的遊說技巧。

（四）外交應對：〈燭之武退秦師〉中，燭之武挑起秦國和晉國的利益衝突，希望保留鄭國作緩衝地帶，對秦國自然有利無害，其中「鄰之厚，君之薄也」一句，一語中的。〈王孫滿對楚子〉則責以大義，指楚莊王不能窺伺國家神器，所謂「在德不在鼎」者，表示周朝仍然得到民心的支持。〈齊國佐不辱命〉一文中，齊國佐賓媚人跟晉國談判，拒絕晉國不合理的要求，義正辭嚴，最後更表明如不得已只能「背城借一」，拚死一戰，除了以武力保家衛國，更要維護國家的尊嚴。賓媚人在處於下風時仍能說出道理，該文自是一篇精彩的外交辭令。王世貞〈藺相如完璧歸趙論〉，批評藺相如外交手法過於拙劣，容易得罪秦國，更予人出兵的藉口；最後得以成功，只能說是天意，「天固曲全之哉」，有些僥倖了。

（五）史論：李斯〈諫逐客書〉、賈誼〈過秦論上〉及蘇轍〈六國論〉，專論秦國的興衰及跟六國的關係。李斯反對秦國驅逐六國的人才，建議應善用人才，以史為鑒，成就霸業。所謂「夫物不產於秦，可寶者多；士不產於秦，而願忠者眾」，消除偏狹的民族及地域觀念，天下一家，有容乃大，尤能發人深省。賈誼探討秦國由秦孝公變法崛起，經歷長期的艱苦經營，及至秦始皇統一天下，威權達於頂峰，卻又迅即覆滅的原因，在於倒行逆施，迷信強權和詐術，以致民心盡失，實乃自我摧毀。本文最有意思的是在末段將陳涉抗秦的武裝力量，跟六國的整體國力、人才作比較，發現二者根本不成比例，前者卻又不費吹灰之力就把巨人推倒了，因而得出了「仁義不施，而攻守之勢異也」的結論，令人信服。蘇轍認為六國的整體力量加起來比秦國大得多，不應該輸掉這場戰爭的，因而推論當時六國之士「慮患之疎，而見利之淺，且不知天下之勢也」；其實六國只是一個很鬆散的組織，有時採用合從政策，聯合抗秦，只是為勢所逼，大家各有盤算，根本就不具備長期合作的條件；蘇轍以韓、魏作前線，齊、楚、燕、趙「四國休息於內，以陰助其急」，即作後方的支援，相信只能短期奏效而已。最後唇亡齒寒，看來六國的覆滅跟假虞伐虢的故事有點相似。

（六）史傳：〈伯夷列傳〉中，伯夷批評武王伐紂，反對以暴易暴的政權更迭方式，最後以不食周粟表明立場，堅持個人的志節，「求仁得仁，又何怨乎？」司馬遷借題發揮，流露抑鬱不平之氣，說出很多名不見經傳的志士仁人的心聲。〈貨殖列傳序〉糾正傳統重農輕商的觀念，刻意為商人立傳，指出商人對國家社會的貢獻，也是一篇深具史識意義的傑作。〈釋祕演詩集序〉寫的是北宋的一位和尚詩人，也是歐陽修心中「隱於浮屠」的奇男子，可惜他不遇於時，只能老病以終。〈讀孟嘗君傳〉是對歷史的深刻反思，王安石並不認同孟嘗君「得士」的觀點，末尾只輕輕的點出一句

「夫雞鳴狗盜之出其門，此士之所以不至也」，可見「士」不等同於「雞鳴狗盜」之徒，其實也呼籲社會要珍惜人才，跟歐陽修的觀點更有冥合之處。〈徐文長傳〉寫的是一位奇才的悲劇，徐渭（文長）多才多藝，在詩文、書畫、戲曲方面都有很高的造詣，甚至精於謀略，在抗倭戰鬥中屢建奇功，可惜困於科場，仕途不濟，只能遠引而去；晚年精神失常，殺妻入獄，我行我素，也就無法融入現實的社會了。史傳五篇刻畫各式的人才，帶出不同的觀點。

（七）德性修養：〈介之推不言祿〉中，介之推批評現實社會「下義其罪，上賞其奸；上下相蒙，難與處矣」，因而有遁世之意，難得連母親也認同介之推的價值觀念，「與女偕隱」，自是天下賢母的典型。〈叔向賀貧〉認為當政者累積財富並不可恃，修德才能庇蔭子孫後代，「不憂德之不建，而患貨之不足」，將是滅亡的先兆。〈曾子易簀〉寫曾子臨死前都要換上適合自己身份的床墊，所謂「君子之愛人也以德，細人之愛人也以姑息」，言教身教，至死不渝。這幾篇都是妙文，表明人要堅持原則和操守，沒有任何妥協餘地。

（八）臣道、孝道與師道：〈前出師表〉中，作者為國效忠，叮嚀告誡，希望光復漢室，沒有半點私心。〈陳情表〉中，作者感念祖母撫育之恩，希望照顧老人，所謂「臣無祖母，無以至今日；祖母無臣，無以終餘年」，坦然指出自己的困境所在，因而婉拒出仕，徐圖後報。〈瀧岡阡表〉記錄父母的嘉言懿行，弘揚家教，自是有益於世道人心。〈師說〉提出不同的教學理念，強調終身學習；同時更認為老師和學生永遠處於相對互動的關係中，只要努力，相信學生也有機會超越老師的。

（九）抒情寫意：〈卜居〉寫於作者人生最低迷的時候，他面對一個價值觀混亂、是非顛倒的世界，提出了一連串的疑問，「此孰吉孰凶？何去何從？」看來永遠都無法解答了。〈桃花源記〉描繪了一個理想世界，大家過着簡單質樸的生活，「乃不知有漢，無論魏晉！」看來更不受政治干擾了。〈五柳先生傳〉中，作者嚮往自然的生活，充分刻畫內心渴望，跟〈桃花源記〉互為表裏。〈醉翁亭記〉中，作者與民同樂，「醉翁之意不在酒，在乎山水之間也」，追求山水之外更為廣闊的人文世界。〈秋聲賦〉眾聲交響，作者百感交陳，將流動的心緒化為生命的樂章，最後回復澄明自在，擺脫哀傷。〈前赤壁賦〉中，作者將渺小的自我與無窮的浩宇融為一體，天人合一，意境壯闊。〈後赤壁賦〉距寫作前賦才三個月，而國家在對西夏的戰役中卻遭遇了重大的挫折，「曾日月之幾何，而江山不可復識矣！」蘇軾獨自摸黑登山，劃然長嘯，氣氛詭異，抒發了悲憤激動的情緒；其後託意於夢境之中，化為孤鶴，高飛遠引，顯出超越自由的意趣。

（十）名樓與園林：〈滕王閣序〉描繪秀麗風光，搖曳多姿，江山人物，撐起了大唐盛世，「落霞與孤鶩齊飛，秋水共長天一色」二句，更是千古佳製。〈岳陽樓記〉揭示了「先天下之憂而憂，後天下之樂而樂」的主旨，表現出無私奉獻的精神，更是政府官員的典範。〈閱江樓記〉寫於明朝肇建之初，「今則南北一家，視為安流，無所事乎戰爭矣」，期望尋求長治久安之道，善頌善禱。過去閱江樓只是空中樓閣，紙上煙雲，直至二〇〇一年落成之後，矗立於南京長江邊上的獅子山巔，很快就躋身江南四大名樓之列。〈書洛陽名園記後〉著錄北宋官員及名流府第十九處，所謂「洛陽之盛衰，天下治亂之候也」，可以藉此反映天下興衰和社會發展的方向。

（十一）寓言：〈雜說四〉以馬為喻，「世有伯樂，然後有千里馬。千里馬常有，而伯樂不常有」，呼籲社會珍惜人才，更強調伯樂的重要性。在〈祭鱷魚文〉中，韓愈以刺史的身份，奉天子之命來到潮州，守土安民，因此要驅趕鱷魚遠離民居。中唐以後藩鎮割據，違抗中央政府，本文更似一篇討賊的檄文，宣示主權，義正辭嚴。〈捕蛇者說〉跟孔子的「苛政猛於虎」主旨相似，帶出「孰知賦斂之毒，有甚是蛇者乎」的主題，抨擊現實，發人深省。〈種樹郭橐駝傳〉藉種樹專業戶之口，提出「能順木之天以致其性焉爾」的經驗之談，由此說明要順其自然，關懷民生。〈賣柑者言〉「金玉其外，敗絮其中」之說形象鮮明，擲地有聲，柑子爛了是小事，而國家、社會病了才是大問題啊！不過更嚴重的，是大家都選擇麻木，不肯發聲，就更為可怕了。

（十二）文藝理論：〈季札觀周樂〉中，季札在觀看演出之後，發出「觀止矣」之歎，譽為盛觀。〈宋玉對楚王問〉明確指出陽春白雪的曲調，「其曲彌高，其和彌寡」，都是不同凡響之作。「新視野中華經典文庫」《古文觀止》選錄精品中的精品，希望也能帶出相同的理念，指出向上一路，提升閱讀的精神境界。

此書正文全依《古文觀止》中華書局一九五九年版，同時參考其他不同的版本及古籍原文加以校訂，改正若干字句，並清楚交代其中的情況。注釋力求簡潔明白，而語譯則講求準確流暢。而且上下二三千年之間，人物輩出，我們都盡量注明生卒年份，作為時代的定位，可供對照參考。至於地理區域，則全部依據當前的行政區劃，注出準確的縣市名稱。典章制度方面，古今的差異較大，只能簡單敘述，點到即止，以免繁瑣。至於讀音方面，為了方便不同地區的讀者需要，我們兼注粵音及普通話讀音。古文源遠流長，個別的字詞往往會有異讀出現，也就是傳統的讀書音，跟現代普通話的審音不盡相同，我們隨文注出，讀者可以自行選擇，不喜歡舊讀的，可依《新華字典》選讀今音。中國幅員廣大，南北語音差異太大，《古文觀止》原書所注的直音，以漢字注漢字，只能反映清初江浙一帶的官話讀音，現在讀起來不見得準確。其他不足之處尚多，期望讀者諸君不吝匡正。

蒙學類

《三字經・百家姓・千字文》導讀

為學者必有初

香港樹仁大學歷史學系助理教授、
教學研究及支援中心副主任
區志堅

一、引言

自古以來，中西方甚注意幼兒教育，中國早有婦孺蒙養教育的傳統，[1]素來重視兒童教育及編寫兒童教育的教材。早於殷周時代，已為貴族子弟設立小學。春秋戰國時，因為官學瓦解，私學興起，民間已漸漸出現童蒙教育機構。漢代罷黜百家，獨尊儒術，更重視童蒙教育，設立「書館」，任教者稱為「書師」。而早於《周易・蒙卦》中曾載有：「蒙以養正，聖之功也」，十分重視「養正於蒙」，聖人立教要義在於培育兒童有良好的德育。前人除了注意幼兒教育外，也注意婦女教育，培養婦德，寓識字於道德教育之中，很多知識分子也編著供婦孺學習的讀物，如〈史籀〉篇、〈倉頡〉

1 有關中外學者注意幼兒教育的研究成果，可見謝錫金：《香港幼兒口語發展》（香港：香港大學出版社，二〇〇六年），頁三一一二；Clay M.H., *Change Over time in Children' Literacy Development* (Auckland: Heinemann, 2001), pp.15-39. Andrew F. Jones, *Development Fairy Tales: Evolutionary Thinking and Modern Chinese Culture* (Cambridge, Mass.: Harvard University Press, 2011), pp.16-25; Lascarides & Hinitz, *History of Early Childhood Education* (N.Y.: Falmer Press, 2000)；有關中國傳統蒙學的發展及其對幼兒教育的影響，見熊秉真：《童年憶往》（桂林：廣西師範大學出版社，二〇〇八年），頁一三九一一五九；張志公：《傳統語文教學初探：附蒙學書目稿》（上海：上海教育出版社，一九六二年），頁三一一八；劉詠聰：《中國古代育兒》（臺北：商務印書館，一九九八年）。

篇、〈急就〉篇，又依《易經．蒙卦》所言的「匪我童蒙，童蒙求我」一語，編寫了各種以「蒙求」為名的讀本，如《純正蒙求》《文字蒙求》等；也有不以「蒙求」為名所編的教材，如《三字經》《百家姓》《千字文》《女四書》等。

談及中國傳統的教育，不可不注意中國傳統童蒙教育，童蒙教育的意思正如《三字經》所言：「為學者，必有初」，就是指學子求學，必先注意基礎教育。《三字經》針對的教學對象，就是小朋友。由此可見，編撰《三字經》的知識分子早已注意到兒童教育的重要。今天的香港，不少國際學校小學部也會教導《三字經》，而新加坡華文課外讀物理事會也推薦《三字經》為學生讀物。《三字經》自宋代刊行後，成為了一種傳播知識的重要文體，歷代相承，至明代有吹萬老人編撰的《佛教三字經》，楊文會（一八三七——一九一一）於光緒三十二年（一九〇六）對此書作重大修改，並易名為《佛教初學課本》。道光年間，西方傳教士或教徒撰寫的傳教刊物《訓女三字經》及《新增三字經》也值得注意。於咸豐及同治年間，有太平天國於癸好三年（一八五三）鐫刻《三字經》，光緒十一年（一八八五）余海亭釋譯《天方三字經》，清末文人齊會辰也編《歷史三字經》，袁鳳鳴編寫《藥用三字經》，賀瑞麟（一八二四——一八九三）編《新版女兒三字經》，清末民初盧湘父（一八六八——一九七〇）編《童蒙三字書》，陳子褒（一八六二——一九二二）編《改良婦孺三四五字書》，一九九五年廣東教育出版社也編撰《新三字經》，乃至二十一世紀的香港，也有創作人黎文卓編寫《新版香港三字經精解》。

另一方面，以三字書寫的文體自中國傳往日本。例如日本江戶後期，儒者大橋養彥於嘉永五年（一八五二）初次出版《本朝三字經》，當中敍述了日本從神武天皇開始至豐臣秀吉，即江戶時代之前的日本歷代政治家、軍事家的得失及歷代文化名人的功績，藉昔日故事進行童蒙教學。[2]由此可見，自宋至今，《三字經》和三字經書寫文體，一直在流傳。究竟《三字經》有哪些特色？為什麼今天的幼兒教育仍要教導《三字經》？若以《三字經》為傳統讀物，則傳統幼兒教育的特色，與中華民族教育走向「中國式現代性」有何關係？本文的目的，就是闡述《三字經》的特色，及其在近現代社會的重要性。

現當代從事兒童教育研究的學者如陳鶴琴（一八九二——一九八二），於一九四一

2 大橋養彥：《本朝三字經》（嘉永五年，即一八五二年），此文原為漢文，載譚建川：《日本文化傳承的歷史透視——明治前啟蒙教材研究》（北京：商務印書館，二〇一〇年），頁三二九—三三一。有關三字經及童蒙讀本以三字為體裁的發展，見區志堅：〈怎樣教導婦孺知識？盧湘父編撰的早期澳門啟蒙教材〉，載澳門理工學院編輯委員會編：《辛亥百年與澳門國際學術研討會論文集》（澳門：澳門理工學院出版社，二〇一二年），頁四〇七—四一〇。

年出版的《我的半生》中，回憶兒時在鄉間受學的教材，除了《三字經》以外，還有《百家姓》《千字文》等傳統童蒙讀物，這些讀物對他甚有啟發。[3]另一位兒童教育學者陶行知（一八九一－一九四六）也認為《百家姓》《千字文》《三字經》均對童蒙教育甚為重要。陶氏更於一九二三年編訂了《平民千字課》及《老少通千字課》。[4]

日本方面，早於明治初年，河村貞山便按《千字文》的體例，編成《皇朝千字文》，可見《千字文》的體裁對日本啟蒙教育的影響。在現代，研究文獻學的專家來新夏指出，《千字文》約成書於南梁武帝大同年間（五三五－五四六），日後更有多本補編及改編本，如宋代曾出版《續千字文》，明代周履靖（一五四九－一六四〇）也撰寫《廣易千字文》，也有滿漢對照本及蒙漢對照本的《千字文》。

《百家姓》連綴成四字句，共一百一十句。北宋末大詩人陸游（一一二五－一二一〇）在他的詩注中把《百家姓》定為雜字類的「村書」，以今天的用語，「村

3　陳鶴琴：《我的半生》（香港：山邊社，一九九〇年）頁四八－五〇。

4　陶行知：〈請看《三字經》之流行——給朱經農先生的信〉（一九二四年一月三日），載《陶行知全集》（四川：四川教育出版社，一九九一年），八卷，頁五二－五三；參《平民千字課》（一九二三）、《老少通千字課》（原刊一九三五年上海商務印書館），此二書收入《陶行知全集》，五卷，頁五－二一一頁，頁二九一－四三八。

書」就是民間通俗書的識字讀物。可見《百家姓》應為宋代的識字書。[5]由於《百家姓》《千字文》及《三字經》在中國傳統社會甚為流行，成為童蒙教育的必讀書，故合稱為「三、百、千」。在二十一世紀的今天，不少出版社把「三、百、千」予以重新排版和編刊，可見《百家姓》《千字文》及《三字經》在今天的社會仍有生命力。此外，有不少國際學校及海外的孔子學院也把《百家姓》《千字文》及《三字經》作為教導非華語學生學習普通話及基礎漢語的教材。新加坡出版的《繪畫本三字經》《繪畫本百家姓》《繪畫本千字文》更成為小學及基礎教育讀本，有力地推動了當地的華文教育。

「三、百、千」在二十一世紀，成為童蒙教學的重要材料，甚至今天香港人的集體回憶中，仍能憶起一首童謠：「一二三，紅綠燈，過馬路，要小心。」可知以「三字」為書寫文體，自宋至今，相沿不改。

中國幼兒教材多教導童蒙識字。中國傳統蒙館多會在短時間內教導學生識字。依現有資料得知，先秦兩漢時，已注重少年及兒童識字教育及句讀培訓。《禮記．學記》

5 來新夏（一九二三—二〇一四）：《書文化九講》（太原：山西出版傳媒集團，二〇一二年），頁九三—一〇四。

曾說：

古之教者，家有塾，黨有庠，術有序，國有學。比年入學，中年考校。一年視離經辨志，三年視敬業樂羣，五年視博習親師，七年視論學取友，謂之小成。九年知類通達，強立而不反，謂之大成。[6]

《漢書．藝文志》也說：

古者八歲入小學，故周官保氏掌養國子，教之六書，謂象形、象事、象意、象聲、轉注、假借，造字之本也。漢興，蕭何草律，亦著其法曰：「太史試，能諷書九千字以上，乃得為史」，又以六體試之，課最者以為尚書、御史、史書、令史。吏民上書，字或不正，輒舉劾。[7]

6 王文錦譯解：〈學記〉，載《禮記譯解》（北京：中華書局，二〇〇一年），卷十八，下冊，頁五一五。

7 顧實：《漢書藝文志講疏》（臺北：臺灣商務印書館，一九八〇年），頁八三—九四。

列入「小學」類目下的，多是教幼兒識字的課本。相傳周宣王（？—前七八二）命太史作〈史籀〉十五篇，秦又有〈八體六技〉，這些文獻均成為周及秦時童蒙的教材。漢代時，〈倉頡〉〈凡將〉〈急就〉〈元尚〉〈訓纂〉〈別字〉等篇，均為教導童蒙識字的教材。漢人入學，首學書法，教導者為尚書蘭臺令史。編著《漢書》的班固（三二—九二）因為漢人甚重視書法，指出「吏民上書，字或不正，輒舉劾」，從事基礎教育，教導童蒙書法，「六體者：古文、奇字、篆書、隸書、繆篆、蟲書。皆所以通知古今文字，摹印章，書幡信也」。自魏晉南北朝及隋唐，中國蒙學有了很大的拓展，[8]既有上承昔日的識字教育，在〈急就〉篇的基礎上，編撰《千字文》，也有編刊《女論語》及《太公家教》等。唐代漸漸出現了結合識字、知識及道德教化的蒙學教材。宋代更在唐代的基礎上大為開拓，上承《千字文》，補充了《三字經》《百家姓》，確定了「三、百、千」為自中古至今童蒙識字教育的重要典籍，再加上新的教材，並加入理學思想及道德教育知識，如編刊《蒙求》等。及至宋元二代，「三、百、千」在體例上進一步開拓，如編刊《小兒語》《弟子規》《幼學》《增廣賢文》《歷

8 有關中國蒙學的發展，見張志公：《傳統語文教學初探：附蒙學書目稿》（上海：上海教育出版社，一九六二年）一書。

代蒙求》。清代又有知識分子編刊《地球韻言》《時務蒙求》《歷史三字經》《藥用三字經》《女兒經》《千家詩》《唐詩三百首》《五言千家詩》《釋教三字經》《史鑒節要便讀》等童蒙讀物。明代理學家呂坤（一五三六—一六一八）曾說：「初入社學八歲以下者，先讀《三字經》以習見聞，讀《百家姓》以俟日用，讀《千字文》以明義理。」[9]可見時人對「三、百、千」的重視，既肯定其作為兒童教材的重要性，也說明運用「三、百、千」教材的先後次序。

北京中華書局曾於二〇一三年至二〇一五年間出版《中華蒙學經典》，當中包括《三字經》《百家姓》《千字文》《弟子規》《聲律啟蒙》《笠翁對韻》《神童詩》《續神童詩》《千家詩》《蒙求》《龍文鞭影》《幼學瓊林》《童蒙須知》《名賢集》《童子禮》《家誡要言》《小兒語》《續小兒語》《增廣賢文》《格言聯璧》《急就篇》等。以上童蒙讀物不單是中國今天小學的重要語文教材，甚至是不少海外華語教學課程的漢語課本，可見中華傳統童蒙教材與二十一世紀的教學甚有關係。[10]研究中外兒童讀物及書籍史的專家學者，如張志公（一九一八—一九九七）、陶行知、錢文忠、熊秉真、來

9　未見呂坤原文，轉載吳宇清主編：《蒙學新讀》（南京：江蘇教育出版社，二〇一一年），頁四—七。

10　參王鑫：《重回民國上學堂》（武漢：湖北人民出版社，二〇一三年），頁四—七。

新夏、陳鶴琴、黎錦暉、劉詠聰等，均認為自宋元二代至今天，不少機構編刊了很多童蒙教材，然而，編寫內容和規劃多在「三、百、千」的基礎上，加以拓展，「三、百、千」仍是「童蒙最基本讀物」。[11]一八九九年在上海唐山路創辦的澄衷蒙學堂，其後由蔡元培（一八六八—一九四〇）出任校長，學堂教員劉樹屏（一八五七—一九一七）編刊《澄衷蒙學堂字課圖說》作為中國語文的教材，此書也是按《千字文》的書寫內容，附以現當代知識及圖說。[12]近現代中國知識分子在幼兒時多受教於傳統私塾，然後進入國內外高等院校，他們在兒童時期學習的課本，也是「三、百、千」。**古人教學童，必先識字，《三字經》約一千三百多字，《千字文》為一千字左右，《百家姓》為五百多字，合共約二千七百多字，正合於古人教童子識字的數目。此三書又剛好涵蓋日常生活及自然現象知識，也是學童應該學習的內容，在此知識基礎上，進一步學習寫作及研讀經籍。**此三書自古代至今一直沿用，與二十一世紀兒童及幼兒教育接上軌道，二〇一二年五月六日，河南省沈丘縣就曾發起「全球華人同書

11 來新夏：《書文化九講》。

12 劉樹屏：《澄衷蒙學堂字課圖說》（北京：北京理工大學出版社，二〇一四年，影印光緒二十七年，即一九〇一年刊本），頁二。

《千字文》活動」[13]。

「三、百、千」是昔日知識分子的重要知識資源，甚至影響他們的成長。[14] 在「三、百、千」之中，最早成書的是《千字文》，但排刊次序為最後，誠如文獻及目錄學專家來新夏指出：「是由於《三字經》文義淺顯，《百家姓》字量較少，所以使《千字文》的覆蓋面相對較小，不過它仍不失為一本好的識字課本」，[15] 下文依「三、百、千」出版次序，先介紹《千字文》，再介紹《三字經》，最後引介《百家姓》的內容。《千字文》《百家姓》多注意單字及個別姓氏的介紹，多為識字教育；而《三字

13 釋廣元：〈千字文之緣起及書寫經過〉，載《佛藝緣》（新北市：中華文史館，二〇一六年），頁八二－八三。

14 熊秉真：《童年憶往》，頁一三三－一八八。二〇一五年香港歷史博物館內乃開設介紹香港童蒙教育的展覽廳，廳內置有一位私塾教師及幼童，表述了塾師為幼童舉行開學禮的故事，教師口中所唸，就是《三字經》的內容。香港著名的清末民士紳翁仕朝，其藏書書目也列《三字經》《千字文》《百家姓》的名字，可見此三書成為香港地方鄉間教材，見李光雄：〈現當代村儒社會職能的變化——翁仕朝（一八七四至一九四四）個案研究〉（香港：香港中文大學歷史系哲學博士論文，一九九六年，未刊稿）；王爾敏、吳倫霓霞：〈儒學世俗化及其對於民間風教之浸濡——香港處士翁仕朝生平志行〉，《中央研究院現當代史研究所集刊》，十八期（一九八九年），頁七五－九四。

15 來新夏：《書文化九講》，頁九九。

經》較前二書，更注意幼兒道德教育及識字教育的結合，故分析《三字經》的內容較前二者更為詳盡。

二、《千字文》

（一）《千字文》的作者及流播

研究清末民初兒童及婦女教育的學者陳子褎，在一八九九年發表了〈論訓蒙宜先解字〉一文，認為：「教初學童子自七歲至十歲者曰訓蒙。蒙也者，謂蒙昧不明，藉先生教訓之以開其蒙而使之不復蒙也。」他指出教導學童了解經籍，先要學習文字的結構及字義；[16]而古代教導兒童學習文字，塾師多先教導《千字文》一書。《千字文》從南北朝刊行至清末，一直流行不絕，筆者手上也有兩本，分別是二〇〇八年由益羣書店出版的《正見千字文》，以及於二〇一五年由江蘇鳳凰少年兒童出版社出版的彩圖注音版，列為「國學經典教育」系列讀本的《千字文》。不少研究指出《千字文》

16　陳子褎：〈論訓蒙宜先解字〉（一八九九），參區朗若、冼玉清、陳德芸編校：《陳子褎教育遺議》（桂林：廣西師範大學出版社，二〇一二年），頁七。

的作者有南朝知識分子周興嗣（四六九——五二一），也有與周氏同時的蕭子範，但蕭氏之書在製作後，尚未有多人知悉，並早於唐時已經亡佚，現今流行的《千字文》，就是周氏所編的《千字文》。[17]

周興嗣，字思纂，南梁陳郡項人，先祖曾任漢太子的老師，家學淵源甚深。興嗣以文學揚名於世，深得梁武帝（蕭衍，四六四——五四九）稱賞，官拜員外散騎侍郎，主要編修歷史。《千字文》原是奉梁武帝旨令而撰寫，因為梁武帝為了教皇室子弟學習書法，便在書法大師王羲之（三〇三——三六一）的遺墨書跡中拓出一千個不重複的文字，但沒有系統整理，故周氏用此一千字編成一篇韻文。全書以「天地玄黃，宇宙洪荒」為首，先為幼童介紹天文地理等自然環境及現象，然後介紹歷史文化及日常人倫的道理，以及介紹典章制度等。《千字文》具有教導學童識字、學書法、學習倫理思想的功能。隋代後，《千字文》更廣為流播，南朝陳末至隋初，王羲之的七世孫智永和尚曾親摹《千字文》八百冊，成為中國書法的瑰寶。《千字文》的書寫模式影響着漢字文化圈，如日本及韓國。在中國方面，有《梵語千字文》《重續千字文》《訓蒙

17　李慕如：《幼兒語文教學研究——幼兒文學》（高雄：高雄復文圖書出版社，一九九九年），頁一四三——一四四。

千字文》《日清韓三國千字文》《蒙學準繩五千字課讀本》《皇朝千字文》，甚至有滿漢對照本及蒙漢對照本的《千字文》等，均在周興嗣編撰的《千字文》基礎上進一步發展。

（二）《千字文》的特色

周興嗣《千字文》一書詞意明顯，文字流暢，音節自然，方便幼童背誦。以下簡介《千字文》的特色。

其一，《千字文》包含幼童日常生活接觸到的自然事物的知識。研究幼兒識字教育的學者指出，教育者能以四周環境及日常生活為教材教育兒童，既能增加幼兒的表達能力，也能增加兒童對文字的記憶力。更重要的是，幼兒多缺乏安全感及自信，若以幼兒及兒童熟識的環境為教材，可使兒童較有自信地表述所學習的文字，甚至學習書寫，令他們較易獲得成功感，進而能提高兒童學習的興趣。[18]《千字文》從自然環境取材，如首句「天地玄黃，宇宙洪荒。日月盈昃，辰宿列張。」表述天地的顏色，

18 李秀珍：《兒童閱讀治療》（南京：江蘇教育出版社，二〇一一年），頁四六—七五。

月亮圓缺，滿天星辰排列的次序；又如「寒來暑往，秋收冬藏。」及「雲騰致雨，露結為霜。」表述人們自幼至長所接觸到的大自然現象。此外，《千字文》亦記錄了不少日常生活的事物，如「果珍李柰，菜重芥薑。海鹹河淡，鱗潛羽翔。」這些都是幼兒可能接觸到的事物。

其二，《千字文》包含了地理及歷史文化知識，如「龍師火帝，鳥官人皇。始製文字，乃服衣裳。推位讓國，有虞陶唐。弔民伐罪，周發殷湯。」表述了遠古、上古時代的歷史文化和傳說。又如「九州禹貢，百郡秦併。岳宗秦岱，禪主雲亭。雁門紫塞，雞田赤城。昆池碣石，巨野洞庭。曠遠綿邈，巖岫杳冥。」傳播了中國的地理知識。

其三，《千字文》傳播不少道德倫理知識，如「女慕貞潔，男效才良。知過必改，得能莫忘。罔談彼短，靡恃己長。信使可復，器欲難量。」主要述及女子應當守貞潔，男子以德才兼具的人為仿效對象；又指出人們一生難免犯錯，但只要知錯能改就可以。又如「資父事君，曰嚴與敬。孝當竭力，忠則盡命。」指出事奉父母、長輩及君主，必須恭敬及謹慎，在行為上也要表現出忠、孝的態度，並且要竭盡全力。

其四，《千字文》的文字淺白，幼童容易理解及朗朗上口。研究指出幼兒學習語文多是口說單字，若教材能朗朗上口，可加深幼兒對教材的記憶，幫助學習。[19]《千字文》全文是四字一句，以兩句一對的方式排列，把原本看來沒有關聯的文字變成有意思的韻文。此外，如「天地玄黃，宇宙洪荒。日月盈昃，辰宿列張。」至「罔談彼短，靡恃己長。信使可復，器欲難量。墨悲絲染，《詩》讚羔羊。」押的是平聲七陽韻，音調諧和，容易背誦。

周興嗣的《千字文》奠下教導童子識字的框架，日後，不少體例也在周氏《千字文》的基礎上進一步延伸。如日本明治初年河村貞山編《皇明千字文》，其部分內容為：「日本紀元，辛酉作源。奕堅繼統，劍璽爰尊。烏羽馭字，綱維漸薦。」[20]；其後，又有明治三十三年（一九〇〇）荒浪平治郎編《日清韓三國千字文》，書中列有中日韓三國文字，其漢文部分內容有：「蓋自大極肇判，陰陽始分，五行相生，先有理氣，人物之生，林林總總，於是聖人首出，繼天立極。天皇氏，地皇氏，人皇氏，

19 謝錫金：《香港幼兒口語發展》，頁三－一二；Clay M.H., *Change Over time in Children' Literacy Development*, pp.15-39.

20 河村貞山編：《皇明千字文》（原文為中文），轉載譚建川：《日本文化傳承的歷史透視——明治前啟蒙教材研究》，頁三三三－三三五。

有巢氏，燧人氏，為大古，在書契以前，不可考」；[21] 晚清也有一本《蒙學準繩五千字課圖說讀本》，其部分內容為：「人生之初，賦畀為先。受形成性，肢體兼全。百骸五官，頭顱面臂。人生之初，百骨五官，唇吻頸肩，耳目腹胃。」均受《千字文》書寫模式的影響。

三、《三字經》

不少學者，如錢文忠、來新夏及張志公均認為《三字經》是南宋目錄學家王應麟（一二二三—一二九六）編著的，而歷代略有增補，或按此書的「三字」書寫體例，表述新時代的內容。

王氏，字伯厚，號深寧居士，慶元府（今浙江寧波鄞州區）人，自幼勤奮好學，九歲已通《六經》，於淳祐元年（一二四一）榮登進士，長於經史考據、天文地理、掌故制度等，在中國古代而言，應可列入「博物」學者。及後升至禮部尚書兼給事

21 荒浪平治郎：《日清韓三國千字文》（一九〇〇），收入張美蘭主編：《日本明治時期漢語教科書彙刊》，頁七四—七七。

中，為南宋理宗所重用。寶祐四年（一二五六），王氏奉詔主持殿試，賈似道專權，王氏多次批評，多不屈己順從。因為王氏學問淵博及道德情操甚高，故他編的《三字經》甚受時人歡迎，更被稱為「千古第一奇書」。王氏除了編《三字經》以外，更編著《蒙訓》《補注急就篇》《小學諷詠》等，可見王氏推動童蒙教育的努力。

《三字經》以「人之初，性本善」為起首，再分為三綱五常、五穀六畜、七情、四書五經、先秦諸子、歷代史事，最後說明為學的重要及方法，不少句子更成為今天的格言金句。《三字經》的編者雖然沒有今天系統論述教育心理學的觀點，但不能否定他已具有今天教育心理學中提倡朋輩影響學習論、家庭影響學習論，家庭與學校協作論等觀點的初貌。概括而言，《三字經》全書以幼兒道德教育為基礎，並談及古籍經典、中國歷史、學習先賢立學的言行為榜樣。以下細看《三字經》的特色：

（一）《三字經》的特色

其一，童蒙讀本主要是能讓兒童識字時朗朗上口，《三字經》以三字為書寫格式，既便於讓兒童誦讀，又易於記憶。兒童心理成長教育研究指出，幼兒的聽力及視力較早發展，而押韻的作品，作為兒童早期接觸的中國語文教材，不僅可增強兒童的口語運用能力，遞進常識，還可以藉口誦心記，潛移默化。語文教化能深入孩童的心智，讓知識滲入學童的生活，從而變化氣質，陶冶品德。《三字經》全書共三百八十句，每句三字，基本上是兩句一韻，如「養不教，父之過，教不嚴，師之惰。」依《廣韻》即押「過」韻，聲調鏗鏘，口頌三字，既不過簡，也不太長，使幼童容易明白，幼兒口誦多了，能夠心領神會。[22]

其二，《三字經》從日常生活教育為切入點，注意在實踐中教學。民國時的陶行知在〈兒童科學叢書編輯原則〉一文中，提出編輯兒童教材應該以「兒童生活為中心」。[23]現代幼兒教育學者也指出，幼兒教育的原則是為幼兒提供真實的經驗，在生活中實踐所學，又使兒童在經驗事物後留下深刻的印象。[24]雖然《三字經》的編者未必全以「兒童生活為中心」為編寫方向，甚至它是以成人視覺為中心，把儒家思想教

22 李慕如：《幼兒語文教學研究——幼兒文學》，頁一三七—一三八。

23 陶行知：〈兒童科學叢書編輯原則〉，載李楚材編：《陶行知和兒童文學》（臺北：少年兒童出版社，一九九〇年），頁二二一；參區志堅：〈社會科學的「兒童」歷史教學法及觀點：三十年代商務出版《小學校高級復興教科書歷史教學法》〉，《香港中國現當代史學會會刊》，十四期（二〇一四年），頁三六—五八。

24 張峻嘉：〈地理環境與生態〉，李麗日主編：《社會學習領域概論》（臺北：五南圖書出版股份有限公司，二〇一二年），頁一五—三八；參周淑惠：《幼兒教材教法——統整性課程取向》（臺北：心理出版社，二〇〇三年），頁四一—四二。

導學童，但也不能全然認定《三字經》忽略了以「兒童生活為中心」的編寫策略。例如《三字經》有「性相近，習相遠」、「昔孟母，擇鄰處」、「子不學，非所宜，幼不學，老何為」等句，這些都是針對兒童求學的心智發展。蓋兒童成長的歷程，往往容易受到外來環境及朋輩的影響，由是強調兒童教育的重要性，助其建立一套道德價值、定下求學心志，對兒童心智發展甚為重要。又如「一而十，十而百，百而千，千而萬。」「三才者，天地人，三光者，日月星。」「曰春夏，曰秋冬，此四時，運不窮。」「曰南北，曰西東，此四方，應乎中」等句，均從幼童的生活環境、日月星辰、四時自然景象作為教學材料，從日常生活中取材，方便兒童記憶。又依心理學者指出，幼兒學習數字，由簡單一、二、三、四開始，由個位數字至十位數字，再由十位數字擴至百位及千位數字，《三字經》有「一而十，十而百，百而千，千而萬」之句，正正實踐了兒童學習由個位開始，向外擴充及延伸學習數學的邏輯發展與思維訓練。[25]

此外，研究中外兒童認知教育的學者，尤重視兒童由認字、讀字再延伸至讀句，以及探求文字背後的意義。教育學者強調教導學童先從實事實物學習知識，再進一步

25　John B. Best（黃秀瑄譯）：《認知心理學》（臺北：心理出版社，二〇〇九年），頁四〇三—四二九。

教導他們抽象分析。[26]《三字經》有「凡訓蒙，須講究，詳訓詁，名句讀。」「為學者，必有初，小學終，至四書。」強調塾師教學，先教導學生了解中國文字的造字方法，學習及明白中國經典文獻的注解方法，並學習字義及斷句。當了解全篇文字的字義、斷句後，自可明白全篇文章的意思。此外，《三字經》的編者在教學時，強調先教學生學習「小學」，也就是學習文字構造的知識，再學習《大學》《中庸》《論語》《孟子》此「四書」的知識。今天得知「四書」乃屬於中國傳統經學及哲學知識範疇，其實，在古代而言，均是日常人倫及人事應對的基礎知識。「曰仁義，禮智信，此五常，不容紊」之句，也先從日常生活取材，教導學童掌握文字基礎知識，從家庭擴至社會價值，故學習經學知識能掌握古代社會典章禮儀規範，繼而學習義理及詮釋。多談形而上學的先秦諸子學說，是從實學及日常倫理知識上建立批判思考，這樣在鞏固基礎知識後才學習批判，不至空疏。所以《三字經》又說：「經既明，方讀子」，明白經、子義理後，可以教導學生掌握日常社會及國家情勢中「變」的道理。若教導幼童只知「變」，而不知道德價值，這樣兒童成長後往往隨波逐流，沒有自己的價值判斷；若只教幼童知道道德價值，而不求變通，以應對變化多端的社會，這樣便會使幼

26　周淑惠：《幼兒教材教法——統整性課程取向》，頁六九－七三。

童不明因時制宜的道理。故《三字經》說：「經子通，讀諸史」，因鑒過去時代社會的變遷，人事紛爭，自然知所進退。誠知，《三字經》主要從成年人的角度，把儒家思想灌輸給幼兒，[27]但也不能否定《三字經》的內容乃按兒童智力發展而循序漸進地施教。

剛談及《三字經》內有不少內容是以「兒童生活為中心」的編撰方向，書中也注意從幼兒的家庭生活擷取素材編撰教材。現代教育既強調幼兒從生活環境學習，也強調家庭教育與親師合作（Families, Professionals and Exceptionality）的重要，尤重視家庭教育培養幼兒道德價值。其中又以父母積極參與兒童教育，與學校教育相配合，成為灌輸知識及改良兒童行為的重要教學策略。[28]有不少從事幼稚園教學研究的學者指出，幼稚園是家庭教育的延伸，使幼童生活在一個互動的團體中，有機會去解決生

27 有關中國傳統教育，多從成年人觀點形塑兒童形象，見 Andrew F. Jones, *Develcpment Fairy Tales: Evolutionary Thinking and Modern Chinese Culture* (Cambridge, Mass.: Harva d University press, 2011), pp.23-46.

28 Ann Turnbull and Rud Turnbull（王慧婷等譯）：《親師合作與家庭支援：由信任與夥伴關係創造雙贏》（臺北：華騰文化股份有限公司，二〇一三年），頁8.1-8.10；林正文：《兒童行為觀察與輔導——行為治療的輔導取向》（臺北：五南圖書出版公司，一九九八年），頁五二三—五三六。

活中遇到的問題，學習舉止得體，是故幼稚園教育配合家庭教育，能達到為幼童建立道德教育及知識教育並重的教學目標。[29]在《三字經》中早已說「養不教，父之過，教不嚴，師之惰。」「昔孟母，擇鄰處，子不學，斷機杼。」肯定幼兒教育應從父母開始，對父母師長提出「教」和「嚴」的要求，也強調家庭教育的重要。

父母為幼童的第一位老師，家庭教育成為兒童學習的重要起步。不少人批判《三字經》傳播儒家文化知識，甚至認為《三字經》是「落後」和「保守」的知識，其實他們不明白中國傳統教育乃啟導自家庭，強調血緣關係，強調由個人修身，與家人相處，達至齊家，繼續向外擴充，不獨成就自己，也成就他人，成就國家及天下，所謂「修身、齊家、治國、平天下」的教育觀點。[30]

另外，幼兒會以高度的興趣及熱情去接觸四周的環境事物，家庭四周的景物及經驗成為孩童的知識資源，如「自子孫，至玄曾，乃九族，人之倫。」在家庭內由父母及長輩教導人倫秩序，以及與家中各人相處的態度。若能使幼童學習孝悌知識，自

29 周淑惠：《幼兒教材教法——統整性課程取向》，頁三三—四〇。

30 有關中國傳統教育重視由個人修身，向外延伸至齊家、治國、平天下的特色，見唐君毅：〈第九章　中國人間世界——日常生活社會政治與教育及講學之精神〉，載《唐君毅全集》（臺北：學生書局，一九九一年），第四卷本，頁二五五—二九四。

能孝順父母，友愛兄弟，以謙和態度待人，和睦宗族；由親族向外交往，自可與他人相敬、相助、相愛，又可以互相謙讓；朋友之間，各人以德待人，便可以使社會安穩，長幼有序，實踐了國家及社會和諧，故又有「父子恩，夫婦從，兄則友，弟則恭。長幼序，友與朋，君則敬，臣則忠，此十義，人所同。」由在家庭對父母及長輩示孝敬，在家中個人修德開始，由個人修身達至齊家，擴至治國及平天下，成己也成物。[31]

有些學者認為「父子恩，夫婦從，兄則友，弟則恭。長幼序，友與朋，君則敬，臣則忠」是要求幼兒及臣子對父母、長輩及君主的盲目依從。而實際上，「父子恩，夫婦從」乃是強調父與子的恩德，夫與婦的相敬。父施愛予兒子，兒子也向父親示孝；夫以愛敬待妻子，妻子才順從。父子及夫婦之間，有心存愛敬的關係。加之，《三字經》在此章之前已說：「曰仁義，禮智信，此五常，不容紊。」也就是已受學的父親，當然具有「仁義禮智信」的善行，自然以禮相待妻兒，故家中各成員的相處，也是互相禮敬；由家庭擴至國家而言，「君則敬，臣則忠」也是強調君主先以禮敬臣

31 呂妙芬：《孝治天下：〈孝經〉與近世中國的政治與文化》（臺北：中央研究院・聯經出版事業股份有限公司，二〇一一年），頁二〇一三四。

子，臣子才示以「忠」，君臣之間也以禮相待，故不可說《三字經》教導一種盲目依從君父的教育觀點。

除了重視家庭教育外，《三字經》既以幼兒身邊接觸的物件為教材，也注意取人們的感情及感覺為教材，希望塾師多注意幼童的感情世界，教導學生善用五官感受生活。[32] 待兒童的道德及價值判斷漸漸建立後，進而教導四書及經史知識。其實，《三字經》強調兒童從四周環境學習的方法，乃相通於今天的兒童教育，強調以「情感」教學，及用手接觸，用耳聽到，用鼻聞到，用眼看到的「感觀」教學法，因為幼兒心智發展，對四周景物有好奇心，自然會將對四周觀察及接觸物作為學習知識的資源。《三字經》早已注意這種教學方法了。

其三，不能否定《三字經》表述的主要內容乃是以儒家教育思想為中心，注意個人道德修養的培育。[33] 近現代從事教育研究的學者，雖然對於「人性本善」及「人性本惡」的觀點，尚未有一致的看法，但多認為無論是要維持「性善」，或要透過教導

32 鄭依霖：《從感覺學作文》（臺北：螢火蟲出版社，二〇一〇年），頁一—七。

33 陳來：〈蒙學與世俗儒家倫理〉，載袁行霈主編：《國學：多學科的視角》（北京：北京大學出版社，二〇〇七年），頁九四—一二九。

知識改「性惡」為「性善」，均是強調兒童教育及基礎教學的重要。[34] 也有不少研究指出兒童階段須接受道德教育及學習禮教後，乃至青年時期，父母及長輩也加強這兩方面的教導，使兒童自幼至青年時期，均熏陶在道德教育之下。《三字經》首先肯定人性是「善」，就是文中所言「人之初，性本善」，其為「惡」，主要是「性相近，習相遠」。即各人在孩童時均為「性善」，只是因為沒有接受教育，及後大學習不同，或受環境的熏陶，故「性乃遷」。《三字經》中最後一章寫到：「幼而學，壯而行，上致君，下澤民。揚名聲，顯父母，光於前，裕於後。」人們在孩童階段學習知識，更在成長路途上不斷實行，引證所學，這樣便可以光宗耀祖。在此不難看出編者仍以成人觀點形塑學童求學的目的是「上致君，下澤民。揚名聲，顯父母，光於前，裕於後。」但也可見編者強調幼兒教育為人們一生成長打下基礎的重要性。

其四，《三字經》談及的很多幼兒教學方法均對當代幼兒教育甚有啟發。

（1）《三字經》首章已說幼兒求學專注的重要：「教之道，貴以專」。不少研究成果也指出，雖然替學童定立「我的志願」，其長大後未必可以達成幼年所立的志

34 Thomas Lickona & Matthew Davidson〔劉慈惠等譯〕：《品學兼優標桿學校》（臺北：心理出版社，二〇一三年），頁九一—一五。

願，但因為每人均有自我期許的心理，這有助堅定求學者的心志，[35] 故「貴以專」一方面可以提醒學生定立心志及專心實踐，一方面既教導學生自幼培養專心致志，建立一生求學的態度，又可以使其藉求學培養良好的習慣，建立人生終身學習的目標，此又相通於今天教學上多強調「終身學習」的觀點。[36]

（2）幼童從經典中求學，並待鞏固基礎知識後進而博學。因為有基礎知識及從經典作品中吸收知識，幼童便能自我建立一套價值標準，並在這基礎知識上擴闊知識；反之，基礎知識不足，只求廣泛閱讀，終未能判別知識的真誤。被奉為經典的作品必然蘊藏着持久不變的道理，影響百代，多閱讀經典，自能培養更佳的批判思考及能辨是非的能力。[37]

35 James Reed Campbell（吳道愉譯）：《教出資優孩子的祕訣》（臺北：心理出版社，二〇〇〇年），頁六六—九九。

36 有關「終身學習」的觀點，見林麗惠：〈先進國家推展終身學習實踐學習社會的經驗與策略〉，中華民國成人及終身教育學會主編：《終身學習與學習社會》（臺北：師大書苑有限公司，二〇一〇年），頁一四一—一五六。

37 有關閱讀經典對幼兒心志發展的重要，見廖卓成：《兒童文學——批評導論》（臺北：五南圖書出版股份有限公司，二〇一一年），頁六六—九九。

（3）講故事教學法。今天從事研究兒童文學及兒童說故事與教育關係的人士，均指出講故事（storytelling）有助培養家庭親子關係，擴闊幼童思維空間及記憶能力，又可培養幼兒的聆聽及學習字詞的能力。若由專業說故事教研人員（storyteller）引導下，幼童可以進行角色扮演（role play），由幼童演說故事，這樣可以培養演說能力、語言表達能力及加強記憶能力。[38]《三字經》內有很多歷史人物刻苦求學的故事，如「唐劉晏，方七歲，舉神童，作正字。彼雖幼，身已仕，爾幼學，勉而致。有為者，亦若是。」又如「蘇老泉，二十七，始發憤，讀書籍。彼既老，猶悔遲，爾小生，宜早思。」勉勵學童應珍惜年少時光，發奮努力，立志求學。

（4）幼兒教育不獨是要求學童空談立志，也強調實踐志向的重要。[39]《三字經》早已說明「人不學，不知義」，「為人子，方少時，親師友，習禮儀。香九齡，能溫席，孝於親，所當執。」強調幼兒既要學習孝悌仁義的道理，也要如前人般能實踐孝道。

38 汪培珽：《餵故事書長大的孩子》（臺北：時報出版社，二〇一三年），頁二五一—五二；參 Renni Browne & Dave King（尹萍譯）：《故事造型師》（臺北：雲夢千里文化創意事業有限公司，二〇一四年），頁二五一—二七二。

39 Edgar Klugman, Sara Smilansky（桂冠前瞻教育叢書編譯組譯）：《兒童遊戲與學習》（臺北：桂冠圖書股份有限公司，一九九九年），頁六三—八四。

另一方面，《三字經》的教學內容與今天幼兒教育的觀點比較，也有需要優化的地方。《三字經》言「勤有功，戲無益」，但今天不少學者已指出幼童遊戲與學習知識有互動關係，戲劇表演遊戲（dramatic play）與社會劇式遊戲（sociodramatic play）有助學習，[40]可以藉遊戲進行教育。《三字經》談及「經子通，讀諸史」的學習方法，教師向幼兒教導「四書五經」的內容，是否只是要求學生先背誦，待成長後才理解文義，這些經典文化怎樣配合今天的電子科技繪圖及視像進行教化？「教不嚴，師之惰」之句只是強調嚴教兒童，是否已足夠？怎樣有效執行「嚴」教呢？以上的問題，均有助進一步思考《三字經》在今天教育上的意義。

（二）《三字經》的體裁對後世的影響

《三字經》的書寫體裁影響着現代的兒童教育。在漢字文化圈下，東亞各國一方面既運用《三字經》為童蒙讀物，一方面也按《三字經》書寫體裁撰寫教材。日本江戶時代的儒者大橋養彥曾編撰《本朝三字經》，此書約於嘉永五年（一八五二）出版，

40 James Reed Campbell（吳道愉譯）：《教出資優孩子的祕訣》，頁二九—三一。

其內容為：

我日本，一稱和。地膏腴，生嘉禾。人勇敢，長干戈。衣食足，貨財多。……慎厥終，無不康。勝衰理，人事彰。讀之者，冀勿忘。[41]

中國自「三字」書寫體裁出現，後世相沿不絕，至明代有吹萬老人原著《釋教三字經》，其內容為：

無始終，無內外，強立名，為法界。法界性，即法身，因不覺，號無明。空色觀，情器分，……隨分說，如風過，萬籟歇，非有言，非無言，會此意，是真詮。[42]

41　大橋養彥：《本朝三字經》（原刊一八五二年，原文為中文），轉載譚建川：《日本文化傳承的歷史透視——明治前啟蒙教材研究》，頁三二九－三三一。

42　參考吹萬老人原著（敏修長老初注，印光大師增訂，梯仁山編述）：《釋教三字經》（臺北：世樺印刷企業有限公司，一九九〇年）一書。

太平天國政權管治江南時期，也編《三字經》，其內容為：

皇上帝，造天地，造山海，萬物備。六日間，盡造成，人宰物，得光榮。七日拜，報天恩，普天下，把心虔。……皇上帝，眼恢恢，欲享福，煉正來。[43]

一八八二年又有署名馬典娘娘編撰《訓女三字經》，其內容為：

凡小女，入學堂，每日讀，就有用。女不學，非所宜，幼不學，老何為。……我勸爾，懇求神，今後世，福無盡。[44]

另一本清中葉刊行的《新增三字經》，其內容為：

43 〔缺作者〕：《三字經》，頁一三六—一三八。

44 參考馬典娘娘：《訓女三字經》（缺出版地點：缺出版社，光緒八年即一八八二年）一書。

化天地，造萬有，及造人，真神主。無不在，無不知，無不能，無不理。……有恆心，常畏神，至於死，福無量。[45]

一八八五年還有西蜀余海亭釋譯的《天方三字經》，其內容為：

天地初，萬物始，有至尊，曰真主。統乾元，運理氣，今陽陰，化天地。奠山川，茁草木，定災祥，章日月。騰鳥嚴，躍魚鱗，萬類備，乃送人。皐以智，賦以靈，故人為，萬物精。[46]

一九〇〇年張宜明纂輯《三字鑒解注》，其內容有：

混沌開，乾坤奠。日月明，江山辨。五行生，萬物變。盤古氏，出為

45 參考《新增三字經》（缺出版地點：缺出版社，缺出版年份）一書。

46 參考西蜀余海亭釋譯：《天方三字經》（缺出版地點：缺出版社，光緒十一年即一八八五年）一書。

君。……[47]

一九〇〇年有趙保靜輯《增訂蒙學三字經》，其內容為：

人之初，性相近，習相遠，可為善。苟不教，性牿亡，……荷蘭國，呼紅毛，始行舟，萬里遙。埠頭廣，掉尾難，德陰謀，利權貪。[48]

同年，王石鵬（一八七七——一九四二）也編著《臺灣三字經》，其內容為：

北緯線，及東經，詳位置，知其形。南北長，東西狹，……此全島，敘分明。作地理，三字經，能孰讀，非無益。智識開，宜遊歷。[49]

47 參考張宜明纂輯：《三字鑒解注》（缺出版地點：缺出版社，光緒二十六年（一九〇〇））一書。

48 參考趙保靜輯：《增訂蒙學三字經》（缺出版地點：缺出版社，光緒二十六年（一九〇〇））一書。

49 參考王石鵬（劉芳薇校釋）：《臺灣三字經》（臺北：臺灣古籍出版有限公司，二〇〇二年）一書。

清末民初，康有為（一八五八—一九二七）的弟子盧湘父也編有《童蒙三字經》，其內容為：

萬物中，人最靈，學而知，教乃成。終乎聖，始乎士，聖者誰，曰孔子。孔夫子，大聖人，創儒教，教萬民。居魯國，今曲阜，彼達人，明德後。[50]

一九〇〇年，陳子褒編撰《愛國三字書》，其內容為：

我所住，係中國，地方闊，人又多。計人數，四萬萬，計地里，四千萬。在古時，稱天國，到而今，弱到極。……欲保國，欲保民，非我皇，總不可。[51]

一九一二年，陳子褒再編《共和適用婦孺三四五字書》，其中以三字書寫的內容

50 參考盧湘父：《童蒙三字書》，載《蘆鞭盧氏族譜》，二十五卷。

51 參考陳子褒編撰：《愛國三字書》（廣州：缺出版社，光緒二十六年即一九〇〇年）一書。

為：

早起身，下床去，先灑水，後掃地。開窗門，抹枱椅，洗完面，入學堂。見先生，要叫聲，坐書位，即讀書。讀熟書，又寫字，……

葡萄牙，取澳門，英吉利，開香港。法國佔，廣州灣，……我國民，要相親，我親你，你親我。無論男，無論女，無論老，無論幼，要同心，要合力，一國人。[52]

清末知識分子齊會辰也編有《歷史三字經》，其內容為：

凡訓蒙，先說史，記年代，有條理。自羲農，至黃帝，號三皇，年不紀。唐有虞，號二帝，相揖讓，真盛世。一零二，堯祚長，五十載，舜巡方。夏后

52 參考陳子褒編撰：《共和適用婦孺三四五字書》（廣州：缺出版社，一九一二年）一書。

禹，商成湯，……既知古，又知今，腦智開，黃種存。[53]

至一九三七年抗日戰爭時，乃有王向宸編《抗日三字經》刊行，其內容為：

> 人之初，性忠堅，愛國家，出自然。國不保，家不安，衛祖國，務當先。……我軍民，須自勵，前者仆，後者繼，抗到底，必勝利。[54]

當代的香港也有黎文卓編著《香港三字經精解》，其內容為：

> 口旱旱，食咳糖；有早知，冇乞兒；……淡淡定，有錢剩；聲大大，冇貨賣；唔想衰，埋大堆；失失慌，害街坊。[55]

53 齊會辰：《歷史三字經》，收入黎文卓：《新版．香港三字經》（香港：次文化有限公司，一九九七年），頁一一一—一一四。

54 王向宸：《抗日三字經》，未見原文，轉引自章紹嗣：〈一部軍民爭相傳頌的抗戰教材—老向《抗日三字經》與武漢瑣談〉，《抗戰文化研究》，第三輯（二〇一〇年），頁一四九—一五九。

55 黎文卓：《香港三字經精解》，載於黎文卓：《新版．香港三字經》，頁九—七六。

可見，《三字經》創立的「三字」體裁，不獨影響自古至今的中國，也影響至東亞漢字文化圈，甚至整個華文教育界。

四、《百家姓》

姓名為民族文化組成的重要部分，也是一個文化系統，研究姓名也能見中華民族血緣及地緣互動關係，以及中華民族在海內外流佈的情況。自古至今，研究中國姓氏由來及發展，多以《百家姓》一書為基本材料，塾師也以此書為學童的基本教材，並在此書基礎上繼續延伸。《百家姓》全書以姓氏寫成韻文，是方便幼童認識在中國境內各族羣的讀本。不少學者指出《百家姓》為宋朝兩浙的一個知識分子編寫，但沒有詳細姓名。為什麼認為《百家姓》是創作於宋代？因為書中第一句是「趙錢孫李」，第一個向讀者表述的姓氏為「趙」姓，宋立國君主為趙姓，趙氏為國姓，故不少學者認為作者尊國姓，奉趙姓為書中的第一姓氏，故多認為《百家姓》是創作及出版於宋代。[56] 其後明代也有《皇明百家姓》《百家姓新箋》，清初又有《御製百家姓》，而筆

56 甚多學者研究《百家姓》的編著者，本文主要參來新夏：《書文化九講》，頁九七－九九；張志公：《傳統語文教學初探：附蒙學書目稿》（上海：上海教育出版社，一九六二年），頁一二一－一二五。

者也購有一本江蘇鳳凰少年兒童出版社於二〇一五年出版，列入國學經典教育讀本系列的《百家姓》，並依宋代的《百家姓》為注音及析義，可見宋代出版的《百家姓》影響至今。

《百家姓》全書共五百六十八字，包含單姓四百四十四個，複姓六十個，而最後一句為「百家姓終」四字，故有五百零四個姓氏，非只是一百個姓氏。姓氏不只是古今社會人與人之間的稱呼，也代表了個人身份認同、家族身份認同，也是家族的血緣關係。今天中國人及海外華僑多跟隨父親的姓氏（現時也有些家庭以母姓為子女的姓氏），顯示父親家族血緣的承傳關係，故姓氏研究也具有遺傳學的知識；甚至，有些地域以父系血緣為宗族或家族產業繼承權的先決條件，姓名成為家族財產分配的重要考慮因素；很多地方的族譜，也是以父系姓氏來書寫各宗族及家族成員，血緣與地緣因素結合，可見研究姓氏的發展，對了解地方宗族事務發展甚為重要。同時，若只以《百家姓》一書為教材，說明尚未能夠善用此書，建議教師運用此書時，結合其他材料一起運用，如運用有關姓名學、移民歷史、宗族文化史、倫理學、血緣學、譜牒學、人口學及社會學等各方面知識。闡述《百家姓》的要義，可以見到《百家姓》一書的重要。以下略述其特色。[57]

（一）姓氏的由來

人類發展之初，沒有姓氏，隨着人類的進化，生產及生活空間的發展，原始人族羣內外交往的需要，族羣一起運用的符號便出現，這就是「姓」，而個體稱號符號，便是日後所說的「名」「字」「號」。

姓氏發展主要是因應人們區分不同族羣而產生，在部落中有不同部族，不同部族成員具有不同姓氏。[58]部族成員具血緣及姻親關係，再者，部族內的成員多生長在同一地域，由是形成一種獨特的社會環境，也構成一個特殊的社會血緣關係。為了區分不同部族中不同的成員，由是不同符號便出現了，以及出現了姓氏與名字。

另一方面，因為生活環境及文化改變，同一姓氏屬下的族羣也會流佈其他地方，

57 本部分運用有關姓名學、移民歷史、宗族文化史、倫理學、血緣學及社會學等各方面知識的研究，主要參潘光旦、羅香林、費孝通等學者的成果；尤多參陳意濃：《中國人姓氏淵源分析和歸類》（上海：上海三聯書店，二〇一四年）以及何曉明：《中國姓名史》（武漢：武漢大學出版社，二〇一二年）二書。

58 見陳意濃：《中國人姓氏淵源分析和歸類》，頁六－八。

這樣促成同一宗族，同一血緣，不同支派。華夏民族或本源自黃河一帶，在上古原始人時代，多聚居在中國境內不同地域，就是今天考古學上所說中國境內多元文化源頭的觀點。各族羣日後多往其他地方流遷，更有不少移居東南亞，而他們多奉同一姓氏為海內外同一宗族不同支派的共同祖先。舉例而言，今天海內外甚多以李為姓氏的人物及宗族，如香港有香港李氏宗親會，也有臺灣李氏宗親會、馬來西亞李氏宗親會。各國家及地域的李氏宗親會，多奉道教始祖老子，即「李耳」為祖宗，此為同一姓氏不同支派，不同流裔成員，供奉同一宗族的神靈，並奉老子「李耳」為各國家及地域李氏宗族社團的開宗立族始祖。由此可見，同一姓氏可成為團結各宗族支裔及支派的力量。

今天常說「姓氏」，「姓」已見上述，那麼「氏」又是怎樣發展出來的？「氏」與子女一出生就有「姓」的情況不同。人類發展之初，出現一些為人熟知的族羣，後來因應其特性而產生了稱號，如「炎帝」稱為神農氏，可能因為「炎帝」此人長於農業而得名，後人以「神農氏」指稱所屬的家族和部族。如堯帝生於「陶」的地方，其後封於「唐」，故稱為「陶唐氏」。

人類社會中，「姓」應是人在出生時已有的，「氏」則為人在社會上成名後才具有的，故「氏」是此人對社會、族羣的貢獻及與地位有關的象徵符號。日後，因氏的社會意義漸漸大過姓，而且，社會人口不斷增加，以社會名聲及社會地位為氏的家族日漸普及，故出現了家族的後代以氏為姓的現象。由是出現了氏族社會，同時也出現了姓、氏並存，姓、氏混用，再發展至姓、氏合二為一。今天多合稱「姓氏」的現況，也就是姓即氏、氏即姓的現象。

此外，遠古的社會，首先出現的是母系社會，婚姻情況為對偶形態，也就是一位女子和一個男子在一定時期內，各自從一輩男子或一輩女子中選擇一位主夫或主妻，也有除了主夫或主妻以外的其他性關係，此時也是「姓」產生的時代。母系社會的姓，從母不從父，血統以母系為依歸，也出現了民知其母、不知其父的現象，故華夏民族中的姓，多從「女」偏旁的，如姒、姬、姜等。後來，由於男性取代女性的社會地位，故氏族部落進入父系社會，姓氏制度也由從母不從父，漸漸成為從父不從母，更帶出了父系中的輩分排列問題、親屬姓名避諱課題，及已婚女子的姓氏問題。

（二）如何有效運用《百家姓》

了解姓氏的由來，不獨是文字學的課題，也涉及社會、歷史文化及倫理等各方面的課題。《百家姓》成為一本教導幼童了解自己身份，了解先祖由來，了解家族歷史文化，擴至了解其他族羣及族羣本身歷史文化的重要入門書籍。以下看看怎樣更有效地運用《百家姓》一書，以教導幼兒姓氏的知識：

其一，《百家姓》內「女」偏旁的姓氏，如姒、姬、姜等，這姓氏的族羣與遠古時代母系社會發展甚有關係。

其二，透過《百家姓》了解先秦時代姓氏的形式多是單名，日後多為雙名。先秦時代，華夏民族多取單名，如周公為姬旦，姜太公為呂尚。漢代之後，人口增加，單名易與他人混淆，而兩字組名更方便表述命名者的心願，故有孔安國、霍去病等姓名。

其三，運用《百家姓》表述部分家族的等級身份。上古及春秋時代，有沒有姓氏，往往是代表身份高低。古代對社會有貢獻的，往往賜姓，封侯伯，如古代姬、姜、呂等，均是賜姓，而封地往往成為姓氏的主要來源，封地包括封國、封邑等，如黃、陳、魏、韓、蔡、吳、秦等等，均是來自封邑的名字。姓氏因要得天子命賜，諸侯也可以為下屬命氏，由是姓名是身份的象徵。至南北朝，門閥制度盛行，不同姓氏之間，也有不同高下身份之別。因為魏晉南北朝盛行九品中正制，選拔官員成為門閥世族的特權，民間也流行「上品無寒門，下品無世族」之風，門閥與「寒門」不通婚，不共席，由是不同姓氏之間，也有身份上高低貴賤之分，各姓分成「州姓」「郡姓」「縣姓」不同等級，尤以其時的王、謝、袁、蕭四姓，均為高門大族的代表姓氏。

其四，運用《百家姓》表述部分家族的地域特色。[59]有些學者指出，漢語可分為七大方言區，為北方（華北、西北、西南、江淮）、吳、贛、湘、客家、閩、粵。北方以李、王、張、劉等姓人數較多；吳方言區以王、張、陳、李的四姓人數較多；贛、湘方言區以李姓人數為主；粵、閩、客家三個方言區，以陳姓為主。至於佔第二位姓氏族羣，在粵方言區為梁姓，閩方言區為林姓，客家方言區為劉姓。

其五，運用《百家姓》表述先祖取家族中有名望的名為姓氏，如舜的後人陳胡公滿的後代中，有些族羣成員以陳為姓，有些以胡為姓，有些以滿為姓。

其六，運用《百家姓》表述先祖取家族的官職為姓。因為家族成員長期從事專門官職，由是後人多取此為姓，如司徒、司馬、司空等。

其七，運用《百家姓》表述不少外族加入漢族社羣時，取漢姓或同音的漢譯姓，或由漢帝賜姓。如唐代，外族歸順唐朝後，多取李唐皇朝流行的李姓，又如伊斯蘭族融入漢文化，多取漢族馬姓及楊姓。

其八，運用《百家姓》表述複姓宗族故事。如介紹夏侯姓氏時，可以向幼童介紹夏侯氏本為西周後裔、被封於雍丘的東樓公，戰國時傳至杞簡公後被楚國所滅，簡

59 何曉明：《中國姓名史》，頁二八——二九。

公的弟弟佗奔走魯國，魯公認為佗為夏禹的後人，遂稱為夏侯，佗的後人也以夏侯為姓。

其九，運用《百家姓》表述同姓宗族的名人故事，以策勵幼童。兒童喜歡聽故事，而歷史人物的成功故事，既增加兒童學習的興趣，也能使兒童向故事中成功人物學習，為兒童樹立優良的行為模範，[60]如介紹諸葛姓氏時，可以介紹諸葛亮匡扶漢室的歷史故事，介紹李姓時，可以介紹建立盛世「貞觀之治」的唐太宗李世民治理天下的故事。

五、結論

今天往往談及中國文化與二十一世紀的世界有何連繫？中國現代性怎樣面對全球化的挑戰？其實以上問題主要圍繞着一個重要課題，就是中國文化與現代化的關係。在未討論中國文化與現代社會的連繫問題時，先要注意中國傳統文化的特色何在，注

60 James Reed Campbell（吳道愉譯）：《教出資優孩子的祕訣》，頁二九—三一；參王文秀、田秀蘭、廖鳳池：《兒童輔導原理》（臺北：心理出版社，一九九八年），頁九五—一一〇。

意中華民族為一個甚注重道德教化，素以文質彬彬著稱於世。今天，處於二十一世紀的人們，仍可以閱讀先秦時代的經籍，了解先賢的哲理，此乃漢字的力量。我們在兒童時期，乃至成長期間不斷學習漢字，漢字成為我們與古人溝通的重要橋樑，而隨着中華文化向海外流播，往往形成一個連繫海內外的漢字文化圈，由是中國語文教育在二十一世紀，仍有重要影響力。按此上溯，究竟前人學習中國語文及展開文化教育用哪些教材？必然會發現古人常用的《千字文》《三字經》及《百家姓》，此三書成為古代塾師教導幼童的重要教材，甚至可以說是幼童自出生以來首先接觸的課本。乃至今天，仍有不少漢語教學機構，在教導非華語學生（包括成年或未成年學生）時，也以此三書為教材，可見《千字文》《三字經》及《百家姓》雖然是在古代編刊，但在二十一世紀仍有很大的貢獻及生命力。

此外，中國傳統童蒙教育，除了兒童識字教育外，更重視道德、文化及歷史基礎知識的教育。「三、百、千」三書也具有識字及道德教育並重的功能，內容強調家中的父母、長輩及塾師應以日常生活、四周自然環境，及宗族和家族的倫理關係為素材，注意教導幼童從生活中建立自信心，又強調培訓學童專心致志、堅持信念、努力求學的心志。在今天看來，「三、百、千」三書表述的教學內容，與今天教育界強調的社會教育、親子教育、家庭與學校協作教育、終身教育、說故事教學、以學生為本及以兒童接觸環境為本的教育等觀點，甚有會通的地方。還有，讓幼童天天朗讀教材，必然可以訓練其閱讀課本及演說能力，加上聆聽師長及同學的讀音，可達到培養兒童「眼到、口到、心到」的學習能力。當然《三字經》中強調師長嚴教幼童，先背誦、後理解，又要求幼童學習四書、五經的內容，對兒童來說頗吃力，師長運用「三、百、千」為教材時，可以多按兒童不同的學習程度調節教學內容。今天我們仍見「三、百、千」的出版，可知「三、百、千」仍能切合二十一世紀國內外中文教育的要求，學童完成「三、百、千」課本後，深信可以掌握中國文字、道德及歷史文化的基礎知識。我們若想進一步了解古人知識資源及學習課本的內容，也宜先閱讀「三、百、千」。

六、編著說明

本書為「新視野中華經典文庫」所收錄的經典名著之一，合《三字經》《百家姓》《千字文》三書為一冊，原文、注釋及譯文均以李逸安先生譯注的《中華經典藏書：三字經．百家姓．千字文．弟子規》（北京：中華書局，二〇〇九年）為底本，而全書的導讀、賞析與點評皆為筆者重新編寫，冀能引領讀者一同發現古代童蒙教材「三、百、千」的當代意義。

跋

為讀者開啟通往傳統經典的大門

二十一世紀是中國踏上「文藝復興」的新時代，中華文明再次展露了興盛的端倪。饒宗頤教授曾這樣說過：「二十一世紀是重新整理古籍和有選擇地重拾傳統道德與文化的時代」，作為一家出版機構，該如何理解中國傳統文化的新發展與新出路？對於中國傳統文化的出版與閱讀，又該為當今讀者提供什麼樣的新體驗呢？

二〇一二年，恰逢中華書局創局一百週年，為紀念百年華誕，同時也為了更好發揮中華書局（香港）有限公司的優勢和特點，我們決定在堅守「弘揚中華文化」的創局宗旨基礎上，從更具時代特點、更廣闊的文化視野出發，邀請兩岸三地知名學者，運用新思維、新形式，選編一套面向當代大眾讀者尤其是青年讀者的中華傳統經典叢書。

這一構想提出來後，得到了饒宗頤教授及其他一些學術大家的充分認可。我們迅速籌建了以饒宗頤先生為名譽主編，由李焯芬、陳萬雄、陳耀南、陳鼓應、單周堯、鄭培凱諸教授組成的叢書編委會，經過認真論證，最終確定叢書名為「新視野中華經典文庫」，全套叢書共計五十分冊，收入五十五種經典，涵蓋中國古代哲學、歷史、文學、佛學、醫學等各個方面。「文庫」精選具有傳世價值的經典作品及最佳底本，廣邀兩岸三地專研精深的學者予以導讀、賞析和點評，力圖為今天的讀者搭建一條溝通古代經典與現代生活的橋樑。

傳承文化，責任綦重。成書過程中，我們一直誠惶誠恐，每一本作品都經歷了往復討論、不斷修訂，幾易其稿的過程是艱辛的。幸而有一羣學養一流、懇切熱忱的作者共襄盛舉。他們都是本研究領域的專家、名家，卻以一種謙慎的姿態來配合出版方、或說是滿足當今讀者的要求。他們在反覆比較中精選最優底本，採擷精華章節，並參酌其他版本釐定字句乃至標點、讀音等細節；特別是為配合普通讀者、年輕讀者的閱讀口味，更力求導讀清新流暢、賞析扼要淺白，很多導讀讀來如一篇優美曉暢的散文，許多點評則令人會心一笑，心有戚戚焉。他們的細緻、負責，滿溢着對傳統文化的熱愛以及對傳承文化的熱切，使人感佩。

悠悠五載，五十冊圖書終於全部呈現給讀者。令我們欣慰的是，叢書陸續推出後，受到了讀者的持久歡迎，尤其是每年在香港書展上，都會有不少讀者特別是中學生前來問詢、購買；同時，這套書也榮幸地被中信出版社看中並引進到內地，出版簡體字版本，惠及廣大內地讀者。

不過，由於編輯學養有限，不免掛一漏萬，一些細心的讀者給我們寫來了郵件，指出錯漏。這令我們既感激，又慚愧，惟有及時修訂、精益求精，用更負責任的態度和更大的熱忱，來回報讀者，回饋社會。

為令讀者更高效、便捷閱讀此套叢書，吸收傳統智慧，本局將這五十五本經典的導讀抽出，結集為一套四冊的《經典之門：新視野中華經典文庫導讀》系列，分為「先秦諸子」「哲學宗教」「歷史地理」「文學」。如果說「新視野中華經典文庫」是我們希望給讀者開啟一扇通往古代經典大門的話，那麼這些導讀所構成的「精華中的精華」，則是開啟這扇經典之門的鑰匙。

中華書局編輯部
二〇一七年四月

□責任編輯：熊玉霜
□裝幀設計：霍明志
□排　　版：沈崇熙
□印　　務：林佳年

經典之門

新視野中華經典文庫導讀（文學篇）

□
編者
中華書局編輯部

□
出版
中華書局（香港）有限公司
香港北角英皇道 499 號北角工業大廈一樓 B
電話：(852) 2137 2338　傳真：(852) 2713 8202
電子郵件：info@chunghwabook.com.hk
網址：http://www.chunghwabook.com.hk

□
發行
香港聯合書刊物流有限公司
香港新界荃灣德士古道220-248號
荃灣工業中心16樓
電話：(852) 2150 2100　傳真：(852) 2407 3062
電子郵件：info@suplogistics.com.hk

□
印刷
深圳中華商務安全印務股份有限公司
深圳市龍崗區平湖鎮萬福工業區

□
版次
2017 年 5 月初版
2021 年 4 月第2次印刷

□
規格
32 開（205 mm × 143 mm）

□
ISBN：978-988-8463-64-0